Prellmayers Bus

Günter H. Müller

Prellmayers Bus

oder Spaghetti mit drei Sternen

Roman

Bibliografische Information der Deutschen Nationalbibliothek:

Die Deutsche Nationalbibliothek verzeichnet diese Publikation
in der Deutschen Nationalbibliografie; detaillierte bibliografische
Daten sind im Internet über https://portal.dnb.de/ abrufbar.

© 2022 Günter H. Müller

Satz, Umschlaggestaltung, Herstellung und Verlag:
Grafik: Lisa Kolbasa/ LP Design/ Shutterstock.com
BoD – Books on Demand, Norderstedt

ISBN: 978-3-7562-4879-7

Für Karin

1

»Was meinst du zu Italien?«

Der Angriff kam so unerwartet, dass mir das Brötchen aus der Hand fiel. Karola, die mir am Frühstückstisch gegenübersaß, schaute arglos auf ihren Teller. Diesen Gesichtsausdruck kannte ich, er verhieß nichts Gutes; ihm folgte gewöhnlich eine Breitseite, die ich meist nur mit äußerster Anstrengung abwehren konnte.

»Italien? Hm, Pizza, Pasta, grande amore, Gianna Nannini.«

Meine Frau zog die Augenbrauen hoch. Damit kündigte sie eine andere Gangart an, so macht sie das wohl auch in der Schule. Karola ist Lehrerin, genauer gesagt, Studienrätin an einem Gymnasium, und unterrichtet ihre Zöglinge in den Fächern Deutsch und Englisch. Manchmal ist sie regelrecht einschüchternd und ich habe nie an ihrer Durchsetzungskraft gegen widerborstige Schüler gezweifelt. Andererseits kann sie eine Unschuldsmiene aufsetzen, als vermöchte sie kein Wässerlein zu trüben. Ihre Wandlungsfähigkeit verblüfft mich immer wieder.

»Gernot«, – bei ernsten Gesprächsthemen nennt Karola mich beim Vornamen – »mach dich nicht lustig! Italien bedeutet Dante Alighieri, Michelangelo, da Vinci, Renaissancebauten. Und das Land, wo die Zitronen blühen. Vom Reiz des Südens hat bereits Goethe in seiner

Italienischen Reise geschwärmt. Falls du davon jemals gehört haben solltest.«

Goethe ist für Karola der Wegweiser zur klassischen Bildung schlechthin, seine Werke benutzt sie als Fundgrube von Weisheiten für alle Lebenslagen. Ihr Lieblingswerk ist der »Faust«, mit dem wir früher als Schüler traktiert wurden und aus dem Karola für ihr Leben gern zitiert. Ein Verweis auf den Weimarer Geheimrat hebt letztlich jede Diskussion auf eine höhere Ebene und bringt mich, nach Ansicht meiner Frau einen Menschen mit klarem Bildungsdefizit, regelmäßig zum Verstummen.

Ich beschloss deshalb vorerst zu schweigen und widmete mich wieder meinem Brötchen. Karola sah mich nachdenklich an. Gerne hätte ich gewusst, was sich hinter ihrem undefinierbaren Blick verbarg, hütete mich aber davor, den Disput fortzusetzen. In den Morgenstunden bin ich ohnehin kein anregender Gesprächspartner, schon gar nicht beim Frühstück, das ich möglichst ungestört einnehmen will. Ich möchte mich auch bei anderen Mahlzeiten auf mein Essen konzentrieren und nicht vom Genuss der Speisen ablenken las- sen. Ich habe nie verstanden, welchen Sinn sogenannte Geschäftsessen haben sollen. Mahlzeiten dienen bekanntlich der Nahrungsaufnahme und nicht dem Abschluss von Verträgen. Auch für den Austausch kluger Gedanken, falls man diese einmal haben sollte, benötigt man weder Messer noch Gabel.

Ganz abgesehen davon, dass manche Zeitgenossen es nicht lassen können, mit vollem Mund zu reden. Den

Blick auf das Zerkleinerungswerk in der Mundhöhle meines Gegenübers brauche ich nicht. Ich halte es lieber mit Agatha Christies Hercule Poirot, der beim Speisen nur seinen Magen im Sinn hatte und sich Debatten über die Erkenntnisse seiner kleinen grauen Zellen verbat.

Ich schenkte mir eine weitere Tasse Kaffee ein und langte nach der Zeitung. Zu einem gemütlichen Samstagsfrühstück gehört die Lektüre des Lokalblatts, das über die neuen Straßenbaustellen, die Erhöhung der Parkgebühren und die Bürgerinitiative gegen den Bau eines Mehrfamilienhauses in ihrer Nachbarschaft bereitwillig Auskunft erteilt. Hin und wieder findet man auch lustige Kleinanzeigen unter der Rubrik »Tiermarkt« wie etwa »Blonde Stute sucht großzügigen Hengst«.

Beim Durchblättern der Zeitung blieb mein Blick an der bunt bebilderten Werbung eines Reiseunternehmens hängen. »Genießen Sie den Sommer an der Seidenstraße« stand dort, »Wellnessurlaub in Wuppertal« und »Hüttenzauber in Hintertux«. Ich stutzte. Langsam keimte in mir ein Verdacht auf: Karola hatte das Italien-Thema wie aus heiterem Himmel angeschnitten. Mit ihrer Frage, was ich zu Italien meine, wollte sie doch nicht etwa …?

Die liebliche Stimme meiner Frau entriss mich diesen Gedanken. Mit einem bezaubernden Lächeln brachte sie es auf den Punkt: »Schatz, wir haben jetzt Ende März und in drei Monaten beginnen die Ferien. Meinst du nicht auch, dass wir allmählich unseren Sommerurlaub planen sollten?« Übrigens, fügte sie eher beiläufig hinzu, habe sie am Vortag zufällig Cordula getroffen. Die habe eine interessante Studienreise nach Norditalien gebucht und angefragt, ob wir uns nicht anschließen möchten. Die Reise führe zu italienischen Städten, die man unbedingt gesehen haben müsse. Wo gebe es schon so was Schönes wie die Gondeln von Venedig und kein Turm sei schiefer als der von Pisa. Und überhaupt: Ein Bildungsbürger, der die Uffizien in Florenz nicht besichtigt habe, müsse sich nachgerade schämen. Außerdem finde die Reise im Bus statt und sei daher ausgesprochen umweltfreundlich, der Anbieter arbeite sogar klimaneutral. »Cordula hat da wohl nicht ganz unrecht.«

Aha, dachte ich, Cordula. Sie ist Biologin und Karolas beste Freundin. So manches Mal hat sie meiner Frau, wie man früher bildhaft sagte, einen Floh ins Ohr gesetzt; der zwickte Karola so lange, bis Cordulas Begeisterung für ein anstehendes Projekt auf sie übersprang. Um keinen falschen Eindruck zu erwecken: Ich habe absolut nichts gegen Cordula einzuwenden – abgesehen davon, dass sie als Vegetarierin mir ein schlechtes Gewissen verschafft, wenn ich in ihrer Gegenwart ein Schweineschnitzel verzehre. Sie hat so eine Art Sendungsbewusstsein, will die Welt verbessern und fühlt sich für ihre Freunde mitverantwortlich. Das macht sie einerseits durchaus sympathisch, andererseits zuweilen anstrengend. Vielleicht hat das auch zum Scheitern ihrer Ehe beigetragen. Fairerweise muss man allerdings sagen, dass ihr Ex-Mann Daniel ein ziemlicher Stinkstiefel war. Er ist Investmentbanker und hat immer solche Dollarzeichen in den Augen. Ich habe nichts gegen das Geldverdienen, das muss natürlich sein, aber man sollte es nicht übertreiben.

Zugegeben, als Normalverdiener habe ich gut reden, wäre ich reich, dann würde ich diese Dinge vielleicht anders sehen. Daniel war aber nicht nur auf den Maximalgewinn auf Teufel komm raus erpicht, sondern auch die eine oder andere Gespielin. Das fand Cordula zu Recht uncharmant.

Ich schaute Karola schräg von unten an: »Haben wir nicht davon gesprochen, dieses Jahr nach Langeoog zu fahren, du weißt, die Insel in Ostfriesland. Wir wollten doch einen geruhsamen Urlaub verbringen mit Wind und Wellen, Spaziergängen am Strand, Wandern im Watt mit Würmersuchen, und dann die ostfriesischen Teestuben, und Kultur gibt es ja auch, schließlich steht dort eine nette Dorfkirche, und gelegentlich veranstaltet man ein Kurkonzert ...«

Karolas Gesichtsausdruck wechselte von zuckersüß zu säuerlich. »Du verdrehst die Tatsachen. Einen möglichen Urlaub in Ostfriesland hast nur du einmal erwähnt. Und du kennst ja meine Vorlieben. Eine Insel im Wattenmeer, na ja, da kann man weit gucken, aber man ist abgeschieden von der Zivilisation, keine Museen, nichts Historisches, nach zwei Tagen kennt man jede Düne, das wichtigste Kleidungsstück ist die Regenjacke, zu essen gibt es Fisch und zu trinken Tee ...«

»... und Bier, friesisch herb«, unterbrach ich sie. »Außerdem regnet es dort nicht immer, an manchen Tagen scheint sogar die Sonne. Es soll Urlauber geben, die die Insel gebräunt verlassen haben. Das musst du in den Uffizien mal nachmachen. Der Fisch ist aber auch nicht schlecht, manchmal gibt es ‚Scholle satt‘, da kannst du so viel essen, bis dir die Gräten zum Hals raus hängen. Und was geht schon über einen echten Ostfriesentee mit Sahne und Kandis, für Gourmets gern mit Rum. Vor allem ist die Seeluft heilsam, sie riecht würzig und stärkt die Lungen, das würde uns beiden guttun. Da brauchst du nur deine Freundin Cordula zu fragen, die ist doch immer auf dem Gesundheitstrip. Erinnere dich daran, dass sie letztes Jahr aus dem Gasteiner Stollen gar nicht mehr herauswollte und dass sie auf E-Zigarette umgestiegen ist. Davon abgesehen ist der Sommer in Italien zu heiß.«

Karola gab nicht auf. »Die Ferien beginnen schon Ende Juni, da ist die Luft im Süden angenehm warm und trocken. Du klagst doch oft über Nieselregen, deshalb wolltest du nie nach Hamburg, obwohl der Fischmarkt sensationell sein soll, da duftet es nach frischem Fang. Nicht einmal mit der Reeperbahn konnte man dich locken.« Jetzt fuhr Karola schwere Geschütze auf: »Im sonnigen Italien sind die Mädchen leichter gekleidet als auf einer trüben Nordseeinsel – oder interessiert dich so was nicht mehr? Bisher dachte ich, du seist ein Mann in den besten Jahren.«

Das war ein Volltreffer, meine Festung war bald sturmreif geschossen. Ich begann zu wanken und unternahm einen letzten Versuch. »Italien soll, vor allem in der Ferienzeit, teuer geworden sein. Du hast dir doch einen neuen Wäschetrockner gewünscht, für den könnte man bei einem kleineren Reisebudget mehr anlegen, und Ostfriesland gilt nicht als Kostentreiber. Im Land, wo die Zitronen blühen, bitten die Gastwirte dich dagegen schon für das Tischgedeck zur Kasse, das nennen sie *coperto*. Auf Langeoog sind Fischbesteck und Serviette inklusive, das macht schon mehrere Euro aus.«

Der durchdringende Blick sollte mich warnen. Ich versuchte, mich hinter der Zeitung zu verstecken, sah jedoch plötzlich eine Hand, die mir das Papier wegzog. Zu meinem Schrecken setzte Karola nun ihre Brille auf, das tut sie immer, wenn sie eine Gardinenpredigt halten will. Ich war gespannt darauf, was jetzt kommen würde. Unsere Ehe ist im Allgemeinen recht harmonisch, wir streiten eigentlich nur über besonders wichtige Themen wie die Manieren ihrer Geschwister und das Stimmvolumen mancher Schlagersängerinnen. Karola lästert über meinen Musikgeschmack und meint, Männer könnten besser sehen als hören, was ja nicht ganz falsch ist. Auch beim Thema Käse können wir uns nicht einigen; meine Frau mag nämlich den würzigen Handkäse, den ich gern mit Zwiebeln esse, nicht riechen. Aber hier ging es ja nicht um Käse, sondern nur um die Urlaubsplanung.

»Das meinst du jetzt nicht ernst«, giftete Karola. »Auch Langeoog ist in der Hauptsaison nicht billig und in Italien gibt es zu Messer und Gabel meistens Brot und Grissini, deshalb das *coperto*; du musst die aber nicht essen. Im Übrigen geht es nicht um ‚meinen‘ Wäschetrockner, oder willst du deine nassen Unterhosen aus dem Fenster hängen?

Das Patriarchat ist passé, das müsste selbst dir klar sein.«

Ich hatte bei Karola einen wunden Punkt berührt. Auf althergebrachte Geschlechterrollen reagiert sie allergisch, die Gleichberechtigung von Mann und Frau war ihr immer ein Anliegen, die soll sich, so ihr Credo, auch in Äußerlichkeiten zeigen wie bei der Namenswahl. Früher hatte die Frau bei der Heirat den Familiennamen des Mannes angenommen und man konnte Ehepaare wenigstens am gemeinsamen Namen erkennen. Das gilt schon lange nicht mehr. Jetzt müssen sich Eheleute durch andere Zeichen zu erkennen geben wie das Vermeiden von Blickkontakt oder konstantes Schweigen. Meine Frau hatte sich bei unserer Verehelichung einen Doppelnamen zugelegt, dabei hatte der Standesbeamte, ein Mann vom alten Schlag, mit dem Argument »Wir wollen doch auf dem Teppich bleiben« meinen Familiennamen für beide Eheleute ins Stammbuch eintragen wollen. Das brachte Karola auf die Palme. Mir war der Mann sympathisch.

Nachdem Karola Dampf abgelassen hatte, setzte sie eine versöhnliche Miene auf. Mir schwante, dass sie noch etwas im Köcher hatte. »Du magst doch die Natur so gerne, deshalb gehst du im Wald spazieren oder auf der Bahnhofstraße.

Cordula sagt, nirgends stünden so schöne Pinien wie in Italien und auch die Zypressen seien nicht zu verachten.«

»Dünengras ist aber auch ein Gewächs und ...« Weiter kam ich nicht, ich hatte den Bogen wohl überspannt. Karola strafte mich mit Augenblitzen, verließ den Tisch und hüllte sich in eisiges Schweigen. Um den häuslichen Frieden zu wahren, ruderte ich zurück. »Das Dünengras ist in der Höhe natürlich begrenzt und reicht an einen Nadelbaum nicht heran. Und Pinienkerne schmecken nicht übel.«

Meine Frau holte aus und landete den entscheidenden Schlag: »Auf der Rundreise gibt es übrigens eine Weinprobe in der Toskana.« Das saß! Karola hatte eine empfindliche Stelle ins Visier genommen. Das Wort »Weinprobe« löst bei mir einen Reflex aus. Ich bin zwar kein echter Weinkenner, schätze aber den Rebensaft überaus und bin für ein gutes Tröpfchen stets zu haben. Ich gab mich geschlagen. »Wann soll es losgehen?«

Wie der Zauberer das Kaninchen aus dem Hut zog Karola einen Prospekt hervor. »Den hat mir Cordula gegeben.« Sieh da, dachte ich, gestern erst haben die beiden über die Reise gesprochen, Cordula führt den Prospekt wohl immer mit sich. Mit dem Hinweis »Auf den Seiten 22 und 23 steht alles Wissenswerte« händigte meine Frau mir den Katalog aus. Der stammte von der Firma »Elite Studienreisen« und verkündete fett gedruckt: »Für Gebildete und solche, die es werden wollen«. Du lieber Himmel, sagte ich mir, in welche Gruppe würde »Elite« mich wohl einordnen? Ich las weiter und erfuhr, dass die Fahrt in einem »Fünfsterne-Luxusbus mit qualifizierter Reiseleitung« zu den »Perlen Norditaliens« führen und

»unvergessliche Erlebnisse« bringen würde. Die Reise sei exklusiv, denn die Zahl der Teilnehmer sei begrenzt und die Hotels seien speziell ausgewählt. Ja, wie denn? Fahren andere Busse mit unbegrenzten Gruppen zu nicht gezielt ausgewählten Unterkünften, begleitet von unqualifizierten Reiseleitern? Wie auch immer, fünf Sterne, Perlen und unvergessliche Erlebnisse sprachen für die Reise. Und natürlich die Weinprobe. Wir buchten.

2

Der Abreisetermin rückte näher und die Spannung stieg.

Eine Studienfahrt will gut vorbereitet sein, vier Wochen vor der Abreise begab sich Karola auf Einkaufstour und kehrte mit umfänglichen Tüten in beiden Händen zurück. »In Italien muss man eine *bella figura* machen, sonst ist man der Underdog.« »Aber du hast doch eine schöne Figur, warum dann diese ganzen Klamotten? Obwohl, ein paar Kilo weniger ...« Meine Frau bedachte mich mit einem finsteren Blick und zog ein himmelblaues Leinenhemd hervor. »Das macht dich jünger und verdeckt deinen Bauch.«

Außerdem hatte Karola diverse Reiseführer beschafft. Meinen Einwand, mit allen wichtigen Informationen werde uns schon der Reiseleiter versorgen, dafür werde der schließlich bezahlt, wischte sie hinweg. »Auf die Erzählungen von Reiseleitern kann man sich nicht verlassen. Die kennen vieles nicht und erfinden manchmal Geschichten.« Karola will aber auch immer alles genau wissen. Ich versuchte sie zu hänseln. »Vielleicht kriegen wir ja eine Reiseleiterin.

Einer Frau können wir sicher vertrauen, jedenfalls was ihren Wissensschatz angeht. Ob allerdings ihr Orientierungssinn ...« Karolas Griff an mein Ohr war schmerzhaft.

Nachdem die Reiseunterlagen eingetroffen waren, begann meine Frau mit dem Kofferpacken. Mein Hinweis, dafür sei doch noch reichlich Zeit, ging ins Leere, Packen auf den letzten Drücker berge die Gefahr, dass man wichtige Sachen vergisst. Das leuchtete mir ein. »Zum Beispiel den Norwegerpullover und den Schnorchel.«

Die Abfahrt sollte zur Mittagszeit am Münchener Hauptbahnhof stattfinden. Da wir mit dem Zug anreisten und uns auf eine rechtzeitige Ankunft in der bayerischen Hauptstadt nicht verlassen wollten, hatten wir uns bereits am Vortag mit der Eisenbahn auf den Weg gemacht. Eine Zugfahrt ist immer wieder ein Erlebnis. Als wir auf dem Bahnsteig standen, tönte es aus dem Lautsprecher, die Abfahrt verspäte sich voraussichtlich um eine Stunde, der Grund dafür sei »eine Verzögerung im Betriebsablauf«. Ja, was denn sonst? Wird der Betriebsablauf etwa nicht verzögert, wenn die Zugmaschine schlappgemacht oder der Lokführer verschlafen hat?

Nach anderthalb Stunden traf der Zug ein. Wir hatten Sitzplätze im Großraumwagen reserviert und mussten diese erst mal von zwei Fahrgästen, die sich in der Wagennummer geirrt und unsere Plätze besetzt hatten, freiräumen. Das ging nicht problemlos vonstatten, die Besetzer beharrten zunächst darauf, sich richtig platziert zu haben. »Die Sitze 51 und 53 stehen auf unserer Reservierung. Gucken Sie mal dort auf die Nummernschildchen«, herrschte der rotgesichtige Dickwanst auf dem Gangplatz uns an und seine Gefährtin mit der blondgefärbten Mähne meckerte: »Sie können wohl nicht lesen.« Wir brauchten viel Geduld, um den Rüpeln klarzumachen, dass sie in den falschen Wagen eingestiegen waren. Endlich räumten sie grummelnd das Feld.

Die Fahrt verlief kurzweilig und unterhaltsam. Rundum wurden Mobiltelefone, auf Deutsch Handys, gezückt. Es ist ein Phänomen, dass Leute, die sonst mit einigermaßen gedämpfter Lautstärke reden, ins Telefon brüllen, als müssten sie die räumliche Distanz zum Gesprächspartner mit ihren Stimmbändern überbrücken. In öffentlichen Verkehrsmitteln ist das nicht ohne Reiz, die Mitreisenden erfahren so, dass die Liebesnacht eine Enttäuschung war und dass der Abteilungsleiter ein Sadist ist. Seit der Erfindung des Mobiltelefons sind Bahnreisen deshalb amüsanter.

Interessant ist auch, was Geschäftsreisende so alles in ihr Laptop hacken. Der Sitznachbar kann mitlesen, wie der Preisnachlass durch versteckte Zuschläge in anderen Posten wettgemacht und wie die Bilanzen geschönt werden. Wer Glück hat, kann sogar das Verfassen einer Abmahnung oder eines Kündigungsschreibens verfolgen.

Zwischen Köln und Frankfurt wurden wir Ohrenzeugen eines aufschlussreichen Telefonats. Eine jüngere Dame jenseits des Mittelgangs führte ein Abschlussgespräch mit ihrem Lebensabschnittsgefährten und geriet zunehmend in Rage. »Du hast mich zum letzten Mal betrogen«, empörte sie sich, »und das mit meiner besten Freundin. Zieh doch gleich zu ihr.« In Karola weckte das weibliche Solidarität: »Der Schuft hat dich nicht verdient, schmeiß ihn raus.« Durch diesen Ratschlag ermuntert, schrie die Betrogene in den Hörer: »Pack deine Sachen und verschwinde. Und vergiss deinen Hamster nicht!« Die Mitreisenden applaudierten.

Eine hervorstechende Eigenschaft des Bahnreisenden ist sein Appetit. Das gilt besonders für Fernzüge. Sobald er seinen Sitzplatz eingenommen hat, wühlt der Reisende im Rucksack und fördert Nahrungsmittel zutage. Beliebt sind Käsestullen und reife Früchte. Gern werden Apfelsinen geschält, der Geruch durchzieht den Waggon und verursacht bei empfindlichen Nasen Niesreiz. Einen typischen Fall erlebten wir nach dem Halt am Frankfurter Bahnhof. Ein Paar mittleren Alters, soeben eingestiegen, war offenbar ausgehungert. Die füllige Dame benötigte anscheinend ihre Kalorien, ihre Statur hätte man früher als »vollschlank« bezeichnet, wobei ich mich frage, was Dicksein mit Schlankheit zu tun hat. Die Matrone kramte in einem Plastikbeutel, dem sie Eier, Tomaten und üppig belegte Butterbrote entnahm. Die Eier waren glücklicherweise hartgekocht, die Tomaten waren saftig und hinterließen Spuren auf den Polstern. »Einen recht guten Appetit«, wünschte Karola, »die Spucktüten liegen unter den Sitzen.«

Ab Mannheim wurde es lustig. Hatten Sie schon mal in der Bahn das Vergnügen mit einer Frauengruppe, die ohne männliche Störenfriede auf dem Weg ins Wellnesshotel war?

Dann ahnen Sie, was auf uns zukam, nachdem die sechs »Mädels« so etwa zwischen vierzig und fünfzig Jahren zugestiegen waren. Wie nicht anders zu erwarten, hob sich der Geräuschpegel, das ist bei Zusammenkünften fröhlicher Menschen jeglichen Geschlechts nicht unüblich. Rasch waren die Mädels ins lebhafte Gespräch vertieft, dem wir leider nur teilweise folgen konnten, weil alle durcheinanderredeten. Das ist wie in den Fernseh-Talkshows, die dadurch an Reiz gewinnen, dass die Teilnehmer sich wechselseitig ins Wort fallen. Ohne Einschränkungen konnten wir dagegen das Kreisen der Sektflaschen beobachten. Schaumwein wirkt, auch im ICE, belebend und löst selbst einem Stockfisch die Zunge. So geschah es hier und die Gruppendynamik verstärkte diesen Effekt. Karola machte es richtig und fischte aus ihrem Koffer ein Paar Ohrstöpsel, die sie vorausschauend eingepackt hatte.

Mit zwei Stunden Verspätung traf der Zug in München ein. Wir hatten ein Hotel in Bahnhofsnähe gewählt, um am Folgetag schnell am Treffpunkt zu sein. Ich mag München. Das Gütesiegel »Weltstadt mit Herz« mag zwar etwas übertrieben sein, aber Charme hat die süddeutsche Metropole ohne Frage. Sie punktet mit zünftigen Wirtshäusern, lauschigen Biergärten und der Bayerischen Staatskanzlei. Hin und wieder begegnet man auf der Kaufingerstraße einem Madl im Dirndl und einem Mannsbild in Lederhosen. Das könnten freilich Chinesen sein.

Das Abendessen nahmen wir in einer dieser typischen Brauereigaststätten ein. Seit der Überquerung des Weißwurstäquators hatte ich mich auf eine deftige Mahlzeit im »Augustiner« gefreut. An einem der langen Holztische hockte eine Gruppe Japaner, der wir uns zugesellten. In den Münchener Brauhäusern darf man sich auf einen freien Platz am langen Tisch setzen, es sei denn, man hat eine Knoblauchfahne oder riecht anderweitig aus dem

Mund. Die Asiaten stemmten Maßkrüge und knabberten an Brezn; so heißen die ineinander verschlungenen Teigwaren, die auf den Tischen bereitstehen. Ich bestellte eine Schweinshaxe mit Knödeln und »eine Halbe«, also einen halben Liter, Helles, Karola entschied sich für eine Viertel-Ente und ein Mineralwasser; Bier trinkt sie nur, wenn sie kurz vorm Verdursten ist und es nichts anderes gibt. Die Haxe war schön knusprig, in Abwesenheit von Cordula konnte ich sie guten Gewissens genießen. Karolas Freundin, mit der wir uns anderentags am Bahnhof treffen wollten, war ebenfalls einen Tag vorher gefahren, und zwar nach Ingolstadt, wo sie bei einer Tante übernachten wollte. Ich hatte sie geneckt: »Was willst du denn in Ingolstadt, einen Audi kaufen? Ich empfehle dir einen SUV.« Mit kühlem Blick belehrte sie mich, Ingolstadt bestehe nicht allein aus der Autofabrik und sei durchaus sehenswert. Meine Anspielung auf den Audi hatte den Hintergrund, dass Cordula kein Automobil besitzt und überzeugte Radfahrerin ist. Größere Einkäufe erledigt sie mit dem Lastenrad. Das macht sicher einen Heidenspaß, vor allem bei Regen und Windstärke acht. Die köstliche Haxe habe ich, wie gesagt, ungeniert würdigen können und gründlich abgenagt. »Lass den Knochen übrig«, wisperte Karola.

3

Am nächsten Tag war es so weit: Die Kulturreise konnte beginnen. Karola und ich strebten gut gelaunt dem Hauptbahnhof zu, es goss in Strömen. Vor dem Hinterausgang standen Menschen mit Rollkoffern vor einem Omnibus. Der konnte aber doch nicht unser Fünfsternegefährt sein, die Fahrertür hatte eine Beule und am Heck war der Lack zerkratzt. Ich las die seitliche Aufschrift »Prellmayer – günstig reisen«. Hinter der Windschutzscheibe steckte allerdings das Schild »Elite-Reisen«, das machte mich stutzig. Vorsorglich erkundigte ich mich bei einem Rollkoffermann. »Der Luxusbus hat einen Achsbruch, Elite musste einen Fremdbus chartern.« Wenigstens war der Fahrer pünktlich.

Am Einstieg lauerte uns eine brünette Dame undefinierbaren Alters mit Wanderschuhen auf. Die gehört nicht zu uns, dachte ich, wir haben eine Studienfahrt gebucht und keine Wanderreise. Die Wandersfrau hielt ein Klemmbrett in der Hand, auf dem eine Namensliste lag. »Buon giorno«, sprach sie uns an, »ich heiße Elettra und bin ihre Reiseleiterin.«

Offenbar eine Italienerin, überlegte ich, das kann auf einem Italientrip eigentlich nicht falsch sein. Karola nannte ihr unsere Namen, woraufhin Elettra Häkchen auf dem Papier kritzelte. Wir suchten zwei benachbarte Plätze und erwischten die Sitze in der zweiten Reihe rechts. Die erste Sitzreihe neben dem Fahrer war ersichtlich für die Reiseleiterin reserviert, die dort einen ganzen

Stapel von Unterlagen und einen Rucksack deponiert hatte.

Cordula fand sich ebenfalls ein und nahm hinter uns Platz. Nachdem auch die letzten Gäste ihre Fresspakete verstaut hatten, ließ der Fahrer den Motor an. »Guten Tag, ich bin der Ronny«, ließ er uns über den Lautsprecher wissen. Sieh an, ein Ossi, dachte ich, in der ehemaligen DDR hieß jeder Dritte Ronny, aber dafür können diese Männer nichts. Wie sich später herausstellte, stammte unser Fahrer aus Schmalkalden und lebte jetzt in Erding. »Eine Wohnung in München«, erklärte er mir einmal, »kann ich mir nicht leisten. Die ziehen einem das Fell über die Ohren. Ehe man sichs versieht, ist die Hälfte des Gehalts weg.« Ich frage mich schon lange, wer die horrenden Mieten in der bayerischen Metropole und in vergleichbaren Großstädten überhaupt noch zahlen kann. Nicht alle sind Börsenspekulanten oder Radiologen. Ich habe das leidige Mietthema mal mit einem Großverdiener aus der IT-Branche erörtert. Der Spaßvogel meinte, wer die hohen Mietkosten nicht tragen könne, solle sich doch einfach eine Wohnung kaufen. Selten so gelacht!

Ronny war ein Meister seines Fachs, er beherrschte den Bus und man fühlte sich bei ihm gut aufgehoben, außerdem war er freundlich und hilfsbereit. Apropos Ossi: Ich finde, mehr als dreißig Jahre nach der (Wieder-)Vereinigung sollte man den Gegensatz West – Ost endgültig begraben. Ob jemand in Quadrath-Ichendorf oder in Kötschenbroda wohnt, ist mir doch egal. Ich mache lieber einen Unterschied zwischen einem netten Menschen und einem Ekelpaket.

Wir überquerten gerade die Isar, da klingelte vorn ein Handy. Elettra griff nach ihrem Mobiltelefon. Ich hörte, wie sie sagte: »Frau Bieber ist im Bus, wir sind komplett.«

Fünf Minuten später meldete sich derselbe Klingelton. Elettra lauschte und wurde blass. Mit belegter Stimme wies sie Ronny an, zum Hauptbahnhof zurückzukehren. Als wir dort ankamen, wedelte eine schlanke Endfünfzigerin im dunkelroten Kostüm mit den Armen. Sie hatte versehentlich am Hauptausgang gewartet, während der Bus uns hinter dem Bahnhofsgebäude aufsammelte. Jetzt war die Reisegruppe vollständig.

Die Kostümierte entpuppte sich als Chefsekretärin aus Frankfurt. Ihre Herkunft ließ sich nicht verleugnen, sie sprach das »ch« als weiches »sch«, etwa so: Mischael reischte Meschthild einen Bescher Milsch. Sybille Bieber war notorische Apfelweintrinkerin und gleichwohl eine gepflegte Erscheinung.

Der Grund für die Zusatzfahrt war mir bald klar: Unsere Reiseleiterin hatte vor der Abfahrt nicht genau gezählt und den Familiennamen der Frankfurterin – sie hieß Bieber – mit Lieser, Cordulas Familiennamen, verwechselt. »Das kann ja heiter werden«, murmelte Karola. Weiter hinten brummte eine männliche Stimme: »Errare humanum est.« »Oh, ein Gebildeter, der kann Latein«, raunte ich Karola zu. Bei der Ortung der Stimme entdeckte ich einen kerzengerade sitzenden grauhaarigen Herrn mit Schnurrbart und Hornbrille. »Sieht aus wie ein pensionierter Oberstudienrat«, flüsterte ich Karola ins Ohr. Am nächsten Tag kam ich auf einem Spaziergang am Gardasee mit ihm ins Gespräch. Er hieß Wendelin Wagenhoff, wohnte in Gifhorn, wurde begleitet von seiner Ehefrau Theodora – und war pensionierter Oberstudienrat. Er hatte die Fächer Latein und Geschichte unterrichtet und zeigte sich im Verlauf der Reise humorvoller, als er aussah. Wir hatten mit den Wagenhoffs manchen Spaß.

Die Fahrt in Richtung Süden war unterhaltsam. Wir wurden durch eine Sinfonie von prasselndem Regen und Schrammen der Scheibenwischer wachgehalten. Hinter Innsbruck lichtete sich der Himmel allmählich. Als wir am Brenner erst einmal im Stau standen, kamen bei mir heimatliche Gefühle auf. »Wie auf der A 4«, frohlockte ich, »nur nicht so flach.«

Unsere Reiseleiterin versuchte uns die Wartezeit mit einer Einführung in die italienische Lebensart zu verkürzen. Der typische Italiener, dozierte sie, lege Wert auf ein gepflegtes Äußeres und auf gesunde Ernährung. Fast Food sei ihm eigentlich zuwider, allerdings würden sich auch in ihrem Land die Burgerketten immer weiter ausbreiten. Das scheint gerade in Italien ein großes Problem zu sein. Ich habe gelesen, italienische Kinder und Jugendliche seien im internationalen Vergleich extrem übergewichtig und würden in der Statistik unter den Ländern der Europäischen Union den unrühmlichen ersten Platz belegen, dicht gefolgt von den Griechen. Was ist nur aus den traditionellen mediterranen Essgewohnheiten geworden? Die Zeiten, als die Mamma ihre *famiglia* am Mittagstisch um sich scharte und mit selbstgemachter *pasta* fütterte, scheinen vorbei zu sein.

Seit jeher, berichtete Elettra weiter, schätze man eine ausgedehnte Mittagspause, die Siesta, die schon mal drei bis vier Stunden dauern könne, zu ihrem Leidwesen schwinde in vielen Städten auch dieser schöne Brauch. Früher sei eben manches besser gewesen. Immerhin seien die Azzurri vierfache Weltmeister, und die *ragazzi – bellissimi*, haha. »Da bin ich aber gespannt«, gluckste Cordula hinter uns. Sie war damals Single und auf Männersuche. Ihre Ansprüche an den künftigen Partner stehen einer längerfristigen Verbindung leider oft im Wege. Der Kerl sollte Vegetarier sein und Lastenfahrräder mögen. Wünschenswert wäre handwerkliches Geschick. Dazu muss man wissen, dass Cordula die Absicht hatte, ihre Wohnung zu renovieren.

Hinter der Grenze legte unsere Reiseleiterin eine CD ein, um uns auf Bella Italia einzustimmen. »'O sole mio«, schmetterte Pavarotti. Das ging aufs Gemüt und machte Appetit auf Nudeln. Eine Stimme aus dem Off fragte nach den Capri-Fischern von Schuricke. Elettra guckte verständnislos und fuhr fort, ihre Fingernägel zu lackieren. Und schon leuchteten die ersten Sonnenstrahlen.

Am Nachmittag erreichten wir den Gardasee. Wussten Sie, dass der Lacus benacus, wie ihn die Römer angeblich nach einer alten Gottheit namens Benacus genannt hatten, mit einer Fläche von 370 Quadratkilometern der größte See Italiens ist? »Da ist er ja noch größer als Frankfurt und Offenbach zusammen, das hätte isch nicht gedacht«, staunte die Chefsekretärin. Benannt ist der See nach der Gemeinde Garda. Schon seit der Antike wurde seine Schönheit immer wieder von Schriftstellern gepriesen. Wenn man von Norden kommt und den »Lago di Garda«, wie er auf Italienisch heißt, erstmals erblickt, ist man verzückt. Das – je nach Wetterlage – blaue Wasser zwischen schroffen Felsen, die bunten Häuser und die mediterrane Vegetation wie Zypressen und Mandarinenbäumchen versprühen das Flair des Südens, dann war man wirklich in Italien. Das erlebten wir beim Bummel durch die Gassen von Malcesine, ein pittoresker Ort, in dem unsere Unterkunft lag. An den Lokalen hingen deutschsprachige Speisekarten, sogar »echter deutscher Kaffee« wurde angepriesen, man fühlte sich fast wie zu Hause. Das empfanden offenbar auch unsere Mitreisenden aus Radebeul. Er war pensionierter Oberstaatsanwalt und hieß Hermann Schönfeld, seine Frau Elvira hatte früher als Maschinenbauingenieurin gearbeitet, das war in der ehemaligen DDR keine Seltenheit. Die Bezeichnung »Kaffeesachsen« kommt nicht von ungefähr. Der Stamm der Sachsen hatte immer eine Vorliebe für das braune Heißgetränk und einen hohen Pro-Kopf-Verbrauch. Waren Sie schon mal in dem legendären Café »Zum Arabischen Coffe Baum« in Leipzig? Dort können Sie die sächsische Kaffeetradition erahnen. Und so kommentierte Frau Elvira die Werbung für deutschen Kaffee wie folgt: »Hermann, hier gönnten wir ein Gännchen Gaffe schlürfen.« Was Hermann sich nicht zweimal sagen ließ.

Im Nachgang zu unserer ersten Etappe von München zum Gardasee machte sich bei mir die Qualität von Prellmayers Bus bemerkbar, kurz gesagt: Ich hatte »Rücken«.

Ich muss wohl ein wenig krumm gegangen sein und eine Leidensmiene aufgesetzt haben, weil Wagenhoff, der neben mir stakste, mich mitfühlend anschaute. »Dank Prellmayers Luxussitzen«, erklärte ich ihm. »Sind wohl nur drei Sterne«, bemerkte er trocken, »aber die Scheiben sind geputzt.« Vielleicht hätte ich auch so stocksteif sitzen sollen wie der Oberstudienrat.

Die Reiseleiterin führte uns durch die malerischen Gässchen zur Scaligerburg, dem Castello Scaligero. Die Scaliger, lernten wir, waren die einstigen Herren von Verona und hatten Burgen in Oberitalien erbaut. Die Familie della Scala trug eine aufsteigende Leiter, eine *scala*, im Wappen und herrschte im 13. und 14. Jahrhundert. »Von 1259 bis 1387«, wusste Franziska Maier, »und die Scaliger waren Tyrannen und Brudermörder.« Frau Maier, eine gertenschlanke, leicht angegraute Mittfünfzigerin aus Pfaffenhofen, war Erzieherin und höchst kulturbeflissen. Sie glänzte durch eine gründliche Vorbereitung der Besichtigungstermine. Während der Fahrt bearbeitete sie Kopien aus Büchern, die sie zu Hause gefertigt hatte, mit dem Textmarker. Dadurch sparte sie sich den Blick durchs Fenster auf die Landschaft. Ihr Wissensdurst war kaum zu stillen, sie hing an den Lippen der Reiseleiterin und saugte deren Worte förmlich in sich auf.

Die Scaligerburg von Malcesine thront auf einem Felsen und war schon von Weitem zu sehen. Wir erklommen die Burganlage, die aus drei ummauerten Höfen besteht und gut erhalten ist. Im Burghof stand eine Bronzebüste von – na wem schon? – Geheimrat Goethe. Elettra klärte uns darüber auf, dass der Dichterfürst auf seiner Italienreise hier vorbeigekommen war und die Burg gezeichnet hatte. Das war eine Steilvorlage für meine Frau: »Und er geriet in den Verdacht, ein österreichischer Spion zu sein. Sein hessischer Akzent rettete ihn vor der Verhaftung.« Da sieht man wieder mal, wie nützlich Sprachfärbungen sind. So erkennt man einen Schwaben daran, dass er kein Hochdeutsch, aber sonst alles kann. Die neutrale Zunge eines Hannoveraners hat da ein Defizit. Bei dem Wort »Verhaftung« wurde der Oberstaatsanwalt hellhörig. Er fragte bei Elettra nach, ob Goethe in Italien keinen festen Wohnsitz hatte.

Der Palazzo Inferiore im untersten Hof enthält mehrere Museen, darunter ein kleines Goethe-Museum, in dem Skizzen des Dichters von dem Kastell ausgestellt sind. Karola bewunderte die Zeichnungen gebührend. »Der war eben ein Universalgenie.« Fehlte nur noch, dass Karola Goethes Farbenlehre und seine Steinesammlung lobpries. Dem kam ich zuvor: »Bestimmt hat der auch die Grüne Soße erfunden.« Die Frankfurter Spezialität ist ein Gemisch aus allerlei Kräutern, dessen Sinn ich nie verstanden habe. Das gilt aber auch für andere regionale Köstlichkeiten wie den Hamburger Labskaus und die schwäbischen sauren Kutteln.

Ich zog Karola weg von Goethe hin zum großen Saal im Palas innerhalb der alten Kernburg, der dient heute als Kongresssaal und Ausstellungsraum. Zum Schluss stiegen wir auf den Turm und genossen von der obersten

Plattform den schönen Ausblick. Dort stand ein deutsches Paar mit einem quengelnden pausbäckigen Knaben. Das Kind beschwerte sich lauthals über den »blöden Turm«, hier oben gebe es doch nichts Besonderes, die alten Häuser könne man auch von unten gucken, er wolle jetzt endlich zum Gardaland. Ich verstand das nicht, wir waren doch im Land am Gardasee, dachte der Knirps etwa, hier sei der Lago Maggiore? Dem weiteren Streit der Familie entnahm ich, dass sich im Süden des Sees ein Freizeitpark namens Gardaland, eine Art Disneyland, befindet. Damit können ein historisches Bauwerk, eine malerische Altstadt und eine prächtige Aussicht natürlich nicht konkurrieren.

Auf dem Rückweg vom Burgberg kamen wir an einem alten Palast vorbei, dem Palazzo dei Capitani. Vom Innenhof aus sahen wir eine mit Balkonen und Galerien reich verzierte Fassade. Elettra erklärte, der Palazzo sei ursprünglich von den Scaligern für ihren Statthalter gebaut worden und habe später als Residenz für den Capitano gedient. Auf meine Frage, welches Schiff der Kapitän befehligt habe, sah mich unsere Reiseleiterin strafend an. Der Capitano war venezianischer Gouverneur, wurde ich zurechtgewiesen, der Palazzo war der Hauptsitz eines Seebundes. Man wird ja noch mal fragen dürfen ...

Das Abendessen, *cena*, nahmen wir in einer Pizzeria ein, wir wollten mal typisch italienisch essen. Meine Pizza Salami war fast so gut wie die in unserer heimischen Pizzeria um die Ecke. Nach dem Verzehr der Teigfladen hatten Karola und ich noch Lust auf ein italienisches

Eis und stürmten eine *gelateria.* Meine Frau wählte eine *coppa mista,* ich einen Eiskaffee. Am Nachbartisch saßen Mitreisende, ein Ehepaar in den Vierzigern, das, wie wir später erfuhren, in Berlin-Kreuzberg wohnte. Markus Blumberg, so hieß der Mann, war Steuerberater, seine Frau Melanie Lehmann-Blumberg Heilpraktikerin. »Das Eis ist in Italien teurer als bei uns«, monierte Markus, »vielleicht haben sie hier eine Gelatosteuer.« »Das italienische Eis müsste in Deutschland eigentlich mehr kosten als am Gardasee, bei dem weiten Transportweg«, sekundierte Melanie. Der Steuerberater blickte betreten zu Boden. »Aber Kräuter mischen kann sie.«

Das Albergo Monte Baldo lag an der Gardesana Orientale, das ist die Durchgangsstraße am östlichen Seeufer. Die Strecke ist verkehrsreich, daher nimmt man am besten ein Zimmer zum Berg hin. Der Monte Baldo ist ein mehr als zweitausend Meter hohes Bergmassiv, auf das eine Seilbahn führt. Wie wir bei einer früheren Reise festgestellt hatten, ist die Sicht von oben auf die Alpen fantastisch, in der Ferne glänzen schneebedeckte Dreitausender. Karola und mir wurde ein Zimmer zur Straße hin zugewiesen. Zwischen uns und dem See standen hohe Bäume, wir hatten sozusagen Zimmer mit Baumsicht. »Auf Langeoog wär das nicht passiert«, meckerte ich, »da gibt es keine Bäume.«

Am späteren Abend ließ der Verkehr merklich nach, nur hin und wieder donnerte ein Lastwagen vorbei, sodass die Fenster klirrten. Schallisolierung ist für viele Hoteliers ein Fremdwort, in einem abgelegenen Gebirgstal oder einer Wüstenoase macht das auch nichts aus. An der Gardesana wären dicht schließende Fenster sicher von Nutzen. Aber Karola hatte ja Ohrstöpsel. Ich selbst mag mir die Ohren nicht gern verstopfen, man könnte was verpassen. So wie den Fernsehfilm, der im Nachbarzimmer lief. Glücklicherweise war ein deutschsprachiger Sender eingestellt und jedes Wort zu verstehen. Schade nur, dass die Wand blickdicht war, ich hätte gerne das Gemetzel der Gangsterbanden beobachtet. Nach dem Thriller kam eine dieser Talkshows, die von deutschen Sendeanstalten gerne spätabends ausgestrahlt werden. Da kommt es wesentlich auf die Akustik an. Zwar konnte ich die Beiträge deren Lieferanten nicht immer zuordnen, aber das Thema war so schön einschläfernd, es ging um den One-Night- Stand ...

4

Das nächste Ziel war Verona. Unterwegs erzählte unsere Reiseleiterin die herzzerreißende Geschichte von Romeo und Julia, die ein tragisches Ende gefunden hatte. Wir würden den Ort sehen, an dem Romeo seine Giulietta angeschmachtet habe. Die beiden Liebenden stammen aus miteinander verfeindeten Familien, die Capulets und die Montagues. Sie heiraten heimlich, werden aber getrennt, nachdem ein Capulet einen Montague getötet und Romeo dies gerächt hat. Zum Schluss vergiftet sich Romeo, während Julia sich mit dessen Dolch ersticht. Was sich der Shakespeare nicht so alles ausgedacht hat! »Selbstmord ist straflos«, konstatierte Oberstaatsanwalt a. D. Schönfeld. »Aber Todsünde«, tönte es von rückwärts. Es war die Stimme von Georg Moosacher. Der war katholischer Pfarrer im Ruhestand und hatte in Freising seine Schäflein betreut. Moosacher war zwar ein waschechter bayerischer Prälat, aber keineswegs von gestern. Er kannte sogar eine Menge Witze, außer über den Papst, das hätte er sonst beichten müssen. Eigentlich wollte er nach Rom pilgern, aber die Aussicht auf die Gondeln von Venedig und den Schiefen Turm von Pisa hatte seine frommen Pläne durchkreuzt. Zudem war unser Pfarrer kein Kostverächter, er liebte deftige Nahrung und das bayerische Helle, was man ihm an der Taille ansah. Auf dieser Reise, verriet er mir, werde er über seinen Schatten springen und sich mit mediterraner Schonkost wie Saltimbocca und Vitello Tonnato begnügen; das Weintrinken falle ihm leichter, er habe es viele Jahre in der Messe geübt.

Auf der Gardesana Orientale nahmen wir Kurs auf Süden. Kurz vor Garda legten wir einen kleinen Stopp ein. Elettra leitete uns durch eine Zypressenallee an ein verwunschenes Plätzchen mit dem Namen Punta San Vigilio. Der kleine Hafen, eingerahmt von altem Gemäuer und einem romantischen Hotel, ist einfach zauberhaft. Unsere Reiseleiterin referierte eine Beweiskette, die ein Signor Brenzone im 16. Jahrhundert entwickelt haben soll. Danach ist der schönste Erdteil Europa, der schönste Teil Europas Italien, dessen schönster Teil der Gardasee, davon der schönste Ort San Vigilio und dieser folglich der schönste Ort der Welt. Das ist nicht zu widerlegen und hat uns überzeugt.

Leider nicht alle. Haben Sie schon mal an einer Gruppenreise teilgenommen? Dann wissen Sie, dass Sie zu den wenigen Leuten gehören, die noch nie in Usbekistan, Kambodscha und der Inneren Mongolei waren. Häufigstes Gesprächsthema auf einer Studienfahrt sind fremde Länder, verziert mit sensationellen Reiseerlebnissen. Sie glauben gar nicht, was die Leute schon alles gesehen haben! Man muss sich fast schämen, weder Südamerika noch Australien bereist zu haben. Die Blumbergs waren besonders weit herumgekommen und hielten dem Lobgesang auf die Punta San Vigilio entgegen, der Flecken sei nichts im Vergleich zu Tasmanien. Diese Insel sei himmlisch, säuselte Melanie, und das Schnabeltier der absolute Brüller. »Den Beutelwolf fand ich hübscher«, beschied Markus.

Als wir uns Verona, dem angeblichen »Tor Italiens«, näherten, gab Elettra Weiteres zum Besten. Die Stadt, die von den Römern gegründet worden sei und in der später Scaliger und Venezianer gehaust hätten, habe eine wechselvolle Geschichte und gehöre zum Weltkulturerbe der UNESCO. »Wie das Bergwerk Rammelsberg und die Grube Messel«, knödelte es von hinten. Das Geknödel kam von Professor Werthekoven, einem Geologen aus Bonn, der im Bus gewöhnlich schlief, aber bei Themen erwachte, die die Entwicklung der Erde streiften. Seine Gattin Katja, eine geborene »Freifrau von« und Inhaberin einer Kunstgalerie, weckte ihn gelegentlich:

»Arnulf, schau mal, dieses Gestein sieht aus wie Dachpappe«, woraufhin die Schnarchtöne verstummten. Der Hinweis auf die UNESCO beeindruckte mich nicht. Der berühmte Dom meiner Heimatstadt ist schon seit 1978 – und zwar als erstes Monument in Deutschland – Weltkulturerbe, da kann Verona, das man 2000 in die Liste aufgenommen hat, nicht mithalten.

Davon abgesehen: Was die UNESCO nicht so alles prämiiert! Wer hätte gedacht, dass das Atombombentestgebiet Bikini- Atoll, die historischen Strafgefangenenlager in Australien, das Dampfpumpwerk von Wouda, die historische Kartonfabrik von Verla und der Friedhof Skogskyrkogarden neben der Blei- Silber-Zink-Mine Tarnowskie Góry einzigartigen Charakter als Weltkulturerbe haben? Fehlt nur noch, dass der Berliner Hauptstadtflughafen und die Stasi-Zentrale auf die Liste kommen.

UNESCO hin oder her: Verona ist eine sehenswerte Stadt an der Etsch, die Italiener nennen den Fluss Adige, ohne Rücksicht auf das Deutschlandlied (»... von der

Etsch bis an den Belt«). Die Stadtmauern sind größtenteils noch erhalten, es gibt mehrere stimmungsvolle Plätze wie die Piazza delle Erbe und die Piazza dei Signori, alte Paläste namens Palazzi und das Caffè Dante bei der Statue des gleichnamigen Dichters. Die Piazza delle Erbe, auf Deutsch Platz der Kräuter, war seit jeher der Markt von Verona. Schon Goethe, belehrte uns Karola, war vom Angebot der dortigen Marktstände angetan. Dem konnte ich mich anschließen, wurden doch verlockende einheimische Erzeugnisse feilgeboten. So wie auf unseren Wochenmärkten Apfelsinen und Bananen.

Von Elettra erfuhren wir, dass die Piazza delle Erbe in früheren Zeiten nicht nur als Markt gedient hatte, sondern auch als Versammlungsort für Volksabstimmungen, ferner waren hier Gerichtsurteile verkündet worden. Der Oberstaatsanwalt fand das großartig, er hätte so gerne seine Anklageschriften auf dem Dresdner Neumarkt verlesen und die Plädoyers auf der Brühlschen Terrasse gehalten. »Dem hätte ich bei Gaffe und Guchen zugehörd«, sinnierte seine Frau.

Am Ende der Piazza delle Erbe schaute uns ein Palast mit einer prachtvollen Barockfassade entgegen. Das sei der Palazzo Maffei, wurden wir instruiert, der sei rund dreihundertfünfzig Jahre alt. Neben dem Palazzo ragt ein Turm, der Torre Gardello, mit einer Uhr, die laut unserer Reiseleiterin auf das 14. Jahrhundert zurückgeht. So lange wird meine Armbanduhr kaum halten. Cordula hatte den nachdenklichen Blick auf meinen Zeitmesser bemerkt. »Moderne Menschen tragen keine

Armbanduhren mehr, sie haben ihr Smartphone.« Anscheinend bin ich altmodisch, ich verwende immer noch Armbanduhr, Wecker und Papierkalender. Aber mein Handy benutze ich immerhin zum Telefonieren, man findet ja kaum noch Telefonzellen. Als es die noch gab, war der Mensch kommunikativer. Der auf den Zellen geklebte Hinweis »Fasse dich kurz« wurde von manchen Leuten gern übersehen, was zur Bildung längerer Schlangen führte. Das wiederum verschaffte uns Gelegenheit, mit anderen wartenden Leidensgenossen in einen Meinungsaustausch einzutreten, etwa über die rücksichtslose Person mit der Hakennase und den Segelohren im Telefonhäuschen. Die Zeiten sind leider vorbei. Zum Schlangestehen muss man sich an die Käsetheke oder den Skilift bemühen.

Eines der Highlights, das kein Tourist versäumen darf, ist der Palazzo Capuleti, in dessen Hof man den besagten Balkon bewundern kann. Geheimtipp ist die Bronzebüste der Giulietta. Mit ihr hat es eine besondere Bewandtnis: Wer über ihre rechte Brust streicht, über den wird die Liebesgöttin ihr Füllhorn ausschütten. Das haben schon viele gehofft, wie das blank geriebene sekundäre Geschlechtsmerkmal zeigt. Unser Prälat hatte bereits seine Hand ausgestreckt, zuckte aber im letzten Moment zurück.

Cordula hatte sich leichtsinnigerweise neben der Statue aufgebaut, ein Witzbold verwechselte sie mit der Bronzefigur.

Durch die Via Mazzini, eine elegante Einkaufsstraße, gelangten wir zur Piazza Brà, einem weiten Platz, an dessen einen Seite sich Restaurants aneinanderreihen. Hier kann man mit Blick auf die weltbekannte Arena di Verona flanieren, was die Einheimischen mit Vorliebe abends tun. Die Arena stammt, erfuhren wir, aus dem 1. Jahrhundert und hat eine glanzvolle Geschichte, zum Beispiel übten in ihren Arkaden Prostituierte ihr Handwerk aus. In den Sommermonaten finden in der Arena die beliebten Opernfestspiele statt, die Elettra uns schmackhaft machte. »Die Drei Tenöre in Verona«, jubelte die Chefsekretärin, »waren im Fernsehen, ihr ‚My Way‘ fand isch escht Klasse.« Unsere Reiseleiterin wirkte irritiert, fing sich aber schnell und empfahl, die »Aida« müsse man unbedingt erlebt haben, die Atmosphäre in der Arena sei einmalig, woraufhin Melanie Lehmann-Blumberg fragte, wie das Schiff denn ins Theater komme. Karola wiederum konnte sich ihren Goethe nicht verkneifen. In seiner »Italienischen Reise« stehe, das Amphitheater sei nur mit viel Publikum stimmungsvoll. »Wie bei Hertha BSC«, witzelte der Steuerberater. Darauf meldete sich Katja Werthekoven, die sich als Opernkennerin entpuppte. Verdis Aida sei 1871 in Kairo uraufgeführt worden, Schauplatz der Oper sei Ägypten zur Zeit der Pharaonen. Aida, eine äthiopische Königstochter, habe man nach Ägypten als Geisel verschleppt. Der ägyptische Heerführer Radamès habe sich in sie verliebt, dummerweise jedoch die Tochter des Pharao, Amneris, heiraten sollen. Seine Entscheidung gegen Amneris hätte ihn und Aida letztlich das Leben gekostet. »Dass ein Mann die falsche Frau wählt, kommt auch heute vor«, sagte ich halblaut mit einem Seitenblick auf Karola. Ihr Gesichtsausdruck sagte: »Sechs, setzen!«

Anschließend schlenderten wir über den Corso Cavour zum Castelvecchio, der ehemaligen Trutzburg der Scaliger.

Benannt ist die Straße nach Camillo Benso Graf von Cavour, dem ersten Ministerpräsidenten des Königreichs Italien, das im Jahr 1861 ausgerufen worden war. Italien war damit zehn Jahre älter als das Deutsche Reich, das aber zu einem späteren Zeitpunkt tausendjährig wurde. In nahezu jedem italienischen Ort trägt eine Straße oder ein Platz den Namen des Grafen. Ich vermute, dass die Via Cavour in Italien öfter vorkommt als in Deutschland die Bahnhofstraße. Das liegt wohl an den Lücken unseres Schienennetzes.

Zum Abschluss des Rundgangs führte Elettra uns zurück zur Piazza dei Signori. Der Platz sei das kommunale Zentrum der Scaliger gewesen, mit Verwaltung und Gerichtsbarkeit.

Elettra zeigte uns den ältesten Bau, den Palazzo Comunale, mit seinen gewaltigen Mauern, den Palazzo dei Tribunali, den Palazzo del Governo und den Palazzo dei Giudici. Das Ensemble war beeindruckend. Mal ehrlich: Welche Rathäuser und Gerichtsgebäude im zeitgenössischen Stil können es an Pracht und Stabilität mit diesen Palästen aufnehmen? Die Palazzi rund um die Piazza dei Signori sind Hunderte von Jahren alt und noch immer nicht baufällig. Wenn heutzutage ein neues Polizeipräsidium gebaut wird, kann man es vierzig Jahre später wieder abreißen. Und einen Zinnenkranz hat es auch nicht.

Vor der Statue Dante Alighieris, die gegenüber dem Caffè Dante steht, mussten wir Aufstellung nehmen und uns anhören, dass der Dichter im 13. Jahrhundert in Florenz geboren und Verfasser bedeutender italienischer Literatur war. Sein bekanntestes Werk, die Göttliche Komödie – Divina Commedia –, schildert eine Reise durch die Hölle zum Läuterungsberg bis hin zum Paradies. Pfarrer Moosacher meinte, die Hölle solle man nicht unterschätzen, da sei es mörderisch heiß. »Wie im Bus«, stöhnte Frau Wagenhoff; seit Bardolino war die Klimaanlage ausgefallen. Elvira Schönfeld neben mir schielte zum Caffè Dante und wurde unruhig. »Hermann, gomm, hier gibt's Gaffe.« Und Hermann kam.

Cordula, Karola und ich suchten ebenfalls das Caffè Dante auf, für Verona-Besucher ist das schließlich ein Muss. Sybille Bieber gesellte sich zu uns. Die Chefsekretärin hatte gute Umgangsformen, sie fragte höflich, ob uns ihre Gegenwart nicht zu arg störe. Die Benimmregeln hatte man ihr sicher in der Vorstandsetage des Bankhauses eingebläut.

Banker haben meistens ordentliche Manieren sowie ein gepflegtes Äußeres, das macht guten Eindruck, sie wollen schließlich seriös erscheinen und lukrative Kreditverträge zu einträglichen Zinsen verkaufen, was ja nicht grundsätzlich amoralisch ist. Frau Bieber hatte ihren Modestil danach ausgerichtet und kleidete sich stets dezent und geschmackvoll. Was man nicht von allen Mitreisenden sagen konnte. Gegen legere Bekleidung auf Urlaubsreisen ist nichts zu sagen, Abendkleid und Stöckelschuhe sind da ebenso problematisch wie auf der anderen Seite Anzug mit Weste und Langbinder. Ausgebeulte Jeans und Schlabberpulli dagegen mag man im australischen Outback tragen, bei den modebewussten Italienern kommt das eher nicht so gut an. Deshalb hatte ich auch mein frisch gebügeltes Hawaiihemd eingepackt. In Italien mag man es farbenfroh, auch an den Häusern. Es ist erstaunlich, wie begeistert wir Nordlichter von Bruchbuden sind, wenn sie nur unter südlichem Himmel stehen und bunt angestrichen sind.

Zu einer Stadtbesichtigung gehört grundsätzlich der Besuch einer Kirche. Können Sie sich eine Erkundung von Köln ohne den Dom vorstellen? Oder von Dresden ohne die Frauenkirche? Natürlich gibt es Ausnahmen. Ein Städtetrip nach Berlin und Hamburg kommt gut ohne Kirchenbesichtigung aus, da gibt es interessantere Objekte wie die Hamburger Herbertstraße und in der Bundeshauptstadt die russische Botschaft. In Verona soll es mehrere sehenswerte Gotteshäuser geben, doch man kann nicht alles auf einmal haben. Elettra traf eine Auswahl und schleifte uns zu San Zeno Maggiore. Dorthin mussten wir ein ganzes Stück laufen, aber es lohnte sich. Die Kirche besitzt eine monumentale Fassade mit einer großen, zwölfstrahligen Rosette unter dem Giebel und einem Portal mit beachtlichen Steinreliefs. Ein Hingucker sind die Bronzetüren mit achtundvierzig Reliefplatten, in deren Zwischenräumen Masken und allerlei Figuren erscheinen. San Zeno Maggiore, informierte uns Elettra, gilt als die schönste Basilika der Hochromantik in Oberitalien. Die Kirche ist dem heiligen Zeno geweiht, dem Patron der Stadt. Pfarrer Moosacher ergänzte, Zeno sei Bischof von Verona gewesen und im Jahr 380 gestorben. Im Inneren erblickten wir einen imposanten dreischiffigen Raum, reich ausgestattet mit Fresken, das Mittelschiff ist geprägt durch den Wechsel von Pfeilern und Säulen sowie eine Holzdecke. Elettra machte uns auf das Altarbild aufmerksam, das sei das Hauptwerk des Kirchenraums. Das Triptychon mit seinen prächtigen Farben stamme aus dem 15. Jahrhundert und sei das Werk des berühmten Malers Andrea Mantegna. Ich hatte diesen Namen noch nie gehört, verriet das aber keinem und schämte mich still meiner Bildungslücken.

Am Abend kehrte ich mit Karola und Cordula – die Reise war nur mit Frühstück gebucht – in der Trattoria Giulietta ein. Das Dinner am Gardasee hatte uns an die einheimische Küche erinnert, Pizzerien gibt es schließlich bei uns an jeder Ecke. Ist Ihnen auch aufgefallen, dass Sie über italienische Gaststätten förmlich stolpern, egal wo sie hinfahren? In den letzten siebzig Jahren scheint die Hälfte aller Italiener ausgewandert zu sein, um im fremden Land entweder ein Ristorante beziehungsweise eine Pizzeria oder ein Eiscafé zu betreiben. In manchen Gegenden ist das von großem Vorteil, man wüsste sonst nicht, was man da mit Appetit essen sollte.

Wir wollten jetzt typisch italienisch speisen. Vor unserer Abreise hatte Karola sich etliche italienische Vokabeln eingeprägt, was fernab vom Gardasee durchaus hilfreich sein konnte. Cordula und ich mussten uns ganz auf ihre Sprachkenntnisse verlassen, da wir nur ein paar Brocken Italienisch verstanden. Mein Sprachschatz beschränkte sich auf elementare Begriffe wie *espresso doppio* und *pizza con tutto*. Als Karola uns die Speisekarte vorlas, stellte ich fest, dass Italienisch doch nicht so schwer und ein Sprachkurs bei der Volkshochschule wohl entbehrlich ist. *Costoletta* ist das Kotelett, *spinaci* der Spinat und *olio* das Öl; nur unter *cozze* stellte ich mir etwas anderes vor als Miesmuscheln. Cordula bestellte »Penne ai quattro formaggi«, also Nudeln mit vier Käsesorten, ich »Osso-buco«. Karola entschied sich für ein »Bistecca«. »Dein Besteck liegt doch schon da«, scherzte ich. Karola verzog das Gesicht. »Deine Witze waren auch mal besser.« Mit dem Begleitwein aus dem Valpolicella war die Mahlzeit ein gelungener Tagesabschluss.

5

Gegen sechs Uhr früh wurden wir geweckt. Das war eigentlich nicht nötig, weil die Weiterreise nach Venedig erst um neun Uhr starten sollte. Ein Schlummer bis halb acht hätte die Abfahrt zur vorgesehenen Stunde nicht gefährdet, zumal das Frühstück mit wenig Zeitaufwand verbunden war. Die Italiener legen auf die erste Mahlzeit des Tages, die *prima colazione*, keinen großen Wert. Oft frühstücken sie auf dem Weg zur Arbeit, quasi im Vorübergehen, in einer Bar. Haben Sie einmal beobachtet, wie das vor sich geht? Der Signore oder die Signora betritt die Bar, stellt sich an die Theke, schlürft einen *caffè*, also einen Espresso, drückt sich eine *brioche* – eine gekrümmte Teigware – rein und verschwindet wieder. Das Ganze dauert maximal drei Minuten. Versuchen Sie das mal mit einem »full English breakfast«. Für Rühreier, gebratenen Speck, gebackene Bohnen, geschmorte Pilze und heiße Würstchen, gefolgt von gummiartigen Toastscheiben mit Orangenmarmelade, brauchen Sie mehr als eine Stunde. Falls Sie das alles schaffen. Dafür haben Sie den Rest des Tages den Magen voll.

Wir wurden, wie erwähnt, verfrüht aus unseren Träumen gerissen, und zwar durch einen Wasserfall im Badezimmer. Genauer gesagt, durch das Geräusch eines solchen. Wir stürzten ins Bad, wo es aber keine Auffälligkeiten gab außer einem gleichmäßig tropfenden Wasserhahn. Das also war der dumpfe Ton, den ich als atypischen Herzschlag meiner Frau interpretiert hatte.

Die Ursache des Wasserrauschens wurde uns bald klar: Der Hotelgast über uns war ein begeisterter Frühaufsteher und Reinlichkeitsapostel. Von einer Isolierung der sanitären Einrichtungen konnte wahrlich nicht die Rede sein. Das war aber kein Einzelfall und ist in Gasthöfen, keineswegs nur in Italien, häufig ein Problem. Wenn der Zimmernachbar auf seiner Toilette Wasser lässt, sind Sie versucht, in Ihrem Bad die Klospülung zu betätigen.

Mittlerweile war der Mensch über uns schon eine halbe Stunde in der Dusche. Karola befürchtete, der könnte ertrunken sein. »Geschähe ihm recht«, knurrte ich, »was duscht der auch so früh.«

Unser Frühstück bestand aus einer Tasse *caffè latte*, also Milchkaffee, sowie einem Brötchen mit Butter und Fruchtaufstrich. Als Krönung gab es ein Glas Orangensaft.

Die Backwaren in Italien sind, wie in vielen anderen Ländern, mit den Brotsorten in Deutschland kaum zu vergleichen. In dieser Hinsicht können wir »tedeschi« durchaus zufrieden sein, auch wenn wir zunehmend mit Brot aus Fertigbackmischungen abgespeist werden; die gute alte Backstube mit dem mehlstaubigen Bäcker, der nachts den Teig anrührt, scheint auf dem Rückzug zu sein.

Aber noch haben wir eine ordentliche Auswahl an Produkten vom echten Bäcker. Ein Brot aus deutscher Bäckerei lasse ich allenfalls für eine knusprige französische Baguette stehen. Auch gegen eine frische italienische Brioche ist nichts einzuwenden. Gewisse Brötchen hingegen, die immer wieder auf den Frühstückstischen oder Büffets in Italien auftauchen, sind staubtrocken und für Gebissträger nicht ohne Risiko.

Das musste Cordula leidvoll erfahren. »Mir ist die Krone abgefallen«, jammerte sie. »Setz sie wieder auf«, riet ich ihr.

Nach dem üppigen Morgenmahl nahmen wir Kurs auf Venedig.

Über die *autostrada* kamen wir zügig voran. Die meisten Autobahnen in Italien haben die Unart, gebührenpflichtig zu sein. Das hatten sich findige deutsche Verkehrspolitiker offenbar abgeschaut, die bei uns die Maut auch für Pkws einführen wollten. Daraus wird wohl vorerst nichts.

Unterwegs wurde uns ein kurzer Überblick über die Geschichte der Lagunenstadt zuteil. Im 15. Jahrhundert, lernten wir von der Reiseleiterin, war Venedig die reichste und größte Stadt Italiens. »La Serenissima« – die Durchlauchtigste –, wie man sie nannte, entwickelte sich zu einem wichtigen Finanzzentrum und war bis ins 16. Jahrhundert eine der bedeutendsten Handelsstädte. Sie unterhielt lange Zeit die meisten Handels- und Kriegsschiffe in Italien und beherrschte ein Kolonialreich von Oberitalien bis Kreta. Bis 1797 war Venedig Hauptstadt der gleichnamigen Republik und eine der europäischen Städte mit der höchsten Einwohnerzahl. 1987, fügte Elettra stolz hinzu, seien Venezia und seine Lagune in die Weltkulturerbe-Liste aufgenommen worden. Also auch wieder später als der Aachener Dom, dachte ich, aber dafür hat Venedig mehr Kanäle. Und den Vize Questore Patta.

Die »Serenissima«, schwärmte unsere Reiseleiterin, sei jedenfalls einzigartig und eine Sehenswürdigkeit ersten Ranges. »Goethe hat Venedig als wunderbare Inselstadt gerühmt, die Stadt muss toll sein«, ließ sich Karola vernehmen. Gut, dass der Geheimrat tot ist, durchfuhr es mich, sonst werde ich noch eifersüchtig.

Schließlich erkundigte sich Elettra, was wir noch über die Geschichte Venedigs wissen wollten. Es meldete sich Melanie Lehmann-Blumberg: »Stimmt es, dass Casanova zweihundert Frauen verführt hat?« Elettra verschlug es die Sprache. Sie überging die Frage und berichtete, Giacomo Casanova sei 1725 in Venedig geboren und dreißig Jahre später ebendort wegen angeblicher Schmähungen gegen die heilige Religion verhaftet worden. Nach 15 Monaten sei ihm die Flucht aus dem Gefängnis, den sogenannten Bleikammern, gelungen. Casanova sei durch ganz Europa gereist und habe in seinem Leben viele bedeutende Persönlichkeiten getroffen. »Wie unser Außenminister«, wusste Cordula. Pfarrer Moosacher ergänzte, Casanova habe ursprünglich Priester werden wollen und schon die niederen Weihen gehabt, dann aber seine kirchliche Laufbahn leider aufgegeben. »Dafür trieb er's mit den Nonnen!«, rief der Oberstudienrat. Ich sah, wie der Prälat erbleichte.

Ein paar Meilen vor Venedig gerieten Elettra und Ronny in einen Disput über den richtigen Weg in die Lagunenstadt.

Ronny schwor auf das Navi, während Elettra sich auf ihren Stadtplan berief. Als Reiseleiterin hatte sie das letzte

Wort und Ronny ließ sich schicksalsergeben von ihr leiten. Wir landeten im Industriegebiet. Elettra schimpfte: »Die Karte stimmt nicht!« »Sie halten die falsch rum«, merkte Karola an. Ronny verzog keine Miene und wendete den Bus.

Bis zum Hotel konnten wir nicht fahren. Unser *albergo* lag ziemlich zentral, nicht weit vom Markusplatz entfernt. In der Lagunenstadt gibt es fast keine Straßen, nur Plätze und Kanäle. Wer in das Zentrum gelangen möchte, muss entweder ein Boot nehmen oder zu Fuß gehen. Ronny lud uns an der Piazzale Roma ab und suchte einen Parkplatz für den Bus. Mit unserem Gepäck machten wir uns auf den Weg. Eine der nützlichsten Erfindungen des 20. Jahrhunderts ist der Rollkoffer. In früheren Zeiten musste man sich als Urlauber elend abschleppen, was manchem einen Hexenschuss einbrachte und professionellen Gepäckträgern das Auskommen sicherte.

Der Rollkoffer spart dem Reisenden Geld und ist für ihn stets greifbar. Außerdem bietet er akustische Reize, vor allem auf Kopfsteinpflaster. Und der Hotelgast freut sich, wenn am späten Abend oder frühen Morgen Mitbewohner ihre scheppernden Rollkoffer den Flur entlangziehen.

Elettra geleitete uns zur nächsten Anlegestelle. Das einzige öffentliche Verkehrsmittel in Venedig ist das Vaporetto, ein Wasserbus im Linienverkehr. Wer leicht seekrank wird, muss laufen oder schwimmen. Das Vaporetto schaukelte uns auf dem Canal Grande, der

Hauptader, zum berühmten Markusplatz. Die Schiffstour war abwechslungsreich, nicht nur wegen der stolzen Palazzi entlang des Kanals, sondern auch wegen des dichten Bootsverkehrs. Wir begegneten Mengen von Vaporetti, Gondeln und Wassertaxis und hofften, das Abenteuer ohne Schiffbruch zu überstehen, konnten das Boot aber ohne Blessuren verlassen. Vom Markusplatz ging es im Gänsemarsch zum Albergo Buona Notte, einem vorgeblichen Dreisternehotel, das offenbar schon bessere Zeiten gesehen hatte. Überall bröckelte der Putz, merkwürdigerweise macht für uns Nordländer das, was wir zu Hause als Reparaturstau bezeichnen, den südlichen Charme aus, vielleicht liegt das am azurblauen Himmel. Melanie Lehmann-Blumberg meinte, das Hotel habe sicher auch ein Dreisternerestaurant. Der Speisesaal sah aber nicht danach aus. Das uns zugedachte Zimmer hatte die Größe eines Kaninchenstalls und roch auch so. Der Ausblick auf einen Seitenkanal des Canal Grande war nicht übel.

Am Nachmittag traf sich die Gruppe zu einem Rundgang über den Markusplatz, die Piazza San Marco. Das heißt, ein Rundgang war es eigentlich nicht. Kurz zuvor hatte nämlich ein Kreuzfahrtschiff neben der Piazzetta festgemacht. Haben Sie schon mal Kreuzfahrer aus einem Schiffsbauch strömen und sich über eine Stadt hermachen sehen? Dann können Sie erahnen, was in Venedig los war. Der Dampfer hatte bestimmt so etwa fünftausend Gäste geladen, die sich den Landausflug nicht nehmen ließen. Warum bleiben die nicht an Bord, dachte ich, da ist es gemütlich und dank der Klimaanlage angenehm kühl. In der Lagunenstadt dagegen brannte einem die Sonne auf den Pelz. Außerdem gibt es an Bord Kaffee und Kuchen zum Nulltarif, weshalb setzen sich die Schiffstouristen dem Lärm und der Hitze an Land sowie den gepfefferten Preisen der venezianischen Cafés aus? Tausend Touristen auf einem Fleck, auch wenn der wie der Markusplatz nicht gerade winzig ist, sind nicht nur für die Einheimischen eine echte Herausforderung. »Das ist noch gar nichts«, tröstete Markus Blumberg, »fahren Sie mal U-Bahn in Pjöngjang.« Unsere Reisegruppe musste Slalom laufen, um den Massen auszuweichen. Dabei verstauchte Frau Bieber sich den Fuß.

Melanie Lehmann-Blumberg, als Heilpraktikerin medizinkundig, riet ihr zu einem Brennnesseltee. »Von Brennnesseln krieg isch leischt Sodbrennen«, klagte die Chefsekretärin.

Nachdem wir uns zum Museo Correr, einem Kunstmuseum, durchgekämpft und ein wenig Luft verschafft hatten, erklärte Elettra, der Markusplatz sei das Herz der Stadt und von den Arkaden der Prokuratien, des alten Sitzes der Stadtverwaltung, umgrenzt. Der Markusdom gegenüber, die Ba- silica di San Marco, sei bis zum Ende der Republik Venedig 1797 deren zentrales Staatsheiligtum gewesen und seit 1807 die Kathedrale des Patriarchen der Lagunenstadt. Die Kirche sei dem Evangelisten Markus gewidmet, dessen Beine man im neunten Jahrhundert geraubt habe. »Fürs ganze Skelett hat's nicht gereicht«, lästerte Oberstudienrat Wagenhoff. Über den frei stehenden, 95 Meter hohen Turm des Doms, den Campanile, erfuhren wir, dass dieser im Jahr 1902 eingestürzt und umgehend wieder aufgebaut worden war. Da hatte der Statiker ursprünglich wohl falsch gerechnet. Der Turm ist so hoch, dass, wer aus der Nähe zu ihm aufschaut, Genickstarre kriegt. Man könne, fuhr Elettra fort, mit dem Lift nach oben fahren und die überwältigende Aussicht über Venedig genießen. Der Schlange vor dem Aufzug nach zu urteilen, hätte man dafür den Rest des Tages einplanen müssen.

Elettra ließ uns weiter an ihrem Wissen teilhaben.

Venedig verfüge über rund hundertfünfzig Kanäle und mehr als vierhundert Brücken. Und die Kirchen und Paläste der Lagunenstadt seien auf Millionen von Holzpfählen gebaut. »Unter den Häusern ist Wasser«, dozierte Professor Werthekoven, der sich auf der Hinfahrt ausgeschlafen hatte. »Schwimmen die weg?«, fragte Melanie Lehmann-Blumberg.

Auch auf die Taubenplage kam unsere Reiseleiterin zu sprechen. Auf dem Markusplatz gab es früher mehr Tauben als Menschen, heute ist es eher umgekehrt. Weil die Vögel überhandgenommen und schlimme Schäden am Dom hinterlassen hatten, verbot die Stadt im Jahr 2008 das Füttern. Seither sind die Gelegenheiten, Taubenkot vom Seidenblouson zu entfernen, seltener geworden.

Inzwischen hatte das Schiff zur Abfahrt getutet und die Kreuzfahrer hatten die Piazza di San Marco fluchtartig verlassen. Unsere Gruppe konnte den Platz endlich ungehindert in Richtung der Basilica queren. Deren Fassade ist ein gefundenes Fressen für jeden Hobbyfotografen. Sie ist überreich mit Marmor dekoriert und durch unzählige antike Säulen sowie Skulpturen verschiedenster Epochen verziert. Die meisten Säulen sind, wie so manches in Venedig, im Zuge von Eroberungen geraubt. Das gilt auch für die vier Pferde, Teile einer ehemaligen Quadriga, deren Originale allerdings im Inneren der Kirche stehen. Innen ist der Dom nicht minder sehenswert. Auch hier findet man überall Marmor und reichlich Mosaiken. Die Venezianer haben es also richtig krachen lassen. Kriegszüge – falls erfolgreich – und das Auswerfen von Handelsnetzen waren eben immer schon lukrativ. Elvira Schönfeld kam aus dem Staunen nicht heraus: »Den Marmor gönnden wir für unsere Güche brauchen.« Karola empfahl: »Versuchen Sie's ersdmal mit Marmorguchen.« Ich trat ihr auf den Fuß, aber da war es schon zu spät.

Für den Rest des Tages entließ Elettra uns mit sachdienlichen Hinweisen zur Freizeitgestaltung. Man könne in einem Café auf der Piazza das Flair der Stadt genießen oder sich eine Gondelfahrt gönnen. Unvergesslich sei die Tour mit einem singenden Gondoliere. »Hoffentlich trifft der den Ton«, ätzte Oberstudienrat Wagenhoff. Markus Blumberg fragte nach dem Weg zu Harry's Bar. Die Kneipe war in den Fünfzigerjahren vom internationalen Jetset entdeckt und hierdurch bekannt geworden, berühmt ist sie für einen Cocktail aus Sekt und Pfirsichpüree. »Der Wirt heißt Bellini«, behauptete Melanie Lehmann-Blumberg. Unsere Reiseleiterin warnte vor den gesalzenen Preisen der Bar.

Den Steuerberater schreckte das nicht. »Das sind Bewirtungskosten«, erklärte er, »die mach ich beim Finanzamt geltend.«

Karola lechzte nach einem Cappuccino. Ihre Augen wanderten über den Markusplatz und erspähten einen freien Tisch beim Caffè Florian. Das Lokal gilt als Italiens ältestes Kaffeehaus und ist über die Landesgrenzen hinaus bekannt. Vorsichtshalber erlaubte ich mir einen Blick auf die Getränkekarte. Ich bin bestimmt nicht knauserig, neige aber auch nicht zur Verschwendung, immerhin hat unsereins sein Geld sauer verdient. Die Preise veranlassten mich, ein anderes Plätzchen für die Kaffeepause vorzuschlagen. »Lass uns in die Seitengasse gehen, dort ist es ruhiger.« »Du Geizkragen«, schalt mich meine Frau. Ich ahnte, dass Karola mir meinen Hang zur Sparsamkeit noch lange aufs Brot schmieren würde. Das tat sie bereits wegen eines früheren Erlebnisses in der schönen Stadt Wien. Ihren sehnsüchtigen Blick auf die Kutschen hatte ich ausgebremst: »Ein Fußmarsch ist gesünder und außerdem bekommt den Pferden das Pflastertreten nicht.« Damit wollte ich sie an ihrer Tierliebe packen. Karola hat nämlich ein Herz für Pferde und Hunde. Sie kann an kaum einem Köter vorbeigehen, ohne ihn anzustrahlen, nur um Rottweiler und Dobermänner macht sie einen Bogen. Meinen Vorschlag zur Fußwanderung hatte sie damals ungnädig aufgenommen. Sie sollen aber nicht glauben, ich sei geizig. Als Karola Blasen an den Füßen hatte, spendierte ich ihr eine Fahrkarte für die Bimm, so nennen die Wiener ihre Straßenbahn.

Ein anstrengender Tag macht auch Bildungshungrigen Kohldampf. Cordula, Karola und ich suchten in einer kleinen Gasse ein Ristorante auf, das mit einem *menu turistico*, einem Touristenmenü, für sich warb. Um unsere Reisekasse nicht über Gebühr zu strapazieren, reichte uns eine Mahlzeit, die uns finanziell tragbar erschien. Dazu muss man wissen, dass Venedig nicht gerade zu den billigen Urlaubszielen gehört. Wer nur über ein bescheidenes Budget verfügt, fährt nicht in die Lagunenstadt, um dort ausgiebig zu schlemmen. Der Durchschnittsbürger hält sich ja auch auf Sylt zurück, Fischbrötchen an der Bude tun's durchaus. Vor dem Touristenlokal trafen wir unsere schwäbischen Mitreisenden, Winfried und Heidi Weckerle. Die Weckerles, ein Ehepaar in den Sechzigern, stammten aus Böblingen, wo sie ein Modegeschäft namens »Kleiderpalast« – sie sagten »Kleiderpalascht« – betrieben. Jetzt studierten sie intensiv die ausgehängte Speisekarte. Der Zusatz »coperto e servizio gratuito« auf der Tafel veranlasste die Schwaben, das Lokal zu entern: »Hier gibt's Messer und Gabel umsonscht.« Wir folgten ihnen unauffällig. Meine Frau und ich wählten ein Touristenmenü, Cordula entschied sich für eine *insalata vegetariana*, einen Salat ohne Fleischeinlage. Die hatte ich im Weinglas, der Kellner brachte mir den offenen Wein, in dem eine Fliege schwamm, und verdrückte sich. Ich bin der festen Ansicht, dass in meinem Wein kein Insekt was zu suchen hat, und zitierte dementsprechend den *cameriere* herbei. Der holte sich einen Kaffeelöffel, mit dem er die Fliege, die inzwischen ihr Leben ausgehaucht hatte, kommentarlos aus dem Glas angelte. Ein Kellner mit Stil hätte das heimlich in der Küche getan. Karola versuchte meine Empörung zu dämpfen. »Immerhin hat er nicht seine Finger benutzt.«

Das Hotel Buona Notte lernte ich erst in der Nacht schätzen. Die Bettfedern massierten meinen Rücken, verkürzten allerdings die Schlafdauer. Aber wir waren ja nicht nach Venedig gereist, um die Nacht zu verschlafen. Ich war gerade eingeschlummert, als mich seltsame Geräusche weckten. Fleißige Leute, die Venezianer, dachte ich, da arbeiten die Handwerker sogar nach Mitternacht. Es hörte sich an wie eine Bandsäge. Karola, die ebenfalls wach war, klärte mich auf: »Der Typ nebenan schnarcht wie ein Walross.« Ich weiß nicht, ob Walrösser schnarchen. Das muss ich nächstens googeln, nahm ich mir vor. Apropos googeln: Erinnern Sie sich noch an die Lexika in Buchform? Vor der Einführung des Internets stopfte man seine Regale mit vielbändigen Nachschlagewerken voll. Im Leineneinband oder mit Lederrücken waren das Schmuckstücke. Wollte man sein Kreuzworträtsel vervollständigen und ermitteln, an welchem Fluss Bratislava liegt, dann schritt man zum Bücherregal, am besten nahm man den Band mit dem Buchstaben B. Heute ist das anders, ganz einfach Laptop einschalten, Werbevideos wegklicken und bei Wikipedia nachschauen. Oder Werbevideos gucken und Bratislava vergessen. Das liegt übrigens an der Donau, falls Ihnen das entfallen ist. Sie werden die Stadt auf Ihrer Flusskreuzfahrt von Passau nach Budapest besichtigt haben. Eine Tour mit dem Flussschiff hat gegenüber der Kreuzfahrt auf dem Meer den Nachteil, dass man immer auf die langweiligen Ufer gucken muss, außerdem wackelt es nicht so schön.

6

Der Wecker scheuchte uns früh aus dem Bett. Elettra hatte verkündet, wir müssten beizeiten am Dogenpalast sein, sonst sei es dort zu voll. Die Morgenstunde war für uns kein Problem, schließlich hatten wir keinen Erholungsurlaub gebucht, sondern eine Studienfahrt. Deutsche Touristen stehen aber auch in Urlaubshotels früh auf, um die richtigen Poolliegen mit Badetüchern zu markieren. Das Frühstück erwies sich auch in Venedig als Fast Food, das heißt als schnelle Nahrung. Eingedenk ihrer Erfahrung in Verona verzichtete Cordula auf das Brötchen und nahm nur einen Saft.

Vor dem Dogenpalast lungerte eine Gruppe Chinesen herum.

Denen begegnet man heutzutage oft, es gibt ja so viele davon. Die Asiaten hielten Metallstäbe in die Luft und grinsten kleine Geräte an, die an deren Enden hingen. Karola sah meinen fragenden Blick. »Das sind Selfie-Stangen«, klärte sie mich auf, »damit kann man sich fotografieren.« »Warum tun sie das hier«, überlegte ich laut, »das können sie doch zu Hause.«

Der Dogenpalast, ließ Elettra uns wissen, war der Sitz der venezianischen Stadtrepublik. Der imposante Bau zeigte im Inneren seine ganze Pracht. Im Hof sahen wir die Gigantentreppe, auf der die Dogen gekrönt wurden, und im Palast selbst die Goldene Treppe sowie die Repräsentationsräume und die Ratssäle mit ihren Kassettendecken und Gemälden, darunter berühmte alte Meister wie Tizian und Tintoretto. Die Bilder beäugte Elvira Schönfeld kritisch: »Dindoreddo und Dizian genne ich aus den Dresdner Gunstsammlungen.« »Dann sind das hier Fälschungen?«, fragte Melanie Lehmann-Blumberg. Der Saal des Großen Rates, erfuhren wir, ist der größte Saal des Dogenpalastes, in dem sich die rund hundert Adligen versammelt hatten, die den Dogen wählen durften. »Da ist der Bundestag besser aufgestellt«, meinte Frau Schönfeld. Damit sprach sie ein wahres Wort, wir Deutsche leisten uns, im internationalen Vergleich, eine erkleckliche Anzahl an Parlamentariern. Da sieht man wieder mal, dass Quantität und Qualität zwei verschiedene Dinge sind …

Nach der Besichtigung des Dogenpalasts kam Elettra auf die berüchtigten Bleikammern zu sprechen. Diese lagen, erfuhren wir, unter dem mit Blei gedeckten Dach oberhalb der Sala de Inquisitori und waren ausschließlich für die Gefangenen des Rates der Zehn und der Staatsinquisitoren bestimmt. Die schlecht belüfteten Kammern wurden schnell unerträglich heiß. »Hatten die keine Klimaanlage?«, fragte unsere Heilpraktikerin. Der Oberstudienrat antwortete, die Anlagen seien damals auch nicht besser gewesen als die in Prellmayers Bus.

Anschließend ging es zur Seufzerbrücke, der Ponte dei Sospiri. Das ist der Verbindungssteg zwischen Dogenpalast und Gefängnis über den Rio di Palazzo, einen etwa acht Meter breiten Kanal. Über diese Brücke, berichtete uns Elettra, wurden die Verurteilten zur Haft oder zur Hinrichtung geführt. »Wie vollstreckt ihr heute die Todesstafe?«, erkundigte sich der Oberstaatsanwalt und erntete bei Elettra einen finsteren Blick. »Die Höchststrafe sind aber die Brötchen«, warf Cordula ein.

Einen kurzen Halt machten wir an dem größten Opernhaus Venedigs, dem Teatro La Fenice. Das Haus, hörten wir, war 1996 während Renovierungsarbeiten abgebrannt, jedoch neu gebaut und Ende 2003 wiedereröffnet worden. »Schneller als der Berliner Flughafen«, kommentierte Markus Blumberg. »Und die Elbphilharmonie«, ergänzte Wendelin Wagenhoff. Einen fachkundigen Beitrag lieferte die Opernfreundin Katja Werthekoven. Das ehrwürdige Opernhaus habe zahlreiche Uraufführungen erlebt wie zum Beispiel Rigoletto und La Traviata von Verdi. »Ich wusste nicht, dass die Gewerkschaft Opern schreibt«, staunte Melanie Lehmann-Blumberg. Ihr Mann verdrehte die Augen.

Auf dem Weg zur Rialtobrücke entlang des Canal Grande bewunderte ich die reich verzierten Palazzi. Einige Paläste sahen jedoch unbewohnt aus. Auf meine Frage nach dem Grund des Leerstands erklärte Elettra, in Venedig sei die Einwohnerzahl in den vergangenen Jahrzehnten stark geschrumpft. Die steigenden Kosten hätten immer mehr Einheimische vertrieben. Wie auf Sylt, dachte ich. Da können sich die Eingeborenen die Mieten auch nicht mehr leisten und müssen aufs Festland ziehen. Vor allem die jüngeren Leute, fügte Elettra hinzu, hätten die Stadt verlassen, weshalb inzwischen die Hälfte der verbliebenen Bewohner über sechzig Jahre alt sei. »Das wäre doch für uns der richtige Alterssitz«, schlug ich Karola vor, »und Venedig hat angeblich das älteste Spielcasino der Welt.« Ich hatte gelesen, dass das Casinò di Venezia bereits seit 1638 existiert. Meine Frau ist Glücksspielen nicht grundsätzlich abgeneigt, während ich finanzielle Risiken aller Art zu meiden suche. In Las Vegas hatte ich ihr großzügig zwanzig Dollar als Einsatz an Spielautomaten zugestanden. Sie gewann vierzig Dollar, mit denen wir ein üppiges Abendessen finanziert und noch das Taxi bezahlt haben. Wie Sie sicher wissen, kann man in den Hotels von Las Vegas für kleines Geld schlemmen, muss sich das jedoch durch einen Marsch zwischen Spalier stehenden Automaten verdienen. Karola biss nicht an: »Da können wir gleich nach Duisburg ziehen, da gibt es auch eine Spielbank.«

An der Rialtobrücke angelangt, erfuhren wir, dass der Ponte di Rialto, mit ihrem weitgespannten Bogen die berühmteste Brücke Venedigs, Ende des 16. Jahrhundert erbaut und bis ins 19. Jahrhundert der einzige Übergang über den Canal Grande war. Die Brücke ist tatsächlich so hübsch wie auf den Bildbandfotos, weniger schön sind die vielen Souvenirläden. Ein Leckerbissen für den Fotografen ist der Moment, in dem Gondeln mit Ringelhemden-Gondolieri unter der Brücke auftauchen. »In Deutschland heißen viele Eisverkäufer Rialto«, wunderte sich Melanie Lehmann-Blumberg. »Und deren Frauen Venezia«, ergänzte Wendelin Wagenhoff. In den Fünfziger- und Sechzigerjahren hieß bei uns fast jede zweite Eisdiele – so nannte man das damals – Venezia oder Rialto.

Das hat sich längst geändert. Heutzutage findet man solche Bezeichnungen wie Eisfactory oder Vanille & Co. Man lässt sich die Haare auch nicht mehr im Friseursalon schneiden, sondern bei Hairstyling oder Special Cut.

Vom Ponte di Rialto jagte uns Elettra zurück zum Markusplatz und von dort zur Anlegestelle. Sie habe eine Überraschung für uns, wir unternähmen noch eine Bootsfahrt zur Murano-Insel. Die nächste Fähre bot zum Glück genug Platz für unsere Gruppe. Das Boot schaukelte durch die Lagune und erreichte nach einer guten halben Stunde die Insel. Cordula war weiß im Gesicht, anscheinend hatte ihr die Bootsfahrt arg zugesetzt. Die boshafte Bemerkung, das komme von der vegetarischen Kost, schluckte ich wohlweislich hinunter, das wäre unfein gewesen. Gegen Vegetarier habe ich überhaupt nichts, es muss nicht jeder Fleisch essen, so sehen das sicher auch die Schweine, nur für die Metzger sind diese Leute ein rotes Tuch. Das Gute an der Seekrankheit besteht darin, dass sie verschwindet, sobald man wieder festen Boden betritt. Bei einer kurzen Überfahrt ist das kein großes Problem, aber auf einem Kreuzfahrtschiff wird es ungemütlich, wenn der nächste Landausflug erst in drei Tagen stattfindet und die Übelkeit nicht weichen will. Von der rauen See hatten Karola und ich einmal profitiert, als unser Schiff bei Windstärke acht und sechs Meter hohen Wellen hin und her wackelte. Beim Abendessen fehlte die Hälfte der Passagiere, denen war wohl der Appetit vergangen. Wir hatten dadurch mehr Platz am Tisch und bekamen zweimal Dessert, eine doppelte Portion Mousse au Chocolat mit Vanilleeis geht immer.

Nach der Ankunft machte Elettra uns mit Murano bekannt, einer Gruppe von sieben Einzelinseln. Diese seien durch Kanäle voneinander getrennt und durch Brücken miteinander verbunden. »Warum hat man die Insel getrennt, um die Teile dann wieder zu verbinden?«, fragte Melanie Lehmann-Blumberg, erhielt aber keine Antwort. Stattdessen fuhr Elettra fort, die Hauptinsel heiße San Donato und der gleichnamige Canale sei der Hauptkanal. Murano sei bekannt für seine Glaskunst. Ende des 13. Jahrhunderts habe man alle Glasöfen von Venedig auf die Inseln verlagert. Gründe seien der Brandschutz und das Geheimnis der Glasherstellung, das man streng gehütet habe, den Glasbläsern sei die Weitergabe ihres Wissens unter Androhung der Todesstrafe verboten worden. »Gilt das heute noch?«, erkundigte sich der Oberstaatsanwalt. »Die Verräter landen im Kerker, da blasen sie Trübsal«, kalauerte ich.

Unsere Reiseleiterin tat, als habe sie das nicht gehört.

Am Canale San Donato entlang spazierten wir zur Basilica di Santi Maria e Donato. Unsere Reiseleiterin berichtete, die Basilika sei im 12. Jahrhundert gebaut und neben der Gottesmutter dem heiligen Donatus von Arezzo geweiht worden. Die in der Kirche aufbewahrten Gebeine stammten jedoch von einem anderen Donatus, nämlich dem von Evorea. Pfarrer Moosacher gab zum Besten, dieser Heilige sei Bischof in Epirus gewesen und werde heute besonders in Albanien und Griechenland verehrt. Elettra verriet uns, dass in der Kirche die angeblichen Knochen des von Donatus erlegten Drachen ausgestellt seien, in Wirklichkeit seien das aber Walknochen. Cordula, unsere Biologin, klärte uns darüber auf, dass sich die Knochen von Drachen und Walen äußerlich ähneln und man sie schon aufbohren muss – wenn das Mark aus Feuer- stein besteht, handelt es sich um Drachenknochen. Im Innenraum der Basilika sieht man eine zweigeschossige Bogenkonstruktion mit weißen Säulen. Das Besondere ist der farbenprächtige Fußboden aus Mosaiken in byzantinischer Manier. Der Boden, ließ Elettra uns wissen, entstammt ebenfalls dem 12. Jahrhundert und ist ziemlich berühmt. Da fiel Elvira Schönfeld ein: »Hermann, im Ogdober lassen wir unsere Derrasse fliesen.« Da die Zeit drängte, verzichtete unsere Reiseleiterin darauf, die Mosaiken zu erläutern.

Franziska Maier war sichtlich enttäuscht und klappte missmutig ihr Notizbuch zu.

Elettra trieb uns energisch in eine Glasmanufaktur. Dort konnte man beim Glasblasen zuschauen und, vor allem, seinen Geldbeutel erleichtern. Besuche in ein- schlägigen Werkstätten sind eine beliebte Zugabe von Reiseveranstaltern. Je billiger eine Reise ist, desto mehr Handwerksbetriebe muss der Gast besichtigen. Ihnen ist sicher schon aufgefallen, dass manche Anbieter mit einem besonders günstigen Reisepreis werben und zum Ausgleich den Besuch einer Ledermanufaktur, einer Schmuckwerkstatt und eines Weinguts in ihrem Pro- gramm verstecken. Der Betriebsinhaber möchte dem Reisenden seine Erzeugnisse selbstredend nicht nur prä- sentieren, sondern auch verkaufen. Da könnte man einen Zusammenhang mit der Preiskalkulation des Reiseunter- nehmers argwöhnen. Dass dieser Provisionen kassiert, wird ihm natürlich niemand unterstellen. Beim Thema Verkaufsveranstaltungen fallen mir die früher so beliebten Kaffeefahrten ein. In den Achtziger- und Neunzigerjahren verging kaum eine Woche, in der uns nicht das Angebot für eine Bustour ins Haus flatterte. Fahrt durch unsere wunderschöne Heimatlandschaft, hieß es da, einschließlich Mittagessen in einem urgemütlichen Gasthof mit gutbürgerlicher Küche, Schweinebraten mit Erbsen und Möhrchen sowie Salzkartoffeln, alles für 19,90 DM, obendrein erhält jeder Fahrgast ein Kilo Bauernbrot, zehn frische Landeier und hundert Gramm Knackwurst. Als Höhepunkt winkte die Teilnahme an einer Verkaufsveranstaltung. Die Wurst, die Eier und das Brot erhielt man erst am Schluss der Werbevorstellung. Ich hatte mich immer mal für eine Kaffeefahrt anmelden wollen, aus reiner Neugier, aber Karola hielt davon nichts. Am Ende brächte ich einen Satz Kochtöpfe mit, der im Laden viel billiger sei. Das wies ich empört zurück: »Ich kaufe allenfalls eine elektrische Heizdecke, die kriegt deine Schwester dann zum Geburtstag.«

Nun muss ich gestehen, einmal schwach geworden zu sein.

Auf einer Studienreise durch die Türkei war Teil des Kulturprogramms die Besichtigung einer Teppichknüpferei. Karola und ich betraten die Manufaktur mit dem Vorsatz, uns nicht zu einem Kauf hinreißen zu lassen. Am Ende hatte ich, als Einziger der Gruppe, einen kleinen Teppich erworben. Der war aber auch bildschön. Wie im Teppichhandel üblich, musste vor dem Vertragsschluss lange um den Preis gefeilscht werden. Zwar konnte ich den Verkäufer herunterhandeln, werde aber trotzdem zu viel gezahlt haben. Zu meiner Verteidigung möchte ich anführen, dass erstens der kleine Teppich mir immer noch gefällt und zweitens in der Knüpferei ein Foto unserer damaligen Bundeskanzlerin hing, die hatte die Werkstatt angeblich besucht. Das war eine kaum zu überbietende Referenz. Leider habe ich nicht nachgefragt, welchen Teppich Frau Merkel mitgenommen hat.

Nachdem der Gesetzgeber fürsorglich ein Widerrufsrecht eingeführt hatte, gingen die Kaffeefahrten schlagartig zurück. Der Verkäufer musste jetzt nämlich befürchten, dass sein betagtes Opfer, zu Hause vom Nachwuchs dazu angestiftet, den Kauf der Heizdecke rückgängig macht. Die musste der Geschäftemacher nun einem anderen andrehen. Heute bestellt man die Heizdecke sowieso im Internet. Einen Aschenbecher aus der Glasmanufaktur hätte man nicht wieder zurückschicken können, es sei denn, man wäre Nichtraucher. Da weder Karola noch ich sonderlich für Buntglas schwärmen, waren wir schnell wieder draußen. In den Taschen einiger Mitreisender klirrte es später verdächtig.

Nun ging es im Sauseschritt zurück zur Anlegestelle, wo alsbald eine Fähre erschien, die uns nach Venedig zurück schaukelte. Vom Wasser aus hat man den wohl besten Blick auf die Stadt. Sie werden nicht schlecht staunen, wenn Sie auf den Markusplatz zufahren und die Schönheit des Ensembles sich vor Ihren Augen entfaltet. Vor allem, wenn der Platz durch ein Kreuzfahrtschiff verdeckt wird. An der Piazzetta entließ uns Elettra für den Rest des Tages in die Freiheit. Frau Bieber erkundigte sich noch, wo Commissario Brunetti wohnt. »Isch möschte den gern zu Gesischt kriegen.« »Der ist beim Vize Questore«, wusste Karola. Die Weckerles verkündeten, sie gingen in die Bar Coccodrillo Cocktails trinken. »Da ist gleich Happy Hour.«

Nun mussten wir also machen, was wir wollten. Cordula begab sich auf die Suche nach einer der berühmten venezianischen Masken aus Ton oder Pappmaché, die sich laut Reiseführer als typisches Souvenir anbieten. »Achte auf das Etikett ‚Made in PRC‘, diese Dinger sind hochwertig«, riet ich ihr. Karola und ich bummelten durch die Gassen, schossen weitere Mengen Fotos und gönnten uns einen Cappuccino am Canal Grande. Eine Gondelfahrt brauchte ich meiner Frau nicht erst auszureden. Sie starrte auf einen Gondoliere im Ringelpulli. »Am Ende jodelt der noch.« Auf dem Wasser sahen wir bekannte Gesichter, die Blumbergs saßen entspannt in einer schwarzen Gondel und ließen sich chauffieren. Markus winkte uns fröhlich zu: »Das sind Sonderausgaben, die setz ich von der Steuer ab.«

Auf der Caféterrasse hatte sich die Chefsekretärin zu uns gesellt. Sie schlabberte genüsslich ihren Latte macchiato und schaute versonnen auf den Kanal. Das sei ihr zweiter Besuch in Venedig, seufzte sie. Vor vielen Jahren sei sie mit ihrem damaligen Chef auf einem Wochenendtrip in der Lagunenstadt gewesen, Holger – so hieß er – habe sie ins Hotel Danieli eingeladen. Die vorab gebuchten Einzelzimmer seien dann leider nicht mehr frei gewesen, das habe Holger sehr leidgetan. An jene Nacht erinnere sie sich gerne, nur Holgers Ehering habe gestört. Das Himmelbett habe geknarrt, doch der Champagner sei vom Feinsten gewesen, Holger habe die Spendierhosen angehabt. Der Steuerberater hätte jetzt von Werbungskosten gesprochen ...

»Hallo«, tönte es vom Nachbartisch. Wir fühlten uns nicht angesprochen, kannten wir doch in Venedig keine Seele, es konnte also nicht uns gegolten haben. Andererseits ist »hallo« ein typisch deutscher Gruß. Es gab Zeiten, in denen man sich bei uns einen »guten Tag« oder Ähnliches wünschte. Heute schallt überall der Hallo-Gruß. Der hat den Vorteil, dass man nicht über die Tageszeit nachdenken muss, man läuft nicht Gefahr, am späten Abend den »guten Morgen« zu entbieten. Aber in zwei Landstrichen hat sich das »Hallo« noch nicht durchgesetzt: Im äußersten Norden sagt man »Moin«, im Süden »Grüß Gott«. Das bleibt hoffentlich so.

»Hallo«, zum zweiten Mal. Das kam vom Nachbartisch, an dem ein grauhaariger Mann im blauen T-Shirt saß und uns anstrahlte. »Signori, ich höre, Sie kommen aus Frankfurt.«

Anscheinend hatte er der Chefsekretärin gelauscht. Frances- co, so stellte er sich vor, setzte sich zu uns. Er habe bis vor einem Jahr ein Eiscafé in Offenbach betrieben und lebe jetzt wieder im Veneto. Von dort stammten seine Vorfahren, sein *fratello* sei nie weggezogen, *no*, der Bruder habe eine Tankstelle, *stazione di servizio*, si. Eigentlich habe er, Francesco, die *gelateria* noch ein paar Jahre führen wollen, *sisi*, aber der Mietvertrag sei ausgelaufen, *finito*, und der Vermieter habe die Miete drastisch erhöht, *mamma mia*, das habe sich nicht mehr gerechnet, *nono*. Francesco hat viele Leidensgenossen. Die Ladenmieten in unseren Großstädten sind inzwischen so hoch, dass viele Geschäftsleute sie nicht mehr aufbringen können. Als Folge verschwinden die alteingesessenen Läden, an deren Stelle treten Tattoo- und Nagelstudios, überall sieht man das Gleiche. Vielleicht sollte ich mir mal die Nägel feilen lassen, alternativ käme eine Tätowierung in Betracht. Ich ließ Frau Bieber und Karola an meinen Gedanken teilhaben und lästerte über Leute, die sich bunte Bilder in ihre Haut ritzen lassen, das seien doch früher nur Matrosen und Menschen aus der Unterwelt gewesen. Ich bemerkte, wie die Chefsekretärin verlegen zur Seite blickte. Taktlos erkundigte ich mich, ob sie das anders sehe. Sie habe, gestand sie nach einer Weile, eine kleine Tätowierung. Meine Frage, ob ich das Tattoo mal sehen könne, überging sie schweigend. »Da steht sicher der Name Holger«, vermutete ich. Karola trat mich gegen das Schienbein.

Zum Abendessen steuerten wir das Restaurant vom Vortag an. Wir waren mit unserer Wahl zufrieden gewesen und scheuten unkalkulierbare Experimente. Auf dem Weg zum Lokal überholten uns die Schwaben. »Wir speisen heute im Rischtorante Contutto«, frohlockte Winfried Weckerle, »da ischt das Wasser inklusive.«

Kurz darauf traf Cordula ein, mit der wir uns am Nachmittag verabredet hatten. Sie führte einen Plastikbeutel mit sich, dem sie eine venezianische Maske entnahm. »Ist die nicht schön«, verkündete sie stolz, »einheimische Handarbeit und gar nicht so teuer.« »Die Künstlerin heißt wahrscheinlich Liu Ling«, belehrte ich sie und zeigte ihr den Aufdruck »Made in China«. In der Lagunenstadt kann man auch andere wertvolle Souvenirs erwerben. Beliebt sind hübsche Gondelmodelle, gern mit aufgesetzten Lampenschirmen oder pur aus buntem Kunstglas. Ein solches Mitbringsel stellen Sie am besten neben das Schwarzwaldmädel unter der Kuckucksuhr. Jetzt mal im Ernst: Kuckucksuhren sind nicht per se kitschig, es kommt darauf an, wo man sie hinhängt. Meine Frau behauptet, am besten geeignet sei der Bastelkeller, aber man müsse den Vogel abstellen. Für unsere gefiederten Freunde hat sie eben nicht viel übrig.

Vor dem Zubettgehen wollten Karola und ich duschen. Das tun wir nicht jeden Tag, weil erstens zu viel Wasser die Haut schädigt und zweitens die Gebühren für Trinkwasser steigen. Unsere Vorfahren haben nur einmal pro Woche gebadet, meistens samstags. Das haben sie überlebt. Unter Ludwig dem Vierzehnten genügte das Eau de Toilette, wenn auch nicht für das gemeine Volk. Die Angewohnheit heutiger Zeitgenossen, das kostbare Wasser mehrmals täglich auf ihre Astralkörper platschen zu lassen, verstehe ich nicht ganz. Ebenso wenig wie das Wässern von Zierrasen und Golfplätzen in Wüstengegenden. Unser Tagespensum in der heißen Lagunenstadt war allerdings schweißtreibend und rechtfertigte sicher ein Duschbad. Ich machte den Anfang und drehte am Hebel. Es kam kein Tropfen. Auf Karolas Anfrage beschied der Rezeptionist auf Italienisch, die Duschen hätten ein Problem. Das hatten wir auch schon gemerkt. »Morgen kommt der Klempner«, wurden wir beruhigt. Am nächsten Tag war das Wasserthema Frühstücksgespräch. Die meisten Urlauber nahmen die Panne gelassen und lobten den Charme des Südens. Nur ein schmerbäuchiger deutscher Tourist, der mit vollgepacktem Teller vom Büffet kam, schimpfte, so etwas gebe es bei uns nicht, das sei typisch für die Italiener.

Jawoll, dachte ich, in Deutschland ist eh alles besser, warum bleibt der Mensch dann nicht zu Hause? Auch unsere Schwaben waren wenig amüsiert. Heidi Weckerle verriet, dass man sich aufs tägliche Duschen im Urlaub gefreut habe. »Un- ser Häusle daheim hat nur Waschbecken, das ischt koschtengünschtiger.«

7

Die Reisegruppe fand sich rechtzeitig in der Hotelhalle ein. Wer nicht kam, war unsere Reiseleiterin. Auf deren Verspätung reagierte Karola ungehalten; sie kann Unpünktlichkeit nicht leiden und ist immer eine der Ersten am Treffpunkt. »In der Schule gäb's einen Eintrag ins Klassenbuch«, zischte sie. Ich schlug vor, ohne Elettra weiterzureisen, dann müssten wir nicht vor jedem Fresko verweilen und hätten mehr Freizeit. Cordula setzte noch eins drauf: Reiseleiter würden oft überschätzt.

Eine Viertelstunde später erschien Elettra frisch und munter und wünschte allseits »buon giorno«. Sie war von Natur aus Langschläferin. Mit dem Vaporetto fuhren wir zur Piazzale Roma, wo Ronny, der ohnehin lieber früher aufgebrochen wäre, ungeduldig wartete. Busfahrer und Reiseleiterin feilschten fast täglich um die Abfahrtszeit. Ronny hatte wieder mal nachgeben müssen. Das sollte sich rächen.

Am nächsten Zielort Ravenna stand einiges auf dem Programm. Kulturfans, versprach Elettra auf der Fahrt, würden dort voll auf ihre Kosten kommen. Beim Wort »Kosten« reckten die Weckerles ihre Hälse. Ravenna, hörten wir, war einst Hauptstadt des Weströmischen Reichs, bevor es erst von den Goten und dann von den Langobarden vereinnahmt wurde.

Die Stadt erhielt mehrfach Besuch von Karl dem Großen, nachdem dieser das Langobardenreich erobert hatte. Auch Karl der Kahle und Karl der Dicke kamen hier vorbei. Ravenna enthält zahlreiche Bauwerke aus dem frühen Christentum mit grandiosen Mosaiken, die Baudenkmäler gehören seit 1996 zum Weltkulturerbe. »Dort steht auch das Grabmal des Gotenkönigs Theoderich«, steuerte Franziska Maier bei, die ihre Kopien auf den Knien hielt. Da wollte unser Prälat nicht zurückstehen: »Anfang des 5. Jahrhunderts gab es in Ravenna einen Erzbischof Petrus, der als Heiliger und Kirchenlehrer verehrt wird.« Ich dachte an das Chateau Petrus und freute mich auf die kommende Weinprobe.

Hinter Ferrara legten wir eine Kaffeepause ein. Ronny drängte zur Eile, weil Ravenna wahrscheinlich überlaufen und eine möglichst frühzeitige Ankunft ratsam sei. Die Reisegruppe stürmte flugs die Kaffeebar. Wir machten es wie die Italiener, kippten an der Theke einen Espresso runter und verschwanden wieder im Bus; Elettra kam, wie so oft, gemächlich als Letzte angeschlurft. Die Schwaben waren erst gar nicht ausgestiegen und schlürften Kaffee aus Plastikbechern. Auf meinen erstaunten Blick zeigte Winfried Weckerle auf eine Thermoskanne. »Die haben wir am Frühstücksbüffet gefüllt. Sie hält den Kaffee warm.« Seine Frau Heidi entschuldigte den Diebstahl: »Die Geschäfte gehen schlecht, die Leute kaufen ihre Klamotten im Internet.« Sie hatte mein volles Mitgefühl. Der Onlinekauf nimmt ständig zu und macht manchem alteingesessenen Laden den Garaus. Karola und ich sind bestrebt, unsere Einkäufe beim ortsansässigen Handel zu tätigen und bestellen nur gelegentlich online, wenn wir Wunschprodukte im Laden nicht bekommen. Ein Vorteil des Internetkaufs ist die schnelle und praktische Anlieferung. Neulich habe ich einen Konzertflügel online bestellt, als Bausatz. Schon am nächsten Tag klingelte der Postbote und brachte das erste Paket: »Wohin kommen die Tasten?«

Auf dem Parkplatz stand ein fremder Bus mit der Aufschrift »Prellmayer – günstig reisen«. Da Elettra sich wie üblich Zeit ließ, nutzten wir die Gelegenheit, mit der Parallelgruppe zu kommunizieren. Wer früher mit anderen sprach oder redete, der kommuniziert heute. Wir erfuhren, dass die Gruppe an die Adria gereist und jetzt auf dem Heimweg war. Die Leute hatten die Reise bei ebender Firma Prellmayer gebucht, die unserem Veranstalter den Bus vermietet hatte. Auf meine Frage nach den Erfahrungen mit Prellmayer erzählte ein älterer Herr im beigen Windjäckchen, der Reisepreis sei günstig, da müsse man halt Abstriche beim Komfort machen. Eine Etagendusche im Hotel sei aber kein wirklicher Mangel, da gebe es manchmal pikante Situationen, haha. Der Bus habe bisher durchgehalten, bis auf zwei, drei Pannen sei nichts passiert. Zwar fehle die Gepäckablage, die Rucksäcke lägen auf den Knien, aber da komme man schneller an die Schnapsflasche, haha. Jetzt gehe es nach Hause, endlich keine Nudeln mehr, haha. Uns wünsche er Mast- und Schotbruch, haha. Der Windjackenmann war eine echte Frohnatur.

In Ravenna führte der erste Weg uns zur Basilika San Vitale. Auf die berühmte Kirche waren wir alle gespannt, auch Professor Werthekoven, der seinen Schlaf am Stadtrand beendet hatte. Ronny entließ uns aus dem Bus und machte sich auf die Suche nach einem Parkplatz. Vor der Kirche hatte sich eine Menschenmenge versammelt, mir schwante nichts Gutes. Unsere Reiseleiterin kehrte vom Kassenhäuschen mit der frohen Botschaft zurück, wir müssten die Besichtigung auf den Spätnachmittag verschieben. Es stellte sich heraus, dass der Kirchenbesuch nur mit Anmeldung und in einem bestimmten Zeitfenster möglich war. Danach hatte Elettra, die auch noch zu spät aufgebrochen war, sich in ihrer Unbekümmertheit nicht erkundigt. Eine Recherche im Internet etwa wäre sicher hilfreich gewesen. Unsere Reiseleiterin nahm das locker und meinte, es gebe noch genug andere Kirchen, die Basilika sei gar nicht so wichtig. »Ex nihilo nihil«, bemerkte der Oberstudienrat boshaft mit Blick auf Elettra.

Eine Reisegruppe muss flexibel sein. Wir warfen unser Tagesprogramm um und wandten uns zunächst dem Mausoleum der Gallia Placidia zu, der Grabstätte einer Kaiserin aus dem 5. Jahrhundert. Placidia, wusste Elettra, war die Tochter von Theodosius dem Großen und hatte, wie das damals in feinen Kreisen vorkam, das Mausoleum vor ihrem Tod selbst erbauen lassen. Wir spekulierten darüber, wie unsere Mitreisenden ihre eigenen Ruhestätten wohl gestalten würden. »Die Schwäbin stellt sich eine Registrierkasse aufs Grab«, sinnierte Karola. »Und der Professor einen Schlafwagen«, fügte ich hinzu.

Im Mausoleum bewunderten wir bunte Mosaiken an den Wänden, im Gewölbe und in der zentralen Kuppel. Laut Elettra sind das die ältesten Mosaiken von Ravenna. Auffällig waren die Fenster aus Alabaster, durch die ein goldenes Licht in den Raum fiel, und die aus gelbem Marmor bestehenden Sockel. Franziska Maier gab zum Besten, die Kaiserin sei in Rom gestorben und vermutlich gar nicht in Ravenna beigesetzt worden. Sie erntete anerkennendes Kopfnicken. Wendelin Wagenhoff fügte an, ihn wundere das nicht, es führten doch alle Wege nach Rom.

Die nächste Sehenswürdigkeit war eine Basilika namens Sant'Apollinare Nuovo. Der Namensgeber Apollinaris, ließ Elettra uns wissen, gilt als Gründer der christlichen Gemeinde von Ravenna und war deren Bischof gewesen. »Stammte der nicht aus Bad Neuenahr?«, fragte Melanie Lehmann-Blumberg. »Nein, das war der heilige Selters«, murmelte Wendelin Wagenhoff. Die Kirche, fuhr unsere Reiseleiterin fort, sei gegen Ende des 5. oder Anfang des 6. Jahrhunderts auf Veranlassung Theoderichs des Großen errichtet worden. Der Innenraum der Basilika ist wahrlich beeindruckend. Ihr Mittelschiff wird von großartigen Mosaiken geziert, darunter

32 Apostel und Propheten, ein Zug von 26 männlichen Heiligen sowie eine Prozession von 22 jungfräulichen Märtyrerinnen. »Die katholische Kirche trennt Männer und Frauen heute noch«, flüsterte Karola. Für christliche Traditionen hat sie kein Verständnis; das liegt an ihrem evangelischen Elternhaus.

Anschließend machten wir einen Abstecher zum Grabmal von Dante Alighieri. Der Dichter, erfuhren wir, vollendete in Ravenna seine Göttliche Komödie und starb kurz darauf im Jahr 1321. Gegen Ende des 18. Jahrhunderts hat man ihm schließlich das Mausoleum errichtet. Erinnern Sie sich noch an den Sommerschlussverkauf? Da standen die Schnäppchenjäger Stunden vor der Ladenöffnung Schlange. So in etwa war das vor Dantes Grabmal, dessen Innenraum nur Platz für eine Handvoll Schaulustiger bietet. Wir stellten uns hinten an und waren nach einer halben Stunde an der Reihe. »Wie damals beim Gonsum«, klagte Elvira Schönfeld. »Und bei der Gaufhalle«, ergänzte ihr Mann.

Der Konsum war für Karola das Stichwort. Sie erkundigte sich bei der Sächsin, wie diese damals die Wende erlebt habe. Elvira Schönfeld machte ein bekümmertes Gesicht. Die Treuhand habe die Fabrik, der sie als Ingenieurin jahrelang angehört habe, einfach plattgemacht und sie in die Arbeitslosigkeit entlassen. Viele ehemalige DDR-Bürger hätten auf diesen seltsamen Verein geschimpft, der hätte seine Aufgabe sensibler angehen müssen. Aber das sei Schnee von gestern, die Wiedervereinigung sei an sich richtig. Sie, Elvira, habe sich dann umschulen lassen und bis zur Rente ein Altenpflegeheim geleitet, das sei schon in Ordnung gewesen. »Von der Fabrik zum Altenheim war sicher ein weiter Schritt«, bedauerte Karola sie. Die Sächsin sah das nicht so eng. »Die lagen nur hundert Meder auseinander.«

Die Planung unserer Reiseleiterin verschaffte uns eine verlängerte Mittagspause. Elettra erklärte, in dieser Zeit würden die Italiener oft eine ausgedehnte *siesta* einlegen. »Wo nehmen wir das Bett her?«, fragte Cordula. Mit Karola und ihrer Freundin spazierte ich zur Piazza del Popolo im Zentrum von Ravenna. Auf dem Platz stehen zwei markante Säulen mit den Statuen der Heiligen Apollinaris und Vitalis sowie Tische diverser Restaurants. Mosaiken machen Magenknurren, also ließen wir uns zu einem Lunch nieder. Da nur Zweiertische frei waren, musste Cordula am Nachbartisch Platz nehmen. Ein schwarzgelockter Kellner bedachte Cordula, die ein charmantes Lächeln aufgesetzt hatte, mit feurigen Blicken. »Der ist bestimmt Sizilianer, gehört zur Mafia und wäscht hier Geld«, sagte ich halblaut zu Karola. Meine Frau riet mir zu schweigen: »Vielleicht versteht der Deutsch.« »So sieht der nicht aus«, beruhigte ich sie. Der Sizilianer kam an unseren Tisch und erkundigte sich in fließendem Deutsch nach unseren Wünschen. Er habe, verriet er uns, viele Jahre in einer Blankeneser Pizzeria gekellnert. Der Hamburger Hafen sei ja ganz nett, meinte er, »aber das Wet- ter ...«.

Nach dem Mittagsmahl schlenderten wir in der Altstadt durch die Fußgängerzone. An einer Straßenecke hing das Schild »Via Cavour«. Fehlte nur noch ein Corso Garibaldi. Ebenso häufig wie nach dem Grafen sind italienische Straßen nach dem Freiheitskämpfer Giuseppe Garibaldi benannt. Der ist eine der populärsten Figuren des sogenannten Risorgimento, der italienischen Freiheitsbewegung im 19. Jahrhundert. Kaum minder oft findet man eine Via Vittorio Emanuele Zwei. Viktor Emanuel der Zweite war der erste Monarch des 1861 ausgerufenen Königreichs Italien und ehemaliger König von Sardinien-Piemont. Das alles hatte ich im Reiseführer gelesen. Weitere Erkundigungen, nahm ich mir vor, würde ich bei Franziska Maier einziehen. Die hatte das Kapitel sicher gelb markiert.

Am Nachmittag fanden wir uns vor der Kirche San Vitale ein, sie sollte der kulturelle Höhepunkt unseres Aufenthalts in Ravenna sein. Beim Eintritt in die Kathedrale konnte ich das gut nachvollziehen, San Vitale ist nicht von ungefähr berühmt. Elettra berichtete, die Kathedrale stamme aus dem 6. Jahrhundert und sei dem heiligen Vitalis geweiht; sie zähle zu den bedeutendsten Kirchenbauten der spätantiken Zeit. Die Mosaikausstattung von San Vitale lässt in der Tat kaum zu wünschen übrig, sie besticht vor allem durch ihre Farbenpracht. Bemerkenswert ist auch die achteckige Form des Zentralbaus. Dieser war, lernten wir, beispielgebend für die westeuropäische Architektur. So erinnert das Oktogon der Aachener Pfalzkapelle stark an die Kathedrale von Ravenna.

Diese hatte offenbar Karl dem Großen gefallen und als Blaupause für Aachen gedient. Markus Blumberg zeigte sich von der Kirche kaum beeindruckt. Das Taj Mahal, behauptete er, habe harmonischere Proportionen. »So was gibt's nämlich nur in Indonesien«, schwärmte seine Frau. Markus erstarrte. Franziska Maier konnte von den Mosaiken gar nicht genug kriegen. Elettra, deren Steckenpferd offenbar bunte Wandbilder in Kirchen sind, ließ ohnehin kein Mosaik aus und die Erzieherin war bestrebt, noch ihre letzten Wissenslücken zu schließen. Der Rest der Reisegruppe hatte sich längst vor dem Portal

versammelt, als Elettra mit ihrer Musterschülerin endlich aus der Kathedrale kam.

Die Wartezeit hatte ich zu einem Plausch mit Pfarrer
Moosacher genutzt, während Karola sich mit Cordula
austauschte. Der Prälat klagte über den Niedergang des
christlichen Abendlands, der Respekt vor den kirchli-
chen Feiertagen schwinde, die meisten wüssten nicht
einmal deren Bedeutung, wer könne denn heute noch
was mit Pfingsten und Fronleichnam anfangen. Der
Pfingstmontag sei Anlass für Ausflüge ins Grüne, Fronleichnam werde für ein langes Wochenende genutzt, da
fliege man nach Mallorca oder fahre nach Rügen zum
FKK. Ich versuchte ihn zu beschwichtigen, ein Ausflug
in Gottes schöne Welt habe doch was Religiöses, der
Strand am Ballermann sei immerhin Teil der Schöpfung
und Badenixen im Evaskostüm gemahnten an die Ge-
nesis. Da brach der Pfarrer in schallendes Gelächter aus.
Wie gesagt, er hatte Humor.

Der letzte Punkt des Tagesplans war ein Besuch im gegenüberliegenden Baptisterium. Vor der Besichtigung
berichtete unsere Reiseleiterin, die Taufkapelle von San
Vitale sei, zumindest was den Baubeginn betreffe, das
älteste erhaltene Gebäude von Ravenna. Angeblich verfüge sie über den schönsten Innenraum der Spätantike.
Elettra hatte nicht zu viel versprochen. Die Wand- und
Deckenmosaiken im Einzelnen und im Gesamteindruck
sind vom Feinsten. Mit Sorge schaute ich zu Franziska
Maier rüber. Die war zum Glück sprachlos und stellte
keine Fragen.

Sybille Bieber war den ganzen Tag schweigsam gewesen. Ich hatte den Eindruck, sie sei unpässlich, und erkundigte mich mitfühlend nach ihrem Befinden. Mit ihrer Gesundheit stehe es zum Besten, lautete die Auskunft. Dann rückte sie mit ihrem Kummer heraus, in Venedig sei sie enttäuscht worden, die Wohnung von Commissario Brunetti habe sie nicht gefunden und in die Questura habe man sie nicht eingelassen. »Sie hätten sich vorher beim Vize Questore anmelden müssen«, war meine Vermutung, »das heißt bei Signora Elettra, der Vorzimmerdame.« Melanie Lehmann-Blumberg bekam das mit. »Die macht aber doch jetzt Reiseleitung«, warf sie ein. Die Frankfurter Chefsekretärin verriet uns ihre Leidenschaft, Schauplätze aus Literatur und Film aufzusuchen in der Hoffnung, den Hauptfiguren einmal persönlich zu begegnen.

Das sei wohl nicht immer leicht, meinte Karola, in der Londoner Baker Street zum Beispiel sehe man Sherlock Holmes eher selten. »Der ist ja auch schon tot«, wusste Frau Bieber. Sie hatte aber einen Plan für das Vereinigte Königreich, im September reise sie in die Grafschaft Midsomer nach Causton, um Inspector Barnaby zu sehen. Ich hatte einen Tipp für sie: »Fahren Sie nach Badgers Drift, da steigt im September ein Dorffest mit Wahrsagen und Büchsenwerfen.« Karola übertrieb es wieder mal: »Und schauen Sie in St. Mary Mead vorbei, womöglich sitzt Miss Marple in ihrem Garten, nehmen Sie ihr ein Knäuel Strickwolle mit.«

Nach einer Überdosis Kultur verlangt der Magen sein Recht. Cordula schlug vor, das Abendessen auf der Pi-

azza del Popolo einzunehmen, da sei es so stimmungsvoll. Aha, dachte ich, der glutäugige Sizilianer hat es ihr
angetan. Also setzten wir uns auf die Terrasse des Ristorante Palermo, so hieß unser Lokal vom Mittag. Wir
fanden einen Tisch für uns drei. Leider war kein Luigi,
so hatte der Schwarzgelockte sich Cordula vorgestellt,
zu sehen. Stattdessen bediente uns ein fülliger mittel-
blonder Fünfziger. Cordula konnte ihre Enttäuschung
kaum verbergen. Karola kratzte ihre wenigen Vokabeln
zusammen und fragte den Kellner auf Italienisch nach
Luigi. Der habe heute Abend frei und sei zu Hause, bei
»Giannina e tre bambini«. Mit leerem Blick hob Cordula
das Weinglas, das der Mittelblonde inzwischen gefüllt
hatte.

Versierte Autoren würden formulieren: »Cordula
nippte am Glas.« Das Verb »nippen« wird in Romanen
ständig verwendet, ich finde es nur lustig und möchte es
möglichst vermeiden. Außerdem passt es nicht zu Cordula. Sie nippt nicht, sie schluckt.

Unsere Bettgeschichte bestand in der Hauptsache aus
der Nachbereitung des Tagesprogramms. Genauer gesagt, ich las Karola aus dem Reiseführer vor. Sie schläft
dann ziemlich schnell ein. Nach all den Mosaiken stach
mich der Hafer und ich wollte meine Frau necken. Bei
unserer Debatte um das Reiseziel hatte sie mir die Pinien schmackhaft machen wollen. Das sollte sie mir jetzt
büßen. Ich las vor, dass Pinien zur Gattung der Kiefern
aus der Familie der Kiefergewächse gehörten und zwischen 200 und 250 Jahre alt würden. Es gebe spezielle
Mykorrhize, das sei eine Form der Symbiose von Pilzen

und Pflanzen, nämlich den Tonblassen Fälbling, den Flockstieligen Rettich-Fälbling, den Rötlichen Lacktrichterling und den Körnchenröhrling. An meiner Seite vernahm ich tiefe Atemzüge.

8

Das Frühstücksbüfett ist immer wieder ein Erlebnis, selbst bei eher dürftigem Nahrungsangebot. Die Eigen- oder Unarten seiner Mitmenschen erkennt man dort ganz gut. Manche Gäste türmen alles, was sie packen können, auf ihre Teller, als hätten sie wochenlang gehungert, lassen dann aber die Hälfte übrig. Das nenne ich Verschwendung von Ressourcen. Andere fassen erst mal alle Brötchen an und prüfen sie sorgsam, bevor sie sich für ein Exemplar entscheiden, und tun dasselbe mit dem Obst. Die nenne ich Ferkel. Dann gibt es noch eine besondere Spezies, das sind unsere Schwaben. Heidi Weckerle, die am Nebentisch saß, kramte in ihrer Handtasche. Ich vermutete, sie wolle sich vielleicht die Lippen schminken. Sie pflegte nämlich im Bus kosmetische Korrekturen vorzunehmen, mit Vorliebe puderte sie ihre Nase. Was sie aus der Tasche fischte, war jedoch weder Lippenstift noch Puderquaste, sondern eine gefaltete Plastiktüte. Was will sie damit, überlegte ich, womöglich die Krümel aufsammeln. Immerhin gelten Schwaben als reinlich, angeblich fegen sie jede Woche den Bürgersteig. Heidi Weckerle tat nichts dergleichen, sie schritt zum Büfett und stopfte zwei Handvoll Brötchen in die Tüte. Ich wusste ja, dass ihre Geschäfte schlecht gingen, und übte Nachsicht. Der Oberstudienrat sah das wohl anders. Mit dem Ausruf »O tempora, o mores!«, eilte er hinzu, entnahm dem Büfett die Saftkanne und kippte einen Schwall Orangensaft in die Plastiktüte. »Dann sind die Brötchen nicht so trocken«, knurrte er. Frau Weckerle lief rot an und steckte die Tüte hinter den Brotkorb.

Hermann Schönfeld hatte die Szene kritisch beäugt und schüttelte den Kopf. Ich konnte meine Neugier nicht zügeln und fragte ihn, ob er das Vorkommnis für strafrechtlich relevant halte. Der Oberstaatsanwalt kratzte sich am Ohr. »Die Mitnahme von Naturalien vom Frühstücksbüffet zum Zweck des außerhäuslichen Verzehrs ist vom Pensionspreis nicht gedeckt und liegt damit außerhalb der Legalität. Bei bis zu zwei Brötchen wird man aber von Eigengebrauch auszugehen haben, da könnte man von Strafe absehen.«

Die nächste Etappe unserer Rundreise führte nach Florenz.

Vor der Abfahrt musste ich noch rasch mein aus dem Reiseführer geschöpftes Wissen loswerden. Bei Cordula, unserer Biologin von Geblüt, wollte ich Eindruck schinden. »Wusstest du«, fragte ich sie stolz, »dass Pinien- Prozessionsspinner und Kiefertriebwickler Schädlinge der Pinie sind?« Cordula verdarb mir den Spaß: »Du vergisst den Kiefernkulturrüssler.« Unsere Reiseleiterin grüßte mit dem üblichen »buon giorno«, heute würden wir die Emilia Romagna verlassen und in die Toskana einreisen. Melanie Lehmann- Blumberg warf ein, sie habe Frau Romagna gar nicht gesehen, sie kenne aber die Emilia Galotti. Markus schenkte ihr einen bewundernden Blick. Auch ich war beeindruckt. Eine Reise mit Bildungsbürgern hebt auch das eigene Niveau.

Ronny war es inzwischen gelungen, die Klimaanlage wieder in Gang zu setzen. Es geht doch nichts über einen geschickten Bastler. Künftig mussten wir nicht mehr im Bus, sondern nur unter freiem Himmel schwitzen. Aber jedes Ding hat seine Tücken. Was vorher zu wenig, war jetzt zu viel, konkret gesagt, die Klimaanlage blies aus vollen Rohren. »Es zieht wie Hechtsuppe«, meckerte Karola. Meine Frau mag Zugluft nicht, wenn ich daheim bei Windstärke acht Fenster und Türen öffne, hängt der Haussegen schief. Woher die Redensart mit der Suppe stammt, ist übrigens nicht ganz klar. Möglicherweise ist das jiddische »hech supha«, das heißt: wie Sturmwind, Pate. Jedenfalls froren wir wie die Schneider, weil die Anlage auch noch kräftig kühlte. »Hier ist es wie im Eisschrank«, zitterte Cordula hinter uns. Ein undefinierbares Geräusch im Fonds bereitete mir die Sorge, der Bus könne bald den Geist aufgeben, immerhin hatte Prellmayers Gefährt eklatante Schwächen. Ich stand auf und wanderte in die Richtung, aus der die Töne kamen, um notfalls Ronny zu warnen. Es war das Gebiss von Frau Maier. Wendelin Wagenhoff feixte: »Da herrscht Heulen und Zähneklappern.« »Matthäus 13 Vers 43«, murmelte Pfarrer Moosacher.

Die Toskana, holte Elettra aus, sei die fünftgrößte Region Italiens. Ihr Name leite sich von den Etruskern ab, die in der Antike dort gelebt hätten. Die toskanische Landschaft verbinde man gemeinhin mit pinienbedeckten Hügeln, Olivenbäumen und Zypressenalleen. Das gelte allerdings nur für einen Teil der Toskana, zu der auch die Alpi Apuane, die Apuanischen Alpen, mit ihren

Marmorbergen und die lange Küste des Ligurischen und des Tyrrhenischen Meeres gehörten. Der Reiz der Toskana, des Kernlands der Renaissance, liege nicht zuletzt in seinem Reichtum an Kulturschätzen, von dem wir uns in den kommenden Tagen überzeugen könnten. »Und in seinen Weingütern«, ergänzte ich im Stillen.

Unsere Reiseleiterin, die sich zuweilen in Schweigen hüllte, geriet richtig ins Plaudern, offenbar wurde sie von der Toskana beflügelt. Wie wir später erfuhren, stammte sie aus Poggibonsi, einem Städtchen im Chianti-Gebiet nördlich von Siena. Das wirkte sich positiv auf ihre Ortskenntnisse aus und verhinderte weitere Irrfahrten in Industriegebiete. Den Stolz auf ihre Heimat merkte man ihr auch an der Aufzählung berühmter Toskaner an. Beispielhaft genannt wurden uns Michelangelo, Leonardo da Vinci und – natürlich – der schon mehrfach erwähnte Dichter Dante. »Aus Siena kommt Gianna Nannini«, fügte ich hinzu, »ihre Familie hat dort ein Café.« Das konnte Elettra so nicht stehen lassen. Der wohl berühmteste Musiker der Toskana sei Giacomo Puccini aus Lucca. Beim Stichwort Puccini schwelgte unsere Opernfreundin Werthekoven in Erinnerungen: »Turandot auf der Sommerbühne in Königswinter war sensationell«, schwärmte sie. »Nessun dorma«, brummte der Oberstudienrat mit Blick auf den Professor.

Vor der Ankunft in Florenz gab uns Elettra eine kurze Einführung in die Geschichte der Stadt. Firenze, wie es auf Italienisch heißt, sei die Hauptstadt der Toskana. Im 15.

Jahrhundert habe der Großbankier Cosimo de' Medici die Macht an sich gerissen. Jahrhunderte hindurch hätten seine Nachkommen die Stadt beherrscht, bis das Haus Habsburg-Lothringen sich die Gegend einverleibt habe. Von 1865 bis 1871 sei Florenz Hauptstadt des neu gegründeten Königreichs Italien gewesen. Die Medici, ihres Zeichens absolutistische Herrscher, hätten Kunst und Wissenschaft in einem Maß gefördert, das Einwohnern und Touristen heute noch zugutekomme. Die frühere Bedeutung von Florenz sehe man daran, dass die Stadt vor der Pest im Jahr 1348 zu den bevölkerungsreichsten der Welt gehört habe. Sodann schlug Elettra einen Bogen zur Gegenwart. »Wussten Sie, dass Italien, ehemals das Land der Bambini, die niedrigste Geburtenrate in Europa hat? Und dass fast 60 Prozent der unter 34-Jährigen noch bei Mutter und Vater leben?« Nun ja, überlegte ich, dann ist die geringe Geburtenquote verständlich, unter den Augen der Eltern macht das Kinderzeugen keinen Spaß.

Der dichte Verkehr am Stadtrand stimmte uns auf die Florentiner Atmosphäre ein. Im Hochsommer, erklärte unsere Reiseleiterin, sei es hier nicht so voll. Kein Wunder bei 40 Grad im Schatten, dachte ich. Im Mai und Juni, fuhr Elettra fort, sei die Toskana allgemein überfüllt, die Preise seien hoch und die besten Unterkünfte seien in der Regel ausgebucht. Und jetzt ist noch Juni. »Keine Sorge, unser Reiseveranstalter hat die Hotelzimmer frühzeitig reserviert.« »Das hätte ich nicht erwartet«, knurrte Karola.

Ronny manövrierte den Bus geschickt durch die verstopften Straßen ins Zentrum. In Florenz ist das nicht so leicht, wegen des Einbahnverkehrs und weil manche Straßenzüge ganz gesperrt sind. Plötzlich hielt unser Bus vor einem palastähnlichen Gebäude mit der Aufschrift »Grand Hotel Dolce Vita«. Endlich eine komfortable Herberge, frohlockte ich. Die Reisegesellschaft räumte den Bus und begab sich mit dem Gepäck ins Hotel. An der Rezeption führte Elettra, die vorausgegangen war, eine lebhafte Debatte mit dem Empfangschef. Wenn Italiener miteinander kommunizieren, entfaltet sich ihr südländisches Temperament. Wo Engländer, im Übrigen regungslos, nur den Mund bewegen, fuchteln Südeuropäer – und das gilt auch für Franzosen – mit Händen und manchmal auch Füßen in der Luft herum. Das ist aber meist nicht böse gemeint und nur selten das Vorspiel zu einer Rauferei. Das Gestikulieren soll bloß den Worten Nachdruck verleihen. So war es hier, allerdings legte Elettra ein paar Gänge zu. Ich verstand nur Bahnhof, hatte aber ein mulmiges Gefühl. Karola, die ja ein paar Brocken Italienisch gelernt hatte, knuffte mich in die Seite: »Ich fürchte, wir müssen heute Nacht auf der Parkbank schlafen.« »Draußen ist es doch warm«, beruhigte ich sie.

Elettra drehte sich kopfschüttelnd um und eröffnete uns, es gebe ein Problem, das Hotel sei ausgebucht, irgendwie habe die Kommunikation zwischen Reiseveranstalter und Hotelleitung nicht funktioniert, vermutlich ein Computerfehler. Es ist immer dasselbe: Wenn etwas nicht klappt, ist der Computer daran schuld. Als ob der nicht von Menschenhand bedient würde. Unsere Reiseleiterin bemühte sich, die aufkommende Meuterei im Keim zu ersticken: »Machen Sie sich keine Sorgen, wir finden etwas anderes. Sie müssen nicht im Freien übernachten. E tutto bene.« Wir schnappten uns unsere Gepäckstücke und nahmen im klimatisierten Bus Platz. Alles war bestens.

Man sagt den Italienern einen gewissen Hang zum Chaos nach. Wir Deutsche hingegen sind Musterbeispiele für Organisationstalent, Zuverlässigkeit und Pünktlichkeit. So sahen uns früher manche Nachbarn. Vor dem Bau des Berliner Flughafens und der Elbphilharmonie, die wurden ewig nicht fertig und überschritten den Kostenanschlag jeweils um ein Vielfaches. Auch mit anderen Vorhaben haben wir uns unendlich Zeit gelassen, etwa mit dem Umbau der Berliner Staatsoper und des Kölner Opernhauses. In dieser Zeit hätten die Chinesen ganze Großstädte aus dem Boden gestampft, dafür werden sie freilich schlechter bezahlt. Und es sind auch mehr. Die Italiener hingegen sind Meister der Improvisation. Wenn Ihr Auto in einem italienischen Dorf eine Panne hat, finden Sie bestimmt jemand, der es wieder zum Laufen bringt. Es sei denn, die Elektronik spielt verrückt, dann ist meist nichts zu machen und der Wagen braucht ein Update in der Vertragswerkstatt. Elettra erwies sich in puncto Improvisieren als typische Italienerin. Nach einer Stunde kehrte sie mit der frohen Nachricht zurück, sie habe für uns alle ein Ersatzquartier gefunden. Das sei nicht weit von Florenz entfernt und werde uns sicher gefallen. Einerseits war ich enttäuscht, weil ich am liebsten möglichst zentral wohne, andererseits sah ich vor meinem geistigen Auge einen romantischen Gasthof im toskanischen Hügelland mit einer Zypressenauffahrt, inmitten von Olivenhainen. Karola war da skeptischer. Sie behält meistens recht.

Ronny manövrierte den Bus zielsicher aus dem Stadtzentrum hinaus in Richtung Nordwesten. »Prato 15 km« verhieß ein Schild unterwegs an einer Kreuzung. Ich schlug den Reiseführer auf und las, Prato besitze eine beschauliche Altstadt, die von einer gut erhaltenen Stadtmauer umgeben und einer typischen Stauferburg dominiert werde. Als Schlafstätte gar kein schlechter Tausch mit Florenz, überlegte ich, da ist die Nacht vielleicht ruhiger. Was ich nicht wusste: Prato ist ein Zentrum der Tuchindustrie, die sich vor allem in den Vororten ausgebreitet hat. Und just dort, in einem der Industrieviertel, lag unser Ersatzquartier, das Albergo Presidente. Vis-à-vis stand eine Textilfabrik. Die habe womöglich einen Werksverkauf, hoffte Karola, sie könne einen Hosenanzug brauchen. »Wieso, du hast doch schon zwei«, war mein Einwand. »Angela Merkel hat mehr.« Das war ein schlagendes Argument.

Von außen machte das Albergo nicht viel her, es wirkte eher unauffällig, kritische Geister würden es schäbig nennen. Das bedeutete aber noch gar nichts. Man weiß doch, dass vom rein Äußeren nicht zwingend auf die inneren Werte zu schließen ist. Manchmal verbirgt sich hinter einer schlichten Fassade ein wahrer Schatz. Beim Eintreten wurde mir aber schnell klar, dass unser Quartier kein Schatzkästchen war. Die Rezeption war schwach beleuchtet und mit einem mürrischen Portier in Badelatschen besetzt, der Lift war außer Betrieb, die hölzernen Treppenstufen waren ausgetreten. Was soll's, dachte ich, die Hauptsachen sind ein bequemes Bett und ein Badezimmer. Das Bad mit Toilette fand ich auf dem Flur, was weiter nicht schlimm war, schließlich gab es das in meiner Jugendzeit oft und es fördert den Kontakt mit den Zimmernachbarn. Die Qualität des Liegemöbels entsprach im Wesentlichen derjenigen unserer Bussitze und passte daher gut in den Rahmen. Leider war das Bett etwas schmal geraten, sodass ich nächtens herausfiel und mich auf dem Vorleger wiederfand. »Hier ist es auch schön«, murmelte ich schlaftrunken und schlummerte weiter.

9

Da die Tagesschicht in der Textilfabrik erst um sechs Uhr früh begann, wären wir bis dahin nicht gestört worden, wenn es keine Nachtschicht gegeben hätte. Zum Frühstück erschienen wir daher unausgeschlafen. Markus und Melanie aus Kreuzberg dagegen wirkten putzmunter. »Wir wohnen daheim über einer Diskothek«, erläuterte Markus Blumberg, »und in Berlin gibt es keine Sperrstunde.« Es ist halt alles eine Frage der Gewohnheit. Oder des Gehörs, wie wir feststellten, Arnulf Werthekoven nämlich hatte, wie er uns verriet, sein Hörgerät herausgenommen und die Fabrikschichten schlicht verschlafen. Seine Gattin Katja klagte, sie müsse ihren Mann morgens wachrütteln. »Den Wecker hört er nicht.« »Versuchen Sie's mit dem nassen Waschlappen«, empfahl Karola. Meine Frau hat eben Sinn fürs Praktische.

Bevor wir unser Luxuszimmer verließen, wühlte Karola noch schnell in ihrem Koffer und brachte einen Norwegerpullover zum Vorschein. Damit überstehe sie die Fahrt im Kühlbus besser. Auf meinen Einwand, was denn dieses Kleidungsstück im heißen Süden zu suchen habe, verwies sie auf die Überquerung der Alpen: »Da kann es auch im Sommer mal schneien.« Die provokante Frage, ob sie auch ihre Skiunterwäsche trage, quittierte sie mit Nichtachtung. Das Temperaturempfinden von Männern und Frauen ist doch oft verschieden. Es kommt durchaus vor, dass der Herr im Muskelshirt, seine Begleiterin dagegen in der Fleecejacke promeniert. Ein häufiger Streitpunkt zwischen Paaren ist das Heizverhalten in der kälteren Jahreszeit. Frauen fühlen sich für das Ein- und Männer für das Ausschalten zuständig, das hat aber auch was mit der Sparsamkeit des Haushaltungsvorstands – das war der Mann früher – zu tun. In seinen vier Wänden braucht man keine Affenhitze. Meine Frau ist da zwar anderer Ansicht, trotzdem versuche ich immer gegenzuhalten. »Du hast so einen hübschen Wintermantel und Heizen ist teuer.«

In Florenz lud Ronny die Gruppe an der Stazione Centrale, dem Zentralbahnhof, ab. In der Nähe erwartete uns eine Kirche namens Santa Maria Novella. Die dreischiffige Dominikanerkirche besticht durch ihre weißgrüne Marmorfassade. Auch die Fresken im Inneren sind eine Besichtigung wert. Die Erläuterungen unserer Reiseleiterin zu den Wandmalereien wurden von Franziska Maier begierig aufgesaugt. Eine Besonderheit waren die Beleuchtungsautomaten, die mit Münzen gefüttert werden wollten, um den vollendeten Kunstgenuss zu ermöglichen.

Winfried Weckerle öffnete seinen Rucksack und entnahm ihm eine Taschenlampe: »Die leuchtet umsonscht.«

Ist Ihnen der Siegeszug des Rucksacks auch schon aufgefallen? Heutzutage läuft mindestens jeder Dritte damit durch die Gegend. Wer früher mit der Aktentasche zum Büro ging, trägt jetzt Rucksack. Auch die gute alte Schultasche hat ausgedient, Hefte, Pausenbrote und

Gameboys werden auf dem Rücken getragen. So hat man die Hände für das Smartphone frei. Überhaupt Smartphones: Können Sie sich eine Welt ohne diese Dinger vorstellen? Nein? Die gab es aber tatsächlich mal. Vor unvordenklichen Zeiten unterhielt sich die Familie am Esstisch über dies und das, etwa den Alkoholkonsum des Kollegen oder die Fehltritte der Nachbarin. Heute fixiert jeder den Mini-Bildschirm seines Handgeräts, das hat natürlich auch seine Vorzüge. Es gibt weniger Konfliktstoff und der Familienfrieden bleibt gewahrt. In Anlehnung an Loriot kann man sagen: Ein Leben ohne Smartphone ist möglich, aber sinnlos. Gegenüber dem Mops hat das Gerät den Vorteil, dass es nicht Gassi gehen will. Und es bellt auch nicht, es sei denn, es ist der Klingelton.

Von der Santa Maria Novella bis zur Kirche San Lorenzo war es nicht weit. Das Gotteshaus ist eine bedeutende Renaissancekirche und einer der ältesten Kirchenbauten von Florenz, der seinen Ursprung im 4. Jahrhundert hat. Seine alte Sakristei ist der erste überkuppelte Zentralraum der Renaissance, sie beherbergt zahlreiche Gräber der Medici.

300 Jahre lang war die Basilika die Kathedrale der Stadt Florenz. Das hatte ich alles im Reiseführer gelesen. Florenz bietet wirklich eine Fülle von Kunstschätzen wie wohl kaum eine andere Stadt in Europa. Man muss das einfach gesehen haben. Dafür nimmt man auch Prellmayers Bus in Kauf.

Da aller guten Dinge bekanntlich drei sind, war unser nächstes Ziel der Duomo Santa Maria del Fiore. Die von

Filippo Brunelleschi errichtete rote Kuppel ist so etwas wie das Wahrzeichen der Stadt und weithin sichtbar. Sie ist mehr als hundert Meter hoch, hat einen Durchmesser von 45 Metern und schließt nach oben mit einer sogenannten Laterne ab. Auch das las ich im Reiseführer. Vor allem in seiner Gesamtheit wirkt der Dom eindrucksvoll. Er zählt nicht nur zu den größten Kirchen überhaupt, er glänzt auch durch seine Fassade mit den verschiedenfarbigen Marmortafeln, die ebenso den imposanten Campanile, also den frei stehenden Glockenturm, zieren. Wir standen staunend auf der Piazza del Duomo hinter einer Gruppe Chinesen, die verzweifelt versuchten, mit ihren Selfie-Stangen sich selbst und das gewaltige Gebäude im Hintergrund aufs Bild zu kriegen. Die Frankfurter Chefsekretärin war ganz ergriffen: »Der Dom ist bunter als unsere Paulskirche.« »Die hat auch nicht mal einen Campanile«, setzte ich eins drauf. Nur Markus Blumberg war nicht zu beeindrucken: »Die Mariä-Entschlafens- Kathedrale in Wladimir hat mehr Türme.«

Im Inneren ist der Dom auch nicht schlecht. Beachtlich sind vor allem seine Dimensionen, unsere Reiseleiterin berichtete, das Kirchenschiff fasse rund 30 000 Personen. Das sind ungefähr so viel wie auf dem Aachener Tivoli, und der hat keine Fresken. Die gibt es im Florentiner Dom massenweise, der Zyklus mit Hunderten Figuren in der Kuppel sucht seinesgleichen. Deren Abstand zum Betrachter ist allerdings so weit, dass man Adleraugen haben muss, um alle Details zu erkennen. Das hielt Franziska Maier nicht davon ab, sich die Bilder von Elettra erklären zu lassen. Wir Banausen warteten unterdessen vor dem Portal und hielten nach einer Futterstelle Ausschau. »Ein hungriger Bauch hat keine Ohren«, zitierte der Oberstudienrat ein altes Sprichwort. Das animierte Pfarrer Moosacher: »Den Hungrigen ist nicht gut predigen.«

Vor der Mittagspause mussten wir erst noch die Taufkirche des Doms bewundern. Das Baptisterium, lehrte Elettra uns, sei eines der ältesten Gebäude der Stadt. Berühmt sei es wegen seiner Türen. Der achteckige Bau verfügt über drei vergoldete Bronzetüren, unter ihnen die sogenannte Paradiespforte mit zehn großflächigen Quadraten. Die Kuppel ist innen sogar mit einem der weltweit größten Mosaiken geschmückt. Nach dem Genuss der vielen Fresken und Mosaiken hing uns der Magen in den Kniekehlen. Selbst Frau Maier hatte keine weiteren Fragen mehr.

Elettra gab uns eine Stunde Zeit, in der wir uns für das weitere Programm stärken könnten. Karola und ich begnügten uns mit einem Stück Pizza auf der Hand, *pizza al taglio*, weil das schnell ging und wir anschließend noch einen Kaffee nehmen wollten. Auf der nahe gelegenen Piazza della Repubblica fanden wir ein hübsches Café. Aus purem Leichtsinn bestellte ich zwei Heißgetränke, ohne die Preisliste studiert zu haben. Beim Blick auf die Rechnung schwor ich mir, das nie wieder zu tun. Meine Frau tröstete mich, nicht ohne Häme: »Das hast du auf dem Markusplatz in Venedig gespart.« Auf einer Bank vor dem Café saßen die Schwaben und leerten vergnügt ihre Thermosflaschen. Ihre schadenfrohen Mienen habe ich mir sicher eingebildet.

Die Reisegruppe fand sich zur vereinbarten Stunde am verabredeten Treffpunkt ein. Auch Elettra war für ihre Verhältnisse pünktlich und kam nur zehn Minuten zu spät. Solche Verzögerungen glich sie problemlos aus, indem sie losstapfte, als werde sie von der Guardia di Finanza verfolgt. Das ist eine spezialisierte Polizeitruppe, die vor allem die Wirtschaftskriminalität bekämpfen soll. Elettra hatte uns erzählt, dass in Italien die Steuerhinterziehung ein großes Problem sei, dadurch entgingen dem Staat Milliarden. Deshalb habe man schon vor vielen Jahren die Pflicht zur Ausstellung eines Kassenbons, auf Italienisch *scontrino*, eingeführt. Davon sei auch der Kunde betroffen, wer in einer Bar einen Espresso trinke, müsse den Beleg dafür im Umkreis von hundert Metern bei sich tragen. Werde er von der Guardia di Finanza ohne *scontrino* erwischt, setze es ein Bußgeld. Das geschehe heute aber nur noch selten und habe ohnehin nicht zum wesentlichen Rückgang der Steuerhinterziehungen geführt. Mich wunderte das nicht, man findet immer Wege, um den Fiskus zu schädigen, das ist bei uns im Grunde nicht anders. Steuerverkürzung, wie es amtlich heißt, ist in Deutschland vielleicht kein Nationalsport, aber gesellschaftlich doch nicht so geächtet wie es eigentlich sein sollte. Die Unredlichkeit des Steuerpflichtigen fängt schon bei kleineren Schummeleien an wie der Deklaration des Schlafanzugs als Arbeitskleidung, außer beim Homeoffice.

Mir war schleierhaft, woher Elettra diese großen Schritte nahm. Manchmal fürchtete ich, sie würde im Spagat landen. Etliche Gruppenmitglieder hatten Mühe hinterherzukommen, Katja Werthekoven, von Statur eher klein, verfiel zuweilen in den Laufschritt. Ich vermutete, dass unsere Reiseleiterin gewöhnlich Wandergruppen führte. Schon bei Reiseantritt war mir ihr festes Schuhwerk verdächtig vorgekommen. Die Fußbekleidung ist übrigens ein Ausdruck der Persönlichkeit. Nehmen Sie zum Beispiel Sybille Bieber, die Chefsekretärin trug elegante Lederschuhe mit halbhohen Absätzen. Außerdem war sie dezent gekleidet, man konnte sie sich gut als Vorzimmerdame in der Chefetage vorstellen, sie arbeitete ja seit Jahren im Obergeschoss eines Frankfurter Bankhauses. Ihr Vorgesetzter, verriet sie mir einmal beim Wein vertraulich und unter dem Siegel der Verschwiegenheit, sammele die Jahresboni sackweise ein: »Je schleschter das Ergebnis, desto höher die Tantiemen.« Nun gut, dachte ich, von irgendwas müssen diese Leute leben und eine Finca auf Mallorca will schließlich unterhalten werden. Ich erkundigte mich bei Frau Bieber nach deren eigener Gratifikation am Ende des Geschäftsjahrs. »Bei positiver Bilanz krieg isch einen Kasten Apfelwein.«

In der Wartezeit kam ich ins Gespräch mit Georg Moosacher aus Freising. Mich hatte immer schon gewundert, warum die süddeutsche Erzdiözese »München und Freising« heißt, normalerweise trägt der Bischofssprengel einen einzigen Stadtnamen. Der Prälat klärte mich auf. Freising sei bereits im frühen Mittelalter Bischofssitz gewesen, nachdem aber die Stadt München bedeutender geworden sei, habe man im 19. Jahrhundert das Erzbistum München und Freising errichtet. Nach wie vor sei Freising berühmt für das Kloster Weihenstephan, eine ehemalige Abtei der Benediktiner, es beherberge heute die Bayerische Staatsbrauerei. »In die Weihwasserbecken schütten wir Bier.« Pfarrer Moosacher war ein Schelm, ich hätte gerne seine Predigten gehört, bei denen wäre ich bestimmt nicht eingeschlafen.

Bei dieser Gelegenheit erinnerte ich mich an eine Frage, die ich mir in meiner Jugend gestellt hatte und die noch offen war, nämlich wie ein Priester beichtet. Falls der überhaupt mal etwas zu beichten hat, das ist sicher selten. Moosacher klärte mich auf. »Zuerst knie ich vor dem Beichtstuhl nieder und bekenne meine Sünden, dann setze ich mich hinein und erteile mir die Absolution.«

Der nächste Besichtigungsort war die Piazza della Signoria, über Jahrhunderte das politische Zentrum von Florenz. Die Piazza, wohl einer der berühmtesten Plätze Italiens, leitet ihren Namen von der republikanischen Stadtregierung, der Signoria, ab. Unsere Reiseleiterin zeigte auf die Loggia dei Lanzi, auch Loggia della Signoria genannt. Diese sei ursprünglich für Kundgebungen und Empfänge der Republik Florenz genutzt worden. Nach ihrem Vorbild habe man die Feldherrnhalle in München gebaut. Nun hat Letztere eine zweifelhafte Vergangenheit, man denke an den Marsch der Braunen im Jahr 1923. Der hat damals etliche das Leben gekostet, dummerweise hat es den Adolf nicht richtig erwischt. Sonst wäre die Geschichte sicher anders verlaufen, aber das ist ein weites Feld ...

Neben dem imposanten Neptunbrunnen, dessen Wasserstrahlen uns eine kleine Erfrischung boten, stand ein weiteres Highlight: Michelangelos David. Es ist zwar nur eine Kopie des in der Galleria dell'Accademia aufgestellten Originals, eines aus einem einzigen Marmorblock gehauenen Meisterwerks, aber nicht weniger imposant. Der David, erklärte unsere Reiseleiterin, sei die erste Monumentalstatue der Hochrenaissance und die wohl bekannteste Skulptur der Kunstgeschichte. Das sehe man schon an der Masse von Nachbildungen aus diversen Materialien. Karola betrachtete die Statue aufmerksam und musterte mich dann verstohlen.

Ich glaubte, in ihrem Gesicht so etwas wie Enttäuschung zu lesen. Das fand ich uncharmant und wehrte mich: »Seine Arme sind zu lang.« Cordula kicherte: »Manches kann nicht lang genug sein.« Auf den tadelnden Blick der Erzieherin übersetzte ich: »Sie meint die Füße.«

Hinter der Davidstatue ragt der Palazzo Vecchio auf. Der Alte Palast, so heißt er auf Deutsch, wurde als Versammlungshaus der Zunftältesten errichtet und bis ins 16. Jahrhundert mehrfach umgebaut. Außen markant ist sein eleganter schlanker Turm. Innen besichtigten wir den Saal der Fünfhundert mit pompösen Schlachten-Fresken und zahlreichen Statuen, unter anderem von Michelangelo. Auch der Saal der Lilien mit seiner Kassettendecke war allemal sehenswert. Unser Bedarf an Kunstgenüssen war aber für heute gedeckt. Bei einem solchen Besichtigungsmarathon besteht ohnehin die Gefahr, dass man später alles durcheinanderwirft. Wer verfügt schon über ein Gedächtnis wie Karola, die mir meine Verfehlungen noch nach Jahren vorhalten kann.

Auch Franziska Maiers Erinnerungsfähigkeit schien Grenzen zu haben. Sonst hätte sie sich nicht immer alles notiert, was Elettra über die Fresken erzählte.

Vermutlich bearbeitete sie ihre Aufzeichnungen abends im Bett mit dem Textmarker.

Die Übersättigung mit Mosaiken und Wandbemalungen hatte uns erschöpft. Zudem ging unser Vorrat an Kaltgetränken, die wir in der Hitze benötigt hatten, zur Neige. Ronny, der stets ein Mineralwasserdepot im Bus vorhielt, war nicht greifbar. Der nächste Weg führte uns in einen Kiosk, in dem wir uns mit Getränken eindecken können. In Italien sind Nahrungsmittel im Allgemeinen teurer als bei uns. Es gibt eine wichtige Ausnahme, das Mineralwasser. Das bekommen Sie in kaum einem anderen europäischen Land so billig wie bei den Italienern. Das Gegenbeispiel ist Frankreich. Dort kostet ein Fläschchen Sprudel das Mehrfache, dafür kriegen Sie bei einem deutschen Discounter zwei Flaschen Wein. Den sollten Sie freilich nicht ihren Freunden anbieten, falls sie die nicht für immer loswerden wollen. Es sei denn, es sind notorische Biertrinker. Auch Wein, und zwar gut trinkbarer und keineswegs nur Plörre, ist in Italien oft erschwinglich. Vielleicht liegt das daran, dass Italien die nach Hektolitern weltweit größte Weinproduktion aufweist.

Der Rebensaft dürfte dort eine Art Grundnahrungsmittel sein, so wie in Bayern das Bier. Dennoch sieht man in der Öffentlichkeit selten einen betrunkenen Italiener wanken, das hängt wohl auch damit zusammen, dass Wein in Italien vornehmlich als Essensbegleiter dient.

Wenn Sie drei, vier Gänge lang schlemmen, vertragen Sie den Alkohol besser.

Daher mein Tipp: Falls Sie den Fernsehabend mit zwei Flaschen Wein verbringen, sollten Sie mit fester Nahrung gegensteuern, am besten wirken Kartoffelchips und Dauerwürste.

Am frühen Abend erschien Ronny am Bahnhof und chauffierte uns zum Albergo Dolce Vita. Wer sich, wie Cordula, Karola und ich, nicht in Florenz mit Lebensmitteln eingedeckt hatte, musste mit dem eher spärlichen Angebot des Hauses vorliebnehmen. Die Nudelspeisen waren aber gar nicht so übel und der Salat, den Karolas Freundin bestellt hatte, sah frisch und appetitlich aus. »Er ist so knackig wie der David«, lobte Cordula. Für sie wurde es allmählich Zeit für eine neue Beziehung.

Während ich meine Spaghetti aufrollte, schauten die Weckerles herein. Die hatten offenbar nicht genug Nahrungsmittel eingekauft und mussten ihren Hunger nun im Restaurant stillen. Ich sorgte mich um ihre Finanzen, wenn das mal nicht ein großes Loch in ihre Reisekasse reißt, hoffte ich. Die Schwaben leisteten sich Lasagne mit *salata mista* und ein Glas Hauswein, sie prassten regelrecht. Auf Karolas erstaunten Blick verriet Winfried Weckerle, heute sei ihr Hochzeitstag, da würden sie sich was gönnen. Am Ende bestellen sie noch Dessert, fürchtete ich und gratulierte ihnen. Heidi Weckerle rückte näher heran. Winfried habe ihr vorhin zur Feier des Tages einen Marakujabecher spendiert, mit viel Sahne! Ich war beeindruckt. Winfried Weckerle berichtete stolz, zu ihrem dreißigsten Hochzeitstag letztes Jahr hätten sie einen Städtetrip nach München unternommen, sogar mit Übernachtung im Hotel! Und seine Frau ergänzte, die Münchner Wirtshäuser hätten es ihnen angetan. Was ich nachempfinden konnte. Am besten sei der Biergarten vom Löwenbräu, da gebe es einen Bereich, in den man sein Essen mitbringen könne. Leider müsse man das Bier bezahlen.

Warum reisten die sparsamen Weckerles ausgerechnet mit einem hochpreisigen Veranstalter, wunderte ich mich, die Toskana könne man doch billiger haben. Der Schwabe lächelte, sie hätten einen ordentlichen Frühbucherrabatt herausgeschlagen, zudem störten ihn bei Billiganbietern die Verkaufsveranstaltungen, da gerate man am Ende noch in Versuchung. Heidi Weckerle rückte noch näher heran und flüsterte im Verschwörerton, sie hätten da eine Technik entwickelt, wie man die Kosten dämpfen könne. Kaum eine Reise erfülle die Erwartungen zu hundert Prozent, meistens gebe es den einen oder anderen Mangel. Entweder sei das Wasser im Swimmingpool zu kalt und in der Dusche zu heiß oder umgekehrt, das Zimmer zu nah am Lift und die Matratze zu hart oder zu weich und der Kaffee zu dünn, es lasse sich fast immer was finden, sie würden dann den Reisepreis mindern. Der Veranstalter zeige sich oft kulant und erstatte ihnen einen Teil zurück. Vorsichtshalber würden sie die Anbieter häufig wechseln, die hätten nämlich ein gutes Gedächtnis. Winfried Weckerle sah meinen kritischen Blick.

Jeder müsse doch sehen, wo er bleibe, argumentierte er. Sie hätten es in ihrem Geschäft auch nicht leicht, es gebe Kundinnen, die aus den Pullovern heimlich Fäden herauszögen und dann Preisabschläge verlangten. »Und Löcher in die Mäntel schneiden«, ergänzte seine Frau Heidi. Da wurde mir endlich klar, warum so viele Leute in rissigen Jeans herumlaufen, die haben sie billig gekriegt. Vermutlich betreten sie die Klamottenläden mit der Schere.

10

Der folgende Tag stand ganz im Zeichen der bildenden Kunst. Dicht neben dem Palazzo Vecchio befindet sich die Galleria degli Uffizi, das sind die weltberühmten Uffizien. Ihr Name gründet im Wort »uffici«, Büros, denn der Bau sollte ursprünglich als Verwaltungsgebäude dienen. Karola behauptete, das Bundeskanzleramt gefalle ihr besser, es sei transparenter. Ich wandte ein, dort gebe es zu wenig alte Meister.

Die aus mehr als 1500 Exponaten bestehende Sammlung der Uffizien zählt zu den bedeutendsten Gemäldegalerien des Planeten. Wer kennt nicht aus einschlägigen Bildbänden die Geburt der Venus von Botticelli, Caravaggios Bacchus oder die Flora von Tizian? Die Berühmtheit der Uffizien hat freilich ihren Preis. Wer sie besichtigen will, muss entweder vorher reservieren oder in aller Frühe aufstehen. Elettra hatte unsere Gruppe rechtzeitig angemeldet. Als wir auf der Piazzale degli Uffizi ankamen, trafen wir auf eine beachtliche Menschenmenge. Karola sprach, vorsorglich auf Englisch, neugierig einen schwitzenden Herrn im Tweetsakko an, der im Vorderteil der Schlange stand. Der stöhnte, er stehe hier seit drei Stunden. Für die Kunst muss man eben Opfer bringen. Meine Frau hatte Mitleid und fragte den Bedauernswerten, ob sie ihm eine Pizza besorgen solle. Er lehnte dankend ab, ein Steak and Kidney Pie wäre ihm lieber. Also war er Engländer.

Unsere Gruppe durfte dank der Anmeldung gleich hineinmarschieren. Obwohl die Besucher nur schubweise eingelassen wurden, drängten sich die Massen vor den weltbekannten Gemälden. Von der Venus konnte ich zunächst nur den oberen Rahmenteil sehen, meine Frau, die einen Kopf kleiner ist, sah nur die Rücken gestikulierender Kunstliebhaber. Als diese endlich verschwanden, gelangten auch wir in den Genuss des Meisterwerks. Warum hält sie nur die Hände vor ihre Geschlechtsmerkmale? überlegte ich. Meine prüfenden Blicke auf die Venus und auf Karola wurden von meiner Frau missverstanden. »Ein flacher Bauch täte ihr gut«, zischte sie. Franziska Maier war von der Schönheit der Gemälde ergriffen, den Bacchus habe sie sich nicht so plastisch vorgestellt. Katja Werthekoven war jetzt in ihrem Element. Die Galeristin warf abschätzende Blicke auf die Bilder und gestand, am liebsten würde sie sich eine Preisliste besorgen. »Einen Tizian könnte ich noch gebrauchen«, ließ sie ihren Mann wissen. Der Professor hockte bei der Venus auf einer Bank und schien zu träumen. Nach drei Stunden Bildergucken schmerzten mir Augen und Rücken. Außerdem meldete sich der Magen, ihm war vor lauter Alten Meistern flau. Deshalb schlug ich meiner Frau vor: »Lass uns rausgehen, ich brauche was Nahrhaftes.« In diesem Moment hätte ich auch ein Steak and Kidney Pie genommen.

Nach dem anstrengenden Vormittag hatten wir eine ausgedehnte Pause verdient. Karola und ich futterten Pizzastücke aus der Hand und ließen uns anschließend in einem Café am Arno nieder. Ich war ausgelaugt und lud meine Frau großzügig zu einem Espresso ein, koste es was es wolle. An dem bitteren Ristretto nippten – pardon! – wir bis zum Ende der Mittagspause. Auf dem Weg zum Sammelpunkt begegnete uns Cordula. Sie machte ein grimmiges Gesicht: »Die Cantuccini sollte man verbieten, die sind hart wie Stein.« Cantuccini – oder auch Cantucci – sind ein traditionelles Mandelgebäck aus der Gegend um Florenz, das wie Zwieback doppelt gebacken wird. Cordula hatte sich an der mürben Backware eine Krone zerbissen. Ich klärte sie darüber auf, dass die Italiener die Cantuccini gewöhnlich entweder in einen Süßwein, den Vin Santo, oder in Kaffee eintauchen. »Sonst wären die Zahnarztpraxen hier zu voll.«

Auf der Piazzale degli Uffizi trafen wir unsere Mitreisenden wieder. Kurz darauf nahte Elettra forschen Schrittes und bedeutete uns, ihr zu folgen. Bitte nicht schon wieder Kirchen und Museen, flehte ich im Stillen. Meine Sorge war unbegründet. Elettra leitete uns zum Ponte Vecchio, der Alten Brücke. Der Ponte ist die älteste Brücke über den Arno in Florenz. An den Seiten befinden sich kleine Läden, deren rückwärtige Teile den Brückenkörper überragen. Ursprünglich, lernten wir, hatten sich dort hauptsächlich Schlachter und Gerber niedergelassen, die ihre Abfälle in den Fluss warfen. Im 16. Jahrhundert wurden sie durch Goldschmiede abgelöst, weil diese keinen Gestank verbreiteten. Melanie Lehmann-Blumberg erkundigte sich, ob es seitdem keine Metzger mehr in Florenz gebe. »Doch, und die verwerten ihre Abfälle«, klärte Wendelin Wagenhoff sie auf. »Das tun sie doch alle«, trug Cordula bei. Als überzeugte Vegetarierin durfte sie das sagen.

Wir unternahmen einen Spaziergang über den Ponte. Genauer gesagt, schoben wir uns durch die Touristenmassen, vorbei an lauter Juwelierläden. Karola blieb vor einem hübsch dekorierten Schaufenster stehen und musterte die Auslagen mit demonstrativem Interesse. »Zu dumm, dass die Fleischer verschwunden sind«, sagte ich, »ich würde dir ein Nackensteak kaufen.« Es ist doch gut, dass Blicke nicht töten können.

Ich hatte mich zu früh gefreut. Unser Kunstmarathon war noch nicht zu Ende, die Ziellinie nicht einmal in Sicht.

Elettra schleppte uns zum Palazzo Pitti. Auf der gegenüberliegenden Seite des Arno tauchte ein Palast auf, der im 15. Jahrhundert für den Bankier Pitti gebaut worden war. Der Palazzo beherbergt heute mehrere Museen, die es in sich haben. Berühmt ist vor allem die Gemäldesammlung mit einer ganzen Reihe von Raffaels, Tizians und Rubense. Solche Bilder sieht man nicht alle Tage. Meine Müdigkeit war wie weggeblasen und ich bereute den kurzen Gang zum Pitti-Palast keine Minute. Am Ausgang fragte ich Katja Werthekoven, ob sie sich eine Preisliste besorgt habe. Sie sah mich verständnislos an.

Am späten Nachmittag wartete das letzte Highlight auf uns: die Kirche Santa Croce. Die Gemälde im Palazzo Pitti hatten mich wachgerüttelt, meine Aufnahmefähigkeit war wiederhergestellt. Auf der weiträumigen Piazza Santa Croce sahen wir einen dreischiffigen Kirchenbau mit Marmorfassade. Die Basilika Santa Croce, hörten wir, ist die größte Franziskanerkirche Italiens und das nach dem Dom bedeutendste, an Kunstwerken sogar das reichste Florentiner Gotteshaus. Ihre Schmuckstücke sind die Seitenkapellen, die von berühmten Künstlern wie Herrn Giotto ausgemalt sind. »Diese herrlichen Fresken«, jauchzte Franziska Maier. Eine Besonderheit sind die Grabmäler im Inneren. Keine Geringeren als Galilei, Michelangelo und Rossini haben hier ihre ewige Ruhe gefunden. Die Kirche wird deshalb auch »Pantheon von Florenz« genannt. Am Grab des Komponisten verharrte Katja Werthekoven lange. »Der Barbier von Sevilla in Sankt Augustin war einmalig«, jubelte sie. Der Professor strich sich gedankenverloren übers Kinn: »Ich müsste mich mal wieder rasieren.«

Beim Abendessen mussten wir auf Cordula verzichten. In der Mittagspause war sie einem Herrn begegnet, mit dem sie sich zum Dinner verabredet hatte. Der gut aussehende Mann in den besten Jahren habe sie auf der Piazza della Signoria auf Deutsch nach dem Weg zur Chiesa Santa Croce gefragt. Man sei sich gleich sympathisch gewesen und schnell ins Gespräch gekommen. Doktor Bleimann aus Düsseldorf, so habe er sich vorgestellt, sei von Beruf Schönheitschirurg und verbringe einige Tage in Florenz der großartigen Kulturdenkmäler wegen. Der Ausflug lohne sich, schon allein die superbe Gemäldesammlung in den Uffizien sei die Reise wert. Auch mit seiner Unterkunft, dem Grand Hotel Pullman, sei er durchaus zufrieden, dort erfülle man dem Gast fast alle Wünsche.

Gleichwohl empfinde er eine gewisse Leere, weil er seine Eindrücke mit niemandem teilen könne. Dem vermochte Cordula abzuhelfen, sie nahm seine Einladung zum Abendessen bereitwillig an. Doktor Bleimann wolle sie zu einer Osteria ausführen, die in Florenz nicht ihresgleichen habe. »Ein Schönheitschirurg, wie passend«, lästerte ich, »aber lass nicht alles auf einmal machen.« Karola und ich wünschten Cordula einen gelungenen Abend und nahmen mit der Küche des Albergo Dolce Vita vorlieb.

11

Nach einer weiteren Nacht in Hörweite der Tuchfabrik machten wir uns auf den Weg nach Süden. Unser Tagesziel war Siena, mit einem Abstecher nach San Gimignano. Cordula war beim Frühstück nicht aufgetaucht und setzte sich im Bus schweigend auf ihren Platz. Das kam mir merkwürdig vor, war Cordula doch von eher lebhafter Natur. War sie vielleicht in Doktor Bleimann verliebt und jetzt vom Abschiedsschmerz befallen? Bei nächster Gelegenheit würde ich mich nach ihrem Wohlbefinden erkundigen.

Ronny hatte mittlerweile die Klimaanlage auf eine erträgliche Temperatur gebracht, sodass Karola den Norwegerpullover abstreifen konnte. Die Anlage rächte sich mit einem Dauerbrummen, das die einen nervte und die anderen in den Schlaf wiegte. Professor Werthekoven entledigte sich seiner Hörgeräte und verfiel in einen Tiefschlaf. Mich störte das Geräusch nicht. Da man sein eigenes Wort kaum verstand, konnte ich mich in Schweigen hüllen. Ständiges Geplapper ist meine Sache nicht. Zeitgenossen, die stundenlang auf mich einreden, empfinde ich als anstrengend. Deshalb war Professor Werthekoven mir auch ein angenehmer Mitreisender. Er sprach recht wenig und beschränkte seine Beiträge hauptsächlich auf geologische Themen. Im Hörsaal musste er bestimmt genug reden. Ob er wohl, wenn alle Studenten in ihre Laptops hackten, die Hörgeräte herausnahm? Heutzutage schreibt ja niemand mehr auf Papier mit. Außer

Franziska Maier. Die hatte schon wieder ihre Kopien auf den Knien. Der Textmarker rutschte hin und her und zeichnete zitronengelbe Zeilen. Ob die Erzieherin auch ein Reisetagebuch schreibt?, überlegte ich. Wenn ja, dann bestimmt in ein Heft mit bunten Blümchen oder Mickeymäusen.

Die Fahrt nach San Gimignano verkürzte Elettra uns durch einen Vortrag. Mit Mikrofon und Lautsprecher konnte sie das Rauschen der Klimaanlage übertönen. »Signori e signore«, begann sie, »heute stehen zwei Leckerbissen auf dem Programm.« Sie meinte damit San Gimignano und die Weinprobe. Zuerst aber müsse sie, fuhr unsere Reiseleiterin fort, noch etwas zur Wirtschaft der Toskana loswerden. Der Landstrich gehöre zu den wohlhabendsten Regionen Italiens. Heute lebe die Toskana vornehmlich vom Tourismus und von der Landwirtschaft. Bei den landwirtschaftlichen Erzeugnissen stünden Wein und Olivenöl im Vordergrund. Wichtig sei auch die Stahlproduktion in der Gegend um Piombino. Seit der Entdeckung der Toskana als Urlaubsgebiet in den Siebzigerjahren bilde aber der Tourismus den Hauptwirtschaftszweig. »Vor allem durch die Toskana-Fraktion der Sozis«, wusste Franziska Maier. Ich konnte mir vorstellen, dass sie als eingefleischte Bayerin den Sozialdemokraten mit einer gewissen Scheu begegnete. »Auch unter Marxisten gibt es Christenmenschen«, räumte Pfarrer Moosacher ein, »nur leider sind die oft protestantisch.« Dann meldete sich Wendelin Wagenhoff zu Wort. Er verwies auf die Ursprünge des Massentourismus in Italien in den Fünfziger- und Sechzigerjahren des vorigen Jahrhunderts. Damals seien die Deutschen mit dem Käfer über den Brenner an die Adria gefahren. Fortan nannte man die Strände um Rimini, Riccione und Cesenático den Teutonengrill. Heute grillen die Deutschen bei jeder sich bietenden Gelegenheit in öffentlichen Parks und hinterlassen die Pappteller und den Einmalgrill auf der Wiese. Fleisch braten über offenem Feuer scheint ein Urbedürfnis von uns Menschen zu sein, das haben wir aus der Steinzeit übernommen. Nur dass statt des Auerochsen das Hausschwein dran glauben muss oder der Biobulle. Wenn die ersten Frühlingstage das Herz wärmen, qualmt und duftet es in Gärten, auf Terrassen und Balkonen sowie im Stadtpark verräterisch, die Grillsaison hat begonnen, man nennt das jetzt angrillen. Dass man das Rückensteak und die Putenschenkel ebenso gut in der Bratpfanne erhitzen kann, spielt keine Rolle. Unsere Urahnen hatten in ihren Höhlen ja auch keine Küchenherde.

Wir näherten uns San Gimignano. Das Städtchen liegt auf einem Hügel und ist schon von Weitem sichtbar. Mir fiel eine Reihe sonderbar aussehender Türme auf. »Das sind die Geschlechtertürme«, erklärte unsere Reiseleiterin, woraufhin Melanie Lehmann-Blumberg nachfragte, ob Männer und Frauen da heute noch getrennt leben. »Manchmal wäre das besser«, murmelte ich. Karola funkelte mich an: »Gernot, du kriegst heute kein Abendbrot und über die Weinprobe sprechen wir noch!« Die Blütezeit von San Gimignano, wurden wir von Elettra belehrt, habe vom 12. bis zur Mitte des 14. Jahrhunderts gedauert. Damals hätten die ortsansässigen Patrizier insgesamt

72 Türme errichtet, die ihrem Schutz, mehr aber noch ihrem Prestige gedient hätten. Je höher der Turm, desto angesehener das jeweilige Adelsgeschlecht. Daher nenne man die Bauwerke auch Geschlechtertürme. Diese seien häufig an Palazzi angebaut worden, in denen die Adligen in Friedenszeiten gelebt hätten. Heute existierten noch 15 Türme, deren höchste mehr als 50 Meter in den Himmel ragen würden. Die Höhe von Türmen ist längst kein Statussymbol mehr, dafür gibt es andere Merkmale wie die Pferdestärke des Automobils, den Hersteller der Armbanduhr und die Anzahl der Kreditkarten. Mit meinen diversen Kundenkarten von Supermärkten, Kaufhäusern und Drogeriefilialen brauche ich mich auf Cocktailpartys gar nicht erst blicken zu lassen.

Aber mich lädt ja ohnehin keiner zur Cocktailparty ein.

Am Ortsrand verließen wir den Bus. Karola und ich nahmen Cordula beiseite und fragten vorsichtig an, ob sie Liebeskummer habe, das sei zwar schmerzhaft, gehe aber vorbei. Zudem sei die Welt voll von alleinstehenden attraktiven Männern im passenden Alter, bestimmt werde sie sich bald neu verlieben. Da Cordula uns verständnislos anstarrte, legte ich nach, vielleicht habe ihr die Speisenfolge nicht zugesagt oder die Osteria habe am Ende kein vegetarisches Menü angeboten. Das ging in die falsche Richtung. Das Essen sei exquisit gewesen, sie sei sogar über ihren Schatten gesprungen und habe auf die ausdrückliche Empfehlung ihres Gastgebers ausnahmsweise zum Hummer gegriffen, der habe ihr fabelhaft geschmeckt. Der von ihrem Begleiter dazu ausgewählte Wein sei sündhaft teuer und ein erlesener Tropfen gewesen. Dann war ja alles bestens, riefen Karola und ich wie aus einem Munde.

Kleinlaut erzählte Cordula nun die ganze Geschichte: Als der Kellner die Rechnung präsentierte, stellte Doktor Bleimann plötzlich fest, dass er seine Geldbörse im Hotel vergessen hatte, darin befanden sich leider auch alle Bank- und Kreditkarten. Er war untröstlich und zog sofort los, um die Börse aus seinem Zimmer holen. Cordula sollte langsam nachkommen und ihn in der Lobby des Grand Hotel Pullman, das liege um die Ecke, auf ihn warten. Zur Entschädigung werde er sie in der schicken Hotelbar zum Champagner einladen.

Cordula zahlte die Zeche und schlenderte zum Grand Hotel. Als der Kavalier auch nach einer Stunde nicht erschien, erkundigte sich Cordula bei der Rezeption nach seiner Zimmernummer. Einen Doktor Bleimann gebe es bei ihnen nicht, beschied ihr der Portier. »Und ich dumme Kuh hatte noch überlegt, ob ich nach dem Champagner mit auf sein Zimmer komme.« Ich versuchte sie zu trösten: »Immerhin war doch der Hummer lecker und er hatte bestimmt keine Gräten.«

Wir erkundeten die Altstadt, zusammen mit, nach vorsichtiger Schätzung, tausend anderen Touristen. Neben Florenz, Siena und Pisa zählt San Gimignano zu den meistbesuchten Reisezielen in der Toskana. Das erkennt man auch an den Weinboutiquen sowie den Läden mit Kunsthandwerk. Der mittelalterliche Stadtkern mit seinen Türmen war den kleinen Umweg allemal wert.

Staunend schlichen wir vorbei an den altertümlichen Wolkenkratzern, die wir in dieser Form noch nicht kannten. Die Frankfurter Chefsekretärin strahlte: »Isch fühl misch wie daheim.« Ich bin immer wieder überrascht, wenn Reiserückkehrer zufrieden berichten, sie hätten sich am Urlaubsort wie zu Hause gefühlt. Warum sind die denn nicht gleich daheim geblieben?, frage ich mich jedes Mal, eine Reise bedeutet doch einen Ortswechsel mit anderen, neuen Eindrücken. Aber vielleicht sehe ich das falsch.

Neben dem Palazzo del Popolo, in dem sich ein Museum befindet, steht der höchste der Geschlechtertürme, der Torre Grossa, mit stolzen 54 Metern. »Der ist höher als der Leuchtturm von Westerheversand«, belehrte uns Arnulf Werthekoven, »und der steht noch auf Eichenpfählen.« Markus Blumberg zog erneut Vergleiche: »Zhengzhou hat mehr Hochhäuser und die haben größere Fenster.« Die hohen Türme strapazierten unsere Nackenmuskulatur, da war die Besichtigung der Kirche Santa Maria Assunta direkt erholsam. Der romanische Dom ist fein ausgemalt und besitzt einen der am besten erhaltenen Freskenzyklen des Mittelalters, mit dem Elettra uns in aller Ausführlichkeit vertraut machte.
Franziska Maier schrieb mit. San Gimignano ist wirklich ein erstaunlicher Ort. Für weniger als 8000 Einwohner gibt es rund zehn Kirchen. Das muss denen mal einer nachmachen. Ihren Namen leitet die Stadt übrigens vom heiligen Geminianus ab. Das erfuhren wir von Pfarrer Moosacher, dessen Steckenpferd die Heiligen waren. Gimignano, wie ihn die Italiener nennen, war im 4.

Jahrhundert Bischof von Modena und ist auch dort der Schutzheilige. »Wie Pavarotti«, ergänzte Katja Werthekoven, der Startenor war nämlich in Modena geboren.

Nach den Besichtigungen legten wir eine Mittagspause zur Nahrungsaufnahme, alternativ zum Souvenirkauf ein. Karola und ich entschieden uns für die Nahrung, Cordula bevorzugte das Souvenir. Unsere Schwaben verzichteten wie wir auf den Erwerb von Mitbringseln und verzehrten die vom Frühstücksbüfett stammenden Brioches. Mir war an einer kräftigenden Mahlzeit gelegen, für die spätere Weinprobe brauchte ich eine solide Grundlage. In einer Pizzeria verdrückte ich eine wagenradgroße Pizza mit extra Käse, Karola aß ein Nudelgericht mit gemischtem Salat, *insalata mista*. Als Dessert genehmigten wir uns ein *gelato* auf die Hand, genauer gesagt im *cornetto*, einem Hörnchen, ich mit einem Berg Sahne, *con panna*. Die Italiener haben das Talent, ihre *gelati* so unwiderstehlich zu präsentieren, dass einem das Wasser im Munde zusammenläuft. Außerdem gefällt mir, dass jede Eissorte einen eigenen Spachtel hat. Das finde ich appetitlicher als diesen Portionierer, der in Deutschland reihum in sämtliche Eiskübel gesteckt wird. Außerdem hat man den Eindruck, dass, beim gleichen Preis, die gespachtelte Menge größer ist als eine Kugel, aber das kann auch täuschen.

Der Eiskauf gestaltete sich zähflüssig. Sie kennen sicher die Szene, in welcher der Kunde vor ihnen sich nicht entscheiden kann und erstens einen Stau und zweitens bei Ihnen einen Adrenalinschub verursacht. Ein mittelalter Herr mit Baseballmütze, auf Deutsch Basecap, und im roten Bayern- München-Trikot mit dem Namenszug Müller ließ sich die Zubereitung diverser Milcheissorten erläutern, dachte dann lange nach und bestellte schließlich ein Hörnchen, *cornetto*, Himbeereis. Das sind Situationen, in denen man als wartender Kunde seine Aggressionen zügeln muss. Das passiert mir oft in der Metzgerei. An der Fleisch- und Wursttheke werden die niedersten Instinkte geweckt. Warum begnügt sich die rücksichtslose Person vor mir nicht mit zwei Wurstsorten und einem Schweinefilet, anstatt je drei Scheiben Schinken-, Bier-, Jagd- und Zungenblutwurst, hundert Gramm Presskopf und drei Zentimeter geräucherte Leberwurst nebst zweihundert Gramm Hackfleisch, einem Cordon bleu und zwei Spareribs zu ordern? In der Zwischenzeit haben Sie das Weite gesucht und beim Türken nebenan Döner geholt. Ähnlich geht es an der Käsetheke zu. Da ist der Beratungsbedarf mancher Kunden besonders ausgeprägt, am besten probiert man erst alles durch, bevor letztendlich die Entscheidung zugunsten der vier cremigsten Sorten Weichkäse fällt. Natürlich braucht man noch ein paar Scheiben Schnittkäse, aber welcher wäre wohl der richtige? Er sollte nicht zu mild und nicht zu würzig sein, mal überlegen ...

Am Bus erwartete uns Cordula mit Plastiktüte und triumphierender Miene. In der Tüte befand sich ein Keramikaschenbecher in der Art, wie sie in toskanischen Touristenzentren gern feilgeboten werden. »Das ist echte Handarbeit aus San Gimignano«, verkündete Cordula stolz, »und ich habe den Verkäufer noch runtergehandelt.« Ich gratulierte ihr und wies sie auf die Unterseite hin. Die trug den Mini-Stempel »Made in PRC«. »Chinesische Keramik ist weltweit gefragt«, tröstete ich sie, »schließlich haben die Chinesen das Porzellan erfunden.« Das wollte Elvira Schönfeld so nicht stehen lassen: »Das war der Böttger in Meißen.« Cordula meinte, ich sei doch Jurist, was würde ich ihr denn raten? »Such dir einen italienischen Anwalt, der muss aber attraktiv und ledig sein.« Der Oberstaatsanwalt sprach von Betrug. »Darauf stehen fünf Jahre, im besonders schweren Fall wie hier sogar zehn.« Von der Strafandrohung beeindruckt, machte sich die Reisegruppe auf den Weg zur Weinprobe.

12

Wenige Meilen hinter dem »Manhattan des Mittelalters«, wie San Gimignano wegen seiner Türme genannt wird, erreichten wir das Weingut Petrazzi. Am Ende einer von Zypressen gesäumten Auffahrt erspähten wir ein zweistöckiges Gebäude aus altem Bruchstein mit blauen Fensterläden. »Die sind so blau wie mein Lidschatten«, machte sich Melanie Lehmann-Blumberg bemerkbar. »Und wie ich nach der Weinprobe«, scherzte ich in der Hoffnung, dass sich die Verkostung nicht, wie so oft, auf ein paar Tropfen beschränkt. Es war gewiss von Vorteil, nicht mit dem eigenen Automobil angereist zu sein, Karola würde mich schon heil aufs Zimmer bringen. Sie spricht dem Alkohol nur in homöopathischen Dosen zu, das ist vernünftig, denn angeblich vertragen Frauen Alkohol schlechter als Männer. Warum sieht man dann mehr betrunkene Männer als Frauen?, überlegte ich. Vielleicht liegt es an der Wahl des Getränks, Bier lässt sich in größeren Mengen schlucken als Eierlikör ...

In der Probierstube empfing uns der Winzer. Er stellte sich, in passablem Deutsch, als Gianluigi Petrazzi und das Weingut als Familienbetrieb in achter Generation vor. Er führe das Gut gemeinsam mit Ehefrau Violetta, Sohn Paolo und Tochter Carlotta. Sein zweiter Sohn Raffaele, lachte er, sei das schwarze Schaf der Familie, der sei Anwalt. Wie praktisch, dachte ich, der kann ihn im Weinpanscher-Prozess verteidigen. Der Generationenwechsel bei Weingütern ist ein Phänomen. Bei vielen

Familien scheint der Weinbau in den Genen zu liegen, der Betrieb wird an die nächste Generation weitergegeben. Das kann ich gut verstehen, das Schloss Johannisberg hätte ich auch von meinen Ahnen übernommen. Für Handwerksbetriebe gilt die Regel leider nicht mehr, es gibt nicht wenige Handwerker, deren Sprösslinge aus der Art geschlagen sind und zum Beispiel lieber Events managen als nachts Brötchenteig zu kneten. Dabei soll Handwerk doch goldenen Boden haben. Den muss man aber auch betreten wollen.

Meine Gedanken teilte ich Franziska Maier mit, die mir gegenübersaß. Es sei doch schade, dass vielen Handwerksberufen der Nachwuchs fehle, schon jetzt sei es nicht leicht, einen Dachdecker zu finden. Dabei habe der Beruf doch seine Reize, man arbeite an der frischen Luft und könne die Welt von oben betrachten. Die Erzieherin setzte eine betrübte Miene auf, die Wertmaßstäbe hätten sich verschoben, das kenne sie aus ihrer eigenen Familie. »Meine Nichte ist Influencerin und hat zu wenig Follower.« Pfarrer Moosacher hatte das aufgeschnappt und heuchelte Mitleid. »Kann man gegen die Krankheit denn gar nichts tun?«

Seine Weine, lobte Gianluigi, seien ausnahmslos auf biologische Art und ohne künstliche Zusatzstoffe erzeugt, das würde man schmecken. Er hatte zwei Probiergläser für jeden Teilnehmer sowie mehrere Körbchen mit Weißbrotstücken bereitgestellt. Käse, erklärte er, biete er nicht als Neutralisierer an, dessen Aroma sei zu intensiv und beeinflusse den Geschmackssinn, das heiße eigentlich den Geruchssinn, denn der präge das Genusserlebnis maßgebend. Nach dieser Vorrede schenkte Winzer Petrazzi mit Assistenz seiner Tochter uns drei Finger breit Rotwein ein. Das sei ein typischer Chianti aus der Sangiovese-Traube. Die Traube sei die am meisten angebaute rote Rebsorte Italiens und gelte auch als die wichtigste. Den Chianti wiederum könne man als Vorzeigewein für die Toskana bezeichnen. Und im Chianti-Gebiet, das etwa ein Drittel der gesamten Toskana ausmache, werde schon seit Jahrhunderten Chianti-Wein produziert. »Salute!«, gab Gianluigi das Signal.

Rundum hörte man schlürfen. Der Weinkenner leert beim Probieren das Glas nicht in einem Zug, er lässt vielmehr die Tropfen langsam über die Zunge gleiten und veranstaltet dabei ein schlürfendes Geräusch. Das mag nicht schön klingen, ist aber effektiv. Nicht alle unsere Mitreisenden waren freilich, wie ich bald feststellte, geübte »Weinnasen«. Das zeigte sich an der Art der Verkostung ebenso wie in den Kommentaren. Winfried Weckerle zum Beispiel kippte den Rebensaft wie Doppelwacholder in den Schlund, seine Frau nahm sich nicht einmal Zeit, am Glas zu schnuppern. Der Schwabe machte ein säuerliches Gesicht: »Da ischt mir der Trollinger lieber.« Das hinderte die Weckerles aber nicht, sich kräftig nachschenken zu lassen. Zu meiner Freude erwies sich Petrazzi als freigebig, er füllte die Gläser, sofern gewünscht, immer wieder neu. Georg Moosacher, messweinerprobt, sonderte Sprüche ab wie: »Auf einem Bein kann man nicht stehen«, oder: »Aller guten Dinge sind drei.« Wendelin Wagenhoff betonte, anhand einer Pfütze könne er den Charakter des Weins nicht beurteilen, worauf seine Frau Theodora ihn zur Mäßigung ermahnte: »Rotwein schadet deiner Prostata.« Die Frankfurterin Bieber freute sich: »Der ist rescht sauer, wie unser Stöffsche« – so nennt man in Frankfurt den Apfelwein. Als profunde Weinkennerin outete sich Elvira Schönfeld. Der Chianti habe feine Röstaromen und erinnere in der Nase an Beerenobst und Zigarrenkiste, er müsste nur zwei Grad kühler sein, urteilte sie. »Der Wein ist ein Gaumenschmeichler und lang im Abgang.«

Gianluigi kredenzte uns vier weitere Rotweine und ließ sich auch hier nicht lumpen. Nach einer Pause, in der die Brotkörbchen aufgefüllt wurden, gingen wir zum Weißwein über. Der Vernaccia, dozierte unser Winzer, sei eine heimische Rebsorte, aus ihr werde der Vernaccia di San Gimignano gekeltert. Diesem sei als erstem italienischen Wein der Status einer geschützten Herkunftsbezeichnung, der DOC, verliehen worden, im Jahr 1993 habe man ihn sogar zum DOCG hochklassifiziert. Jedem Weinkenner sei der Vernaccia di San Gimignano ein Begriff. Ich leckte mir die Lippen. Der Tropfen war tatsächlich nicht schlecht und mindestens ein zweites Glas wert. Allerdings darf ich anmerken, dass es nach meinem Geschmack hervorragende deutsche Weißweine gibt, die es mit jedem anderen Weißen locker aufnehmen. Und natürlich ist vieles auch eine Frage des Preises. Obwohl: Ich habe nie begriffen, warum jemand für ein Fläschchen Rebensaft Hunderte Euro zahlt. Schmeckt ein Wein für hundert Euro fünfmal besser als einer für zwanzig? Aber wahrscheinlich habe ich die falschen

Maßstäbe. Mir reicht ein Chateau Latour aus dem Jahr 1959 vollkommen aus.

Alkohol macht fröhlich und lockert die Zungen, die Atmosphäre wurde heiterer. Der Oberstudienrat rief: »Ergo bibamus!«, und leerte sein siebtes Glas, was seine Frau sichtlich beunruhigte. Sogar Professor Werthekoven taute auf. »Der reine Wein aus weißem Gneisgestein ist fein«, lallte er. Seine Frau Katja stimmte ein Trinklied an. Und Karola plünderte mal wieder ihren »Faust«: »Uns ist ganz kannibalisch wohl, als wie fünfhundert Säuen.« Nachdem die letzten Tropfen in den Gurgeln verschwunden waren, kam man zum Geschäftlichen. Jeder Weinbauer erwartet, dass nach der Weinprobe, selbst wenn diese etwas kostet, einige Flaschen gegen Gebühr den Besitzer wechseln. Schließlich lebt er vom Weinverkauf, er keltert die Trauben nicht nur zum Spaß. Er handelt auch wirtschaftlich durchaus vernünftig, wenn er bei der Weinprobe nicht zu knickerig vorgeht. Je höher der Alkoholgehalt im Blut, desto lockerer der Sitz des Portmonees. Die Mehrzahl der Mitreisenden nahm ein paar Flaschen mit, auch ich investierte in Chianti. Karola sah mich zweifelnd an: »Wo willst du die noch unterbringen, die Koffer sind bis oben hin voll.« »Wir könnten etwas Platz schaffen, oder brauchst du all die Schuhe wirklich?«, schlug ich vor. Herr und Frau Weckerle hatten vom Weinkauf abgesehen. Der Schwabe nannte mir den Grund: »Der Wein wird im Bus zu sehr durchgerüttelt.« Dann zeigte er mir seine Thermosflasche – raten Sie mal, was dadrin war! Markus Blum- berg stand daneben. »Das sind geldwerte Vorteile, die müssen Sie versteuern.«

Er selbst hatte sich mit einer Batterie Weinflaschen ein-gedeckt. »Die deklariere ich als Vorsorgeaufwendungen.«

Arnulf Werthekoven war ob des Alkohols zum Plaudern aufgelegt. Ich nutzte die Gunst der Stunde und sprach ihn an: Um seinen gesunden Schlaf könne man ihn be-neiden, ich mache im Bus kein Auge zu, wie ihm das denn immer gelinge. Das sei reine Routine, knödelte er, in seiner Vorlesung würden die Studenten schlummern, das färbe ab. Meine Frage »Schlafen sie bei ihrem Vor-trag ein?« war wohl etwas keck.

13

Weinselig machten wir uns auf den Weg nach Siena.

Klugerweise hatte Ronny an der Verkostung nicht teilgenommen. Meinem mitleidigen Blick begegnete er mit dem Hinweis auf die Palette Bierdosen, die er gebunkert hatte und auf die er nach Feierabend zurückgreifen konnte. Dem italienischen Bier könne er nichts abgewinnen, schließlich lebe er in Bayern. Er hatte mein volles Verständnis. Elettra hatte sich bei der Weinprobe zurückgehalten und war

nüchtern geblieben, sodass sie ihren Pflichten nachkommen konnte. Das Leben des Reiseleiters, überlegte ich, ist nicht immer das reinste Zuckerschlecken. Das war mir bereits auf anderen Fahrten klargeworden. Unsere Reisegruppe war verhältnismäßig pflegeleicht, wir lärmten nicht, wir schmutzten nicht, wir waren pünktlich und niemand tanzte aus der Reihe. Das habe ich schon anders erlebt. Auf einer früheren Studienreise gab es zum Beispiel einen Herrn, der sich stets von der Gruppe entfernte und wieder eingefangen werden musste; suchten die anderen einen bestimmten Supermarkt auf, dann lief er partout zur Konkurrenz. In einem weiteren Fall fehlte es den Teilnehmern an Disziplin. Wenn der Bus die Gäste ausspuckte, zerstreuten diese sich in alle Winde und der Reiseleiter sprach sozusagen vor leeren Rängen, bis auf Karola, mich und ein Schweizer Paar waren alle weg. Der arme Kerl war frustriert: »Am liebsten würde ich die Bande rausschmeißen.« Auf einer einsamen Straße in der Wildnis war das problematisch, ich riet ihm deshalb davon ab.

Vor den Toren von Siena verlor Elettra einige Worte über die Stadt. Diese solle der Legende nach von Senio, dem Sohn von Remus, gegründet worden sein. Im Übrigen habe sie eine wechselvolle Geschichte. Zunächst hätten hier Etrusker gelebt, im Lauf der Zeit hätten Langobarden, Karolinger, Bischöfe und andere Gestalten das Sagen gehabt. Im 16. Jahrhundert sei die Macht von den Medici übernommen worden. 1859 schließlich habe Siena als erste Stadt der Toskana für den Anschluss an das Königreich Italien gestimmt. Laut unserer Reiseleiterin hat Siena es zu großem Wohlstand gebracht, das sehe man noch heute an der Vielzahl von Stadtpalästen. Allerdings habe es in der Vergangenheit heftige Fehden zwischen verschiedenen Parteien gegeben. »Wie in unserem Mietshaus«, flocht Markus Blumberg ein, »die Schlampe nebenan kehrt nie die Treppe.« »Das ischt unverzeihlich«, unterstützte ihn die Schwäbin. Melanie Lehmann-Blumberg entrüstete sich: »Und der Rüpel über uns bläst nachts Fagott.« Das war das Stichwort für Katja Werthekoven. Das Fagott, dozierte sie, sei ein Holzblasinstrument in der Tenor- und Basslage mit Doppelrohrblatt. Legendär sei sein Einsatz in der Ouvertüre zu Mozarts »Die Hochzeit des Figaro«. »Figaros Hochzeit im Heimattheater von Meckenheim war grandios.« Die Schwaben süffelten genüsslich den Chianti aus ihren Thermosflaschen.

Vor den Stadtmauern von Siena lud Ronny uns am Albergo Stradivari ab. Bei der Schlüsselausgabe an der Rezeption wurden wir mit einem kleinen Problem konfrontiert: Das Hotel hatte uns ein Zimmer zu wenig reserviert. Das lasse sich aber elegant lösen, meinte unsere Reiseleiterin, indem zwei Einzelreisende sich ein Doppelzimmer teilen. Nun ging das Rätselraten los. Karola schlug vor, der Pfarrer und die Erzieherin könnten sich zusammentun, was lautes Gelächter auslöste. Letztendlich erklärten sich die Damen Maier und Bieber zum Teilen bereit. »Ich schreibe allerdings bis Mitternacht Reisetagebuch«, bereitete die Erzieherin die Chefsekretärin vor. »Aber nicht auf dem Laptop«, bat diese.

Das war ein Scherz, denn Franziska Maier bevorzugte eindeutig Papier. Karola und mir wurde ein Zimmer neben dem Lift zugewiesen, dies hatte den Vorteil, dass wir die Zahl der Nachtschwärmer im Hause ermitteln konnten. Zudem war der Blick aus unserem Fenster zauberhaft. Wir schauten auf die Abfalltonnen der Pizzeria nebenan und staunten darüber, was so alles in den Behältern landete. Dafür blieben die Nachttischlämpchen dunkel, das kommt vor, wenn die Birnen ausgeschraubt sind. Ich rückte näher an meine Frau heran: »Schatz, ich kann den Reiseführer nicht lesen, was machen wir jetzt stattdessen?« »Erzähl mir von deiner Kindheit«, murmelte Karola und drehte sich auf die andere Seite.

Nach dem frugalen Frühstück eroberte unsere Gruppe die Altstadt von Siena. Das erste Ziel war die Piazza del Duomo, der höchste Punkt der Stadt. Der Dom, Duomo Santa Maria Assunta, ist ein Schmuckstück. Schon die Fassade fand ich beeindruckend, sie strotzt vor Skulpturen vielfältigster Art. Der Campanile nebenan imponiert durch seine Höhe und die nach oben hin anwachsende Zahl von Fensteröffnungen.

Auch vom Inneren des Doms war ich angetan, vor allem von dem einzigartigen Marmorfußboden mit seinen mosaikartigen Bildern. Elettra ließ es sich nicht nehmen, die Darstellungen in den 56 Feldern einzeln zu erläutern. Unterdessen war die Gruppe mit Ausnahme von Franziska Maier, die fleißig mitschrieb, zur Kanzel gewandert, einem auf neun Säulen ruhenden Meisterwerk mit feinen Reliefs. Vor dem Portal erzählte uns Elettra, die gemeinsam mit Frau Maier nach einer halben Stunde zur Gruppe gestoßen war, noch einiges über die Stadt. Siena sei die Hauptstadt der gleichnamigen Provinz und gelte als eine der schönsten Städte Italiens. Ihren mittelalterlichen Charakter habe Siena, das zum UNESCO-Welterbe gehöre, weitgehend erhalten. Auch sei die Universität eine der ältesten in Italien. »Und von hier stammt die heilige Katharina von Siena«, fügte Pfarrer Moosacher hinzu. Wer hätte das gedacht, wunderte ich mich. Als der Prälat anfing, Katharinas Lebensgeschichte zu erzählen, setzte sich die Gruppe hastig in Bewegung.

Elettra hatte nicht zu viel versprochen: Siena ist wirklich eine Reise wert. Und dementsprechend gut besucht, um es zurückhaltend auszudrücken. Das wahre Ausmaß des Tourismus offenbarte sich uns auf der berühmten Piazza del Campo, unserem nächsten Besichtigungsobjekt. Der muschelförmig angelegte Platz liegt in einer Mulde und ist von Patrizierpalästen sowie dem Rathaus umsäumt. Auf dem Ziegelsteinpflaster saßen und lagen Hunderte Touristen und ließen sich die Sonne auf den Bauch scheinen. Es ist bemerkenswert, wie gern die Nord- und Mitteleuropäer ihre Haut von der Sonne verbrennen lassen.

Mittlerweile hat man festgestellt, dass dies nicht gar so bekömmlich ist.

Indessen hat sich in den letzten Jahren eine sonderbare Sitte breitgemacht: Wenn der Frühling seine ersten warmen Signale aussendet, entledigen sich die Leute ihrer Kleidung bis auf T-Shirts und Shorts, die Füße werden in Flip-Flops gesteckt. Bemerkenswert ist der Trend zur kurzen Hose.

Stellen Sie sich Anfang Mai mal morgens um sieben Uhr bei acht Grad Celsius auf den Bahnsteig und sie sind von Bermudashorts umgeben. Es beruhigt doch zu wissen, wie abgehärtet unser Germanenvolk ist. Der Italiener verkörpert eher das Gegenteil. In den Osterferien, die Karola und ich des Öfteren in Bella Italia verbringen, mummelt sich der typische Italiener in eine dick gefütterte Steppjacke und die Italienerin in einen Pelzmantel ein, während der deutsche Urlauber im Sommerhemd und sein weibliches Pendant in der Bluse umherspaziert. Im nördlichen Italien kann es im Frühling durchaus kühl sein. Sie glauben aber doch nicht, dass die Cafés geheizt sind. Mit dem Heizen haben die Italiener es nicht so. In den Lokalen ist es dann lausig kalt und was machen die italienischen Gäste? Sie sitzen in der Winterjacke am Tisch und wärmen sich am Cappuccino. So spart man Heizkosten. Ich möchte nicht wissen, wie viele Wohnungen in Italien überhaupt keine Heizung haben. Mir ist aber auch nicht bekannt, dass die Italiener in den Wintermonaten permanent husten und schnupfen. Vielleicht haben sie ein anderes Immunsystem als wir. Oder es liegt an den Nudeln. Wir Teutonen dagegen laufen im Frühling bei Temperaturen kurz oberhalb der Frostgrenze im dünnen Hemd durch die Gegend, drehen dagegen im Winter die Heizkörper bis zum Anschlag auf. Das liegt vielleicht an den Kartoffeln.

Unser Ruf als Extrem-Kartoffelesser ist übrigens unbegründet und die Bezeichnung der Deutschen als Kartoffeln eine Frechheit. Unser Verbrauch an der Knolle liegt im internationalen Vergleich sogar unter dem Durchschnitt aller EU-Länder. Staaten wie Polen und Belgien sind uns weit voraus, den höchsten Pro-Kopf-Verbrauch haben die Letten.

Auch die Briten verspeisen weit mehr Kartoffeln als wir Deutsche, bei ihrer Vorliebe für Fish and Chips überrascht das nicht. Die Fritten tränken sie gern mit *vinegar*, also mit Essig, das muss ihnen mal einer nachmachen. Wussten Sie, dass die Italiener Kartoffeln als Gemüse betrachten und statt Bohnen oder Blumenkohl zum Fleisch reichen? Bei uns sind sie eine Zugabe zum Gemüse, in der ehemaligen DDR nannte man das Sättigungsbeilage. Diese Bezeichnung habe ich noch Ende der Neunzigerjahre des vorigen Jahrhunderts auf Speisekarten im Osten gelesen, inzwischen dürfte sie verschwunden sein. An Ihrer Stelle würde ich nicht in einem Dresdner Restaurant nach der Sättigungsbeilage fragen, es sei denn, Sie sind ein älteres Semester und nach dem Zungenschlag zu urteilen Ostdeutscher. Im anderen Fall kommt es auf das Humorlevel der Kellnerin an.

Nachdem wir genug gestaunt hatten, berichtete unsere Reiseleiterin von einem merkwürdigen Pferderennen.

Auf der Piazza del Campo werde zweimal jährlich der sogenannte Palio di Siena ausgetragen. Bei diesem Rennen, das es seit dem Mittelalter gebe, träten jeweils zehn Contrade, das sind Stadtteile, gegeneinander an. Für die armen Pferde sei der mörderische Galopp über den Platz jedoch eine Tortur und so manches Ross habe beim Palio sein Leben gelassen. Auf diese Attraktion, dachte ich, würde ich dann doch lieber verzichten.

Der Palazzo Pubblico, das Rathaus aus dem 13./14. Jahrhundert an der Stirnseite des Campo, ist ein echter Hingucker. Der gotische Bau hat lauter spitzbögige Fenster und wirkt ausgesprochen harmonisch. Gekrönt wird das Rathaus durch einen 102 Meter hohen schlanken Turm, den Torre del Mangia. Wer möge, stellte unsere Reiseleiterin anheim, der könne bis auf die zinnenbewehrte Plattform steigen, von dort sei die Aussicht sagenhaft. Karola und ich fanden das nicht nötig, uns gefiel es hier unten auch ganz gut. Elettra gab uns für einen etwaigen Aufstieg eine Stunde Zeit. Die wollten meine Frau und ich für einen Espresso in einem der zahlreichen Lokale auf dem Campo nutzen, wir fanden aber keinen freien Tisch. Es ist schon ein Elend mit dem Massentourismus! Beim nächsten Mal fahren wir in die Lüneburger Heide, dort gibt es mehr Heidschnucken als Urlauber. Also durchquerten wir die Piazza, blickten hierhin und dorthin und schauten uns noch den hübschen Brunnen, den Fonte Gaia, an. Unterdessen quälte uns der Durst. Wer bei 35 Grad im Schatten eine Weile in einer Steinwüste unterwegs ist, der kann dehydrieren, falls er seinen Flüssigkeitshaushalt nicht rechtzeitig in Ordnung bringt.

Das Problem haben die meisten Leute, zumindest die jüngeren, heutzutage nicht mehr. Haben Sie auch bemerkt, dass junge Erwachsene Literflaschen Mineralwasser an ihre Rucksäcke hängen, auf jeder Seite eine? Man könnte ja unterwegs verdursten. Das vermeiden sie, indem sie alle paar Minuten die Flasche an den Hals setzen. Meine Frau kennt das Problem: »In der Schule trinken die Kinder pausenlos, kein Wunder, dass sie ständig aufs Klo müssen.« Zugegeben: Schlaue Wissenschaftler meinen, Trinken steigere die Hirnleistung. Ob das auch mit Riesling geht? Unabhängig davon ist bei manchen sowieso Hopfen und Malz verloren, da hilft auch keine Flüssigkeit.

Meine Gedanken zur Leistungssteigerung durch den Rebensaft teilte ich Karola mit. Sie verwies wieder einmal auf ihren Geheimrat. Goethe habe seit früher Jugend regelmäßig Wein getrunken und als Erwachsener ein bis zwei Flaschen täglich geleert. Angeblich habe ihm im Säuglingsalter der Wein sogar das Leben gerettet, als er, ohne Lebenszeichen und nahe am Erstickungstod, mit warmem Wein gebadet worden sei. Die Reben hätten seinen Geist beflügelt, manche großen Werke habe er nach reichlichem Weingenuss verfasst. Meinen interessierten Blick kommentierte sie erbarmungslos: »Versuch es nicht erst, dafür braucht man ein Gehirn.« »Du Schlange«, zischte ich, »das zahl ich dir heim.«

Heute früh hatten wir nicht daran gedacht, uns einen Getränkevorrat anzulegen. Unserer Heilpraktikerin wäre das nicht passiert. Sie füllte jeden Morgen ihren Kräutertee in die Thermoskanne. »Der hilft gegen Krampfadern und Schluckauf«, versicherte sie. Ähnlich vorausschauend agierten die Schwaben am Frühstücksbüffet, wo der Orangensaft stand. Unser Versäumnis hatte aber keine schwerwiegenden Folgen.

Nach kurzer Suche fanden wir in einer Seitengasse einen kleinen Laden, der kalte Getränke feilbot.

Am Treffpunkt vor dem Brunnen nannte unsere Reiseleiterin den nächsten Besichtigungspunkt, ein Bankhaus. Die Banca Monte dei Paschi di Siena sei die älteste noch existierende Bank der Welt. Sie verfüge über Repräsentanzen auch in anderen Ländern, etwa in Frankfurt am Main. Sybille Bieber wusste das: »Die steht an der Hauptwache, da fahr ich täglich vorbei.« Unterdessen war Elettra mit Siebenmeilenstiefeln davongeeilt. Wir alle hatten Mühe, Anschluss zu halten, und verloren sie im Gewirr der Gassen schließlich aus den Augen. »Machen Sie sich keine Sorgen, wir finden die Bank«, beruhigte uns der Professor. Er habe, erklärte er, mit seinen Studenten etliche Exkursionen bestritten und sich noch nie verlaufen. Mit dem Stadtplan in der Hand, auf welchem die Banca Monte dei Paschi di Siena verzeichnet war, schritt er voran. Wir folgten ihm durch die Gässchen, linksherum, rechtsherum, geradeaus und diagonal. Das sei aber weiter als von Radebeul nach Dresden, meckerte Elvira Schönfeld. Meiner Frau fiel auf, dass wir zum zweiten Mal an ein und derselben Kirche vorbeigelaufen waren. »Vielleicht gibt es die hier zweimal«, vermutete Melanie Lehmann-Blumberg. »Ja, und auch die Via Franciosa«, knurrte ich. Schließlich übernahm der Oberstudienrat die Führung.

Als langjähriger Klassenlehrer war er es gewohnt, eine Hammelherde durch fremdes Terrain zu leiten. Nach fünf Minuten standen wir vor dem Bankgebäude. Wir hatten uns vorher im Kreis gedreht. Den Professor wurmte das. »Man kann hier die Gesteinsschichten nicht auseinanderhalten«, rechtfertigte sich unser Geologe.

Die Banca Monte dei Paschi di Siena ist im Palazzo Salimbieni auf der gleichnamigen Piazza beheimatet. Elettra hatte dort auf uns gewartet und zeigte sich über unser vollzähliges Erscheinen erleichtert. Auf früheren Studienreisen habe sie mitunter den einen oder anderen Teilnehmer verloren, gestand sie bekümmert. Bei ihrem Schritttempo ist das nicht verwunderlich, dachte ich. »Etwas Schwund ist immer«, entfuhr es dem Oberstudienrat. Wie ich ihn einschätzte, hatte er seine Schäflein stets ohne größere Verluste heimgebracht. Die Bank, erzählte unsere Reiseleiterin, sei bereits 1472 gegründet worden, habe jedoch vor einigen Jahren, weil sie in Schieflage geraten sei, vom italienischen Staat gerettet werden müssen und gelte als größter Sanierungsfall des italienischen Bankensektors. Dergleichen gab es auch in Deutschland, fiel mir ein. Es ist vertrackt: Erzielt eine Bank Gewinne, dann freuen sich Anteilseigner und Vorstand. Schreibt sie rote Zahlen, muss der Steuerzahler einspringen. Ob das wohl gerecht ist? Ich wollte nicht weiter darüber nachdenken.

Jedenfalls standen wir vor einem sehr schönen, sehr alten Palazzo, der aus dem 12. Jahrhundert stammt.

Markus Blumberg zupfte mich am Ärmel. Es sei erschreckend, wofür der Fiskus unsere Steuergelder ausgebe.

Nicht nur für die Rettung von Banken, sondern auch als Subventionen für die Massentierhaltung, seine Frau rege das furchtbar auf, er selbst sei eher Fatalist. Ich wagte den Einwand, die Zuwendungen für die Landwirtschaft seien Fördergelder der EU. Das ließ Markus nicht gelten: »Und wer zahlt die Beiträge an die Eurokraten?« Die Brüsseler Behörden seien auch zu stark aufgebläht, da säßen viele Beamte unnütz herum. Das sah ich anders: »Das sind kaum mehr als zwanzigtausend und ohne die gäbe es nicht die schönen Verordnungen. Man wüsste sonst nicht, dass eine Pizza Napoletana eine kreisförmige Backware mit variablem Durchmesser von höchstens fünfunddreißig Zentimetern mit erhabenem Teigrand und mit Belag bedecktem Inneren, der Teigrand ein bis zwei Zentimeter dick und die Pizza insgesamt weich und elastisch ist und sich leicht wie ein Buch zusammenklappen lässt.« Melanie Lehmann-Blumberg schaute ungläubig drein. »Doch, doch, das ist so veröffentlicht«, bekräftigte ich und legte nach: »Dank der EU wissen wir auch, wie ein Kondom beschaffen sein soll, die Kommission empfiehlt mindestens sechzehn Zentimeter Länge und vier Komma vier Zentimeter Durchmesser.« Karola linste zu mir rüber: »Das ist großzügig bemessen.« Sie ist manchmal richtig charmant.

Dann war Mittagspause. Unsere Versuche, einen freien Tisch zu ergattern, waren zum Scheitern verurteilt. Es ist ein Kreuz und Leiden, dass man als Ehemann einer Lehrerin wie auch als Ehefrau eines Lehrers stets auf die Ferien angewiesen ist und seine Urlaubsreisen nicht in die Nebensaison verlagern kann. Da wäre es nicht so brechend voll und oft auch preisgünstiger. Lehrkräfte und deren Partner sind also stark benachteiligt. Ich fände es richtig, wenn Lehrer wie die meisten Arbeitnehmer ihren Urlaub außerhalb der Schulferien nehmen dürften. Dass der Unterricht ausfallen würde, ist nicht tragisch, man könnte den Lehrstoff entschlacken. Wer braucht schon Mathematik?

Rechnen tut heutzutage eh der Computer. Oder das Smartphone. Wir machten aus der Not eine Tugend und aßen auf der Piazza *foccaccia,* ein Fladenbrot aus Hefeteig, das wir in einer Bäckerei erstanden hatten. Das war recht lecker und zudem billiger als ein Restaurantmenü. Und wir brauchten kein *coperto* zu entrichten, *foccaccia* verspeist man nämlich ohne Messer und Gabel. Essen mit den Fingern ist schon lange gesellschaftsfähig. Man denke nur an die Unzahl von Hamburgerbuden, die auf der ganzen Welt zu Hause sind. Der Vorteil der Bratklopse liegt darin, dass diese überall gleich schmecken und das Gewohnheitstier in uns ansprechen. Das ist bei der guten alten Bratwurst am Imbissstand nicht so, jede Wurst ist anders. Und wenn sie einem mal nicht zusagt, klatscht man einfach Senf drauf, der übertönt den Fleischgeschmack. Eine geniale Erfindung auf diesem Gebiet ist die Currywurst. Sie war in Deutschland früher das häufigste Kantinengericht und ihr ist sogar ein Museum in Berlin gewidmet. Ob es auch ein Hamburgermuseum gibt, ist mir nicht bekannt. Ich kenne nur Hamburger Museen.

Auf der Piazza kamen uns die Kreuzberger entgegen, Melanie Lehmann-Blumberg knabberte an einer *foccac-*

cia. Auch den Blumbergs war es nicht gelungen, einen freien Tisch zu ergattern. Markus Blumberg nahm das sportlich. »Für heute Abend haben wir Plätze in einem Nobelrestaurant reserviert.« Seine Frau frohlockte, in der Küche stehe ein Sternekoch.

Den Kalauer, der Mann koche wohl Sterne, verkniff ich mir. Wir erfuhren, dass die Blumbergs Stammgäste in einem bekannten Berliner Edelschuppen waren. »Die Austern sind süffig, der Kaviar ist knackig, das Ibérico-Schwein ist zart und der Steinbutt bissfest.« Da wurde ich neugierig: »Wie machen sie dort die Frikadellen?« Der Steuerberater blickte verstört. »Er meint die Buletten«, übersetzte Karola.

Bei der Benennung von Essbarem offenbart sich die Vielfalt der Bundesrepublik. Das gleiche Lebensmittel wird in den einzelnen Regionen oft verschieden bezeichnet, was mitunter zu Missverständnissen führt. So gibt es zum Beispiel für Brötchen mehrere andere Ausdrücke, nämlich Semmel, Schrippe oder Rundstück. Oder fragen Sie mal in Hamburg oder Berlin nach Fleischpflanzerln. Ich habe das am Jungfernstieg getan und wurde an die nächste Gärtnerei verwiesen, der Kellner hatte wohl fleischfressende Pflanzen im Sinn. Wenn Sie am Kurfürstendamm einen Berliner bestellen, werden sie ungläubig angeschaut, falls Sie eine Frau sind und ohne männliche Begleitung, schickt man Ihnen womöglich einen Callboy. Ein Extrembeispiel ist der berühmte »halve Hahn« in Köln. Dass man nur ein Käsebrötchen erhält, dürfte sich herumgesprochen haben. In Köln dürfen Sie übrigens kein Bier, schon gar nicht ein Alt bestellen. Der sogenannte Köbes, so heißt dort der Kellner, wird Ihnen klarmachen, dass es bei ihm kein Bier, sondern Kölsch gibt. Wer nach einem Altbier fragt, macht sich unbeliebt. Als ob in Köln altes Bier ausgeschenkt würde ...

Nach der Pause stand die Besichtigung des Palazzo Pubblico auf dem Programm. Im Rathaus befindet sich das Stadtmuseum, Museo Civico, mit einer Vielzahl bemerkenswerter Fresken. Im sogenannten Saal der Landkarten sahen wir zwei weltbekannte Wandmalereien aus dem 14. Jahrhundert. Das eine, die thronende Madonna, gelte als ältestes Fresko von Siena, erklärte Elettra, das andere, welches einen Herrn Guidoriccio da Fogliano zeige, sei nicht weniger berühmt. Besonders einprägsam erschienen mir die Fresken im Friedenssaal, deren Zyklen einerseits die Gute Regierung und andererseits die Schlechte Regierung zeigen.

So müsste man die Wände im Bundeskanzleramt anstreichen. Die abschreckenden Bilder zur schlechten Regierung wären eine Vorlage für die Opposition. Ist Ihnen auch aufgefallen, dass die Politiker von der Opposition die Maßnahmen der Regierung stets in Grund und Boden verdammen und mit der Regierung nur dann einigermaßen zufrieden sind, wenn diese ihre eigenen Vorschläge umsetzt? Das gilt unabhängig davon, welche Partei gerade das Sagen hat. Es gibt halt bestimmte Rituale. Der gemeine Bürger weiß auch schon im Voraus, was die Politiker von Ideen der Gegenseite halten. Übrigens kennt man die Opposition auch aus dem Familienleben. Es gibt Ehepartner, die dem anderen Teil aus Gewohnheit widersprechen, und Beziehungen, die gar von der Auseinandersetzung leben. Für den Fall, dass Sie Ihr Ziel auf friedlichem Weg erreichen möchten, habe ich einen Geheimtipp: Schlagen Sie das, was Ihr Partner oder Ihre Partnerin vermutlich will, als Ihren eigenen Wunsch vor. Etwa so: Sie würden gern im Schwarzwald wandern, die Gegenseite zieht es an den Strand von Benidorm. Machen Sie von sich aus den Vorschlag, an die Costa Blanca zu fliegen, dort sei es im Sommer angenehm warm und auch nicht zu einsam, und lassen Sie gleichzeitig durchblicken, dass ein Mittelgebirge Sie abstößt, weil da zu viele Bäume herumstehen. Dann können Sie bald Ihre Wanderschuhe schnüren.

Wir hielten uns eine geschlagene Stunde an den Wandbemalungen auf. Die Freskenpracht in der Toskana ist zwar überwältigend, aber nach der hundertsten Wandmalerei ging mir doch langsam die Luft aus. So viel Kunst kann ich mir auch gar nicht merken, mir verschwommen die bunten Farben förmlich vor den Augen. Nicht so unsere Mitreisende Franziska Maier: Die Erzieherin war in puncto Kunst schier unersättlich und schrieb sich die Finger wund. Ich fürchtete, sie werde ihre Notizen demnächst in der Kita vorlesen. »Kinder muss man möglichst früh an die Kunst heranführen«, war ihr Wahlspruch. Hoffentlich nicht vor neun Uhr morgens.

Die heilige Santa Caterina forderte ihr Recht. Pfarrer Moosacher drang darauf, beim Geburtshaus der Heiligen vorbeizuschauen. Das mochte Elettra ihm nicht abschlagen, zumal sich einige Fürsprecher ins Zeug legten. Auch ich unterstützte den Pfarrer: »Der Wunsch von Hochwürden sei uns heilig.« Das Gebäude entdeckten wir in einer engen Gasse namens Vicolo del Tiratoio. Herr Moosacher war nun in seinem Element und erzählte, Caterina sei 1347 als 24. Kind des wohlhabenden Wollfärbers Jacopo di Benincasa und seiner Frau Lapa di Puccio di Piagente hier geboren. Hoffentlich musste die arme Frau nicht zu oft ihren Namen schreiben, bangte ich. Außerdem war die Geburtsrate damals offenbar höher als heute. Man muss allerdings die bedauerlich hohe Kindersterblichkeit früherer Zeiten einbeziehen. Bereits als Kind, fuhr Moosacher fort, habe Caterina über Visionen berichtet, mit sieben Jahren habe sie das Versprechen der Jungfräulichkeit gegeben. Im Lauf ihres Lebens sei sie viel herumgekommen, habe Geistliche beraten und sei Autorin christlicher Werke. Caterina gelte bei den Italienern als die größte Frau der Kirchengeschichte, sie sei Schutzpatronin nicht nur von Rom und Siena, sondern inzwischen auch von ganz Italien. Man könne sie zur Abwehr von Feuer und Pest, aber auch von Kopfschmerzen anrufen. »Bei mir wirkt Aspirin besser«, musste Karola einmal mehr ihre protestantische Erziehung hervorkehren. Ich besänftigte den Pfarrer, indem ich auf ihren schäbigen Charakter als Ketzerin hinwies, und nahm mir vor, bei künftigen Bildungsreisen auf geistlichen Beistand zu achten. Da lernt man was fürs Leben.

Nach der Auflösung der Gruppe schlenderten Cordula, Karola und ich durch die hübschen Gässchen von Siena. Einige Mitreisende zog es auf Empfehlung von Elettra zum Café Conca d'Oro der Familie Nannini. Ob Gianna wohl hinter der Theke stehe, überlegte Melanie Lehmann-Blumberg laut, vielleicht helfe sie auch in der

Backstube. »Die backt den Kuchen in Gitarrenform«, behauptete ihr Mann und freute sich über den Witz. Elvira Schönfeld war Feuer und Flamme: »Da gönnten wir einen Gaffe griegen.« Der Oberstaatsanwalt sekundierte: »Für einen Gaffe gönnte ich griminell werden.« Cordula war wieder auf Souvenirjagd. Sie hatte im Reiseführer von dem Panforte Sienese, einem Kuchen mit Mandeln, kandierten Früchten und Gewürzen, gelesen und wollte sich damit eindecken. So langsam quillt ihr Koffer über, fürchtete ich. Cordula sah das gelassen und meinte, im Bus sei genug Platz für Plastiktüten. »Notfalls stelle ich die in den Gang. Man kann ja drübersteigen.«

Das Dinner nahmen wir, wie bereits am Vortag, in der Pizzeria neben unserem Hotel ein. Heute Abend war der Pizzabäcker wohl nicht gut aufgelegt. Vielleicht hatte er Streit mit dem Patron oder Stress zu Hause oder wieder nicht in der Lotterie gewonnen, jedenfalls war da noch viel Luft nach oben, genauer gesagt: Meine Pizza war nicht durchgebacken, dafür hatte Karolas Pizza eine rabenschwarze Unterseite. Statistisch gesehen, wurden uns beiden durchschnittliche Pizzen zuteil. Auf meine Beschwerde, der Teig meines Fladens sei zu roh, erhielt ich die Empfehlung, ich solle in Zukunft ausdrücklich eine knusprige Pizza bestellen. Das würde ich beherzigen. Meiner Frau riet der Kellner, demnächst eine weiche Pizza zu ordern. Das würde sie sich merken. Cordula hatte klug gehandelt, als sie sich für eine Gemüsepasta entschied. Immerhin war der Wein süffig. Die späten Stunden verliefen genauso wie am Vorabend, die Nachttischlampen dienten nur zur Dekoration ...

14

»Buon giorno«, rief unsere Reiseleiterin, wir seien vollzählig und könnten starten. Ronny ließ den Motor an und legte den Gang ein. Da kam aus dem Heck die Meldung, es fehle eine Person. Melanie Lehmann-Blumberg war noch nicht aufgetaucht. Ihr Mann gestand, Melanie habe beim Auschecken ihren Schminkkoffer vermisst und deshalb noch mal das Zimmer aufgesucht. Nach zehn Minuten fand sich die Heilpraktikerin mit einem gelben Köfferchen ein. Den habe sie sich eigens für das Land, in dem die Zitronen blühen, zugelegt, mutmaßte Karola. »Aber ihr Lidschatten erinnert an Blaubeeren.« Der Bus setzte sich in Bewegung und Elettra ließ uns wissen, wir würden heute einem der absoluten Highlights der Toskana begegnen, der Piazza dei Miracoli in Pisa. Ich vernahm, wie Melanie Lehmann-Blumberg ihren Mann leise fragte, ob es dort Nudeln gebe. Aha, dachte ich, sie kocht auch Fertiggerichte. Nach einiger Zeit wurde mir bewusst, dass die Klimaanlage nicht mehr brummte, Ronny hatte sie wohl instandgesetzt.

Endlich konnten wir die Fahrt durch die schöne Toskana ungestört genießen. Dafür wurden jetzt die Gespräche intensiver. »Pisa«, hörte man den Oberstudienrat klagen, »bildet die Qualität unserer Schulen nicht korrekt ab, die Maßstäbe stimmen nicht.« Dem schloss sich Franziska Maier an: »Im Freistaat lernen unsere Schüler bayrische Geschichte bis zum Erbrechen, aber in den Pisa-Studien wird danach ja nicht gefragt.«

Wenige Kilometer hinter Siena zeigte Markus Blumberg aufgeregt nach vorn: »Da gibt es Starbucks!« Cordula wurde ganz unruhig: »Könnten wir da nicht mal anhalten?« Ronny hatte ein Einsehen und fuhr bei dem Kaffeetempel vorbei, Elettra gab uns zehn Minuten Zeit zum Einkauf. Einige stürmten nach vorn, darunter die Eheleute Schönfeld. »Eine Gaffebause ware göstlich!«, rief die Sächsin erfreut. Karola und ich blieben sitzen. Vor einer halben Stunde hatten wir einen leckeren Caffè Latte zum Frühstück getrunken. Da gab es doch tatsächlich Menschen, die sich einbildeten, das amerikanische Heißgetränk sei dem italienischen Kaffee überlegen. Wendelin Wagenhoff zuckte resigniert die Achseln: »De gustibus non est disputandum.« Recht hatte er. Nach kurzer Zeit kehrten unsere Kaffeeexperten mit Pappbechern und verklärten Blicken zurück. Hoffentlich kippen die mir das heiße Zeug nicht in den Kragen, ging mir durch den Kopf. Prompt stolperte Cordula auf dem Gang über ihre eigenen Plastiktüten und hinterließ einen Fleck auf dem Jackett von Sybille Bieber. »Das wäscht sich aus«, tröstete sie die Chefsekretärin, »außerdem tut ihrer Jacke ein Farbtupfer gut.«

Ronny startete den Bus und brauste los. Fünf Minuten später machte Karola mich auf ein regelmäßiges Geräusch aufmerksam, das sich anhörte, als ob etwas quietschend über Glas schrammt. Wir konnten uns die Herkunft der Töne nicht erklären, meine Frau vermutete jedoch, der Professor putze seine Brille. »Aber der schläft doch im Bus immer«, wandte ich ein. Des Rätsels Lösung kam von Ronny: »Das sind die Scheibenwischer, die lassen sich nicht abstellen.« Über uns der Himmel leuchtete in tiefem Blau. Wie der Lidschatten von Melanie Lehmann-Blumberg.

Elettra unterhielt uns mit einem Vortrag über toskanische Leckereien. Da mein Magen mit dem Verdauen der steinharten Frühstücksbrötchen beschäftigt war und kein Hungergefühl aufkam, konnte ich gelassen zuhören. Die toskanische Küche, erfuhren wir, sei ausgesprochen vielfältig, man esse Fleisch, Fisch, Gemüse, Süßspeisen, Suppen und Pasta in den verschiedensten Variationen. Angerichtet würden die Speisen vor allem mit sonnengereiften Tomaten, frischen Kräutern, Pinienkernen, Nüssen, Kastanien und Olivenöl. In der Toskana stünden rund 14 Millionen Olivenbäume, die sehr hochwertiges Öl lieferten. Unsere Reiseleiterin schritt nun vom Allgemeinen zum Besonderen und benannte beispielhaft einige typisch toskanische Köstlichkeiten. Ein klassisches Gericht sei die Zuppa Pappa al Pomodoro, eine dicke Suppe aus Tomaten, Knoblauch, Basilikum, Olivenöl und Brotresten. Das ist was für unsere Vegetarierin Cordula, fiel mir dazu ein. Auch Pappardelle, das sind Bandnudeln, mit Gemüse kämen auf den Tisch. Auch etwas für Cordula. Da in den Hügeln und Wäldern der Region viele Wildschweine herumstreunten, sei deren Fleisch häufiger Grundstoff. Also was für Obelix. Gulasch in Rotweinsoße mit süßen Pflaumen gelte ebenso als Spezialität. Weithin bekannt sei das Pollo Cacciatora, Huhn nach Art der Jägerin, aus kleingeschnittenem Fleisch mit Zwiebeln, Rosmarin, Petersilie, Tomaten, Möhren sowie Knoblauch, Salz und Pfeffer. So langsam lief mir doch das Wasser im Mund zusammen. Typisch seien auch diverse Wurst- und Schinkenspezialitäten wie Wildschweinsalami und die in Italien verbreitete Bratwurst Salsiccia. Wie die wohl mit Currysoße schmeckt? Die Liebe der Toskaner zum Wildschwein hatte ich längst bemerkt, in den Fenstern der Metzgereien und Delikatessenläden in San Gimignano und Siena hingen reihenweise Wildschweinköpfe, manche dekorativ mit einer Zitronenscheibe im Maul. Unsere Reiseleiterin schloss das Menü mit Süßspeisen ab. Echt toskanisch sei der Castanaccio alla Toscana, ein Kuchen aus Kastanienmehl, Pinienkernen, Wasser, Rosmarin, Eiern, Salz und Nusskernen. Nicht fehlen darf der Panforte aus Siena, den Cordula bereits für sich entdeckt hatte. Zum Gesamtbild gehören auch die ebenso berühmten wie harten Cantucci, mit denen Cordula in Florenz ihre unliebsame Begegnung hatte. In ihrer Gegenwart durfte man das Wort Cantucci nicht aussprechen.

Das war alles schön und gut, aber ich verübelte Elettra, dass sie, obwohl wir uns schon eine Weile in der Region aufhielten, uns erst jetzt die entscheidenden Hinweise auf die typisch toskanischen Genüsse gab. In einer Toilettenpause sprach ich unsere Reiseleiterin darauf an und erhielt die Auskunft, das hier sei eine Studienreise, da stehe die geistige Nahrung im Vordergrund. Aha. Das Zusammenspiel von Geist und Körper war Elettra offenbar unbekannt. Aber wahrscheinlich war es nur eine dreiste Ausrede. Auf einer Englandreise hätte ich das ja noch eingesehen, schließlich bereist man die britische Insel nicht ihrer Kulinarik wegen. Italien dagegen muss man nicht nur sehen, sondern auch schmecken, hören tut man es sowieso. Lärmempfindliche Leute dürften sich in italienischen Städten nicht immer wohlfühlen, der Italiener als solcher ist bekanntlich eher lebenslustig und kein ausgeprägter Schweiger wie etwa der typische Norweger. Im Land der Elche findet man gewiss leichter zur Ruhe. Man muss aber fairerweise sagen, dass die Besiedelung der norwegischen Fjorde etwas dünner ist als die am Golf von Neapel.

Was die toskanischen Spezialitäten anbetraf, hatte ich in den noch verbleibenden Tagen einiges nachzuholen. Die erste Gelegenheit sollte sich heute Mittag ergeben. Den Lunch musste ich mir aber erst verdienen, vorher stand Kultur auf dem Programm. Nördlich von Poggiborsi, dem Heimatort unserer Reiseleiterin, legte der Bus einen Stopp in Certaldo ein.

Ich fragte mich, was wir dort zu suchen hätten, wurde jedoch von Elettra aufgeklärt. Die kleine Stadt verfüge über ein hübsches historisches Zentrum auf dem Hügel. Bekannt sei sie vor allem wegen ihres größten Sohnes mit dem Namen Boccaccio, von dem bestimmt alle schon gehört hätten. Der sei – genau wisse man das nicht – entweder in Certaldo oder Florenz geboren worden, auf jeden Fall aber hier gestorben und begraben. Wer von den gebildeten Mitreisenden denn das Decamerone kenne? Da fühlte ich mich nicht angesprochen. Zu meiner Überraschung meldete sich Franziska Maier. Ich hatte sie bislang eher mit der bildenden Kunst in Verbindung gebracht. Dass sie auch Bücher las, wusste ich nicht. Frau Maier verwies darauf, dass klassische Literatur schon in den bayerischen Grundschulen ein Thema sei, freilich lese man fremdsprachige Werke zunächst auf Deutsch. »In unseren Kitas«, frotzelte der Niedersachse Wagenhoff, »lernen die Kids spanisch, damit sie auf Mallorca besser zurechtkommen.« Als ob man auf den Balearen kein Deutsch verstünde. Apropos Kitas und Kids: Die Verballhornung der deutschen Sprache treibt immer seltsamere Blüten. »Kita« ist die Abkürzung von Kindertagesstätte, ebenso wie »Azubi« die von den Auszubildenden. Die Abkürzungswut unserer Zeit schreitet noch weiter voran, seit es die elektronischen Mitteilungen auf dem Mobiltelefon gibt. Davon abgesehen finde ich das Wort »Auszubildender« aus sprachästhetischer Sicht mindestens grenzwertig. Warum man aber den guten alten Kindergarten zugeschüttet hat, ist mir ein Rätsel. Der Begriff beschreibt doch wunderbar das Aufwachsen unserer lieben Kleinen innerhalb der Gruppe. Er ist so treffend, dass sogar die Angelsachsen ihn übernommen haben.

Meinetwegen könnte es auch wieder Kindergärtnerinnen geben, das ist doch eine schöne Berufsbezeichnung. »Erzieherinnen« in den »Kitas« haben nicht einmal ein Alleinstellungsmerkmal, sind doch auch und in erster Linie die Mütter Erzieherinnen oder sollten es zumindest sein. Und die »Kids« sollten ohnehin aus unserem Wortschatz verbannt werden. Wenn schon eine Anleihe aus dem Englischen, dann bitte »children«.

15

Auf dem Hügel sahen wir einen homogenen historischen Ortskern mit einer Stadtmauer und drei Toren, die,
wie wir erfuhren, sämtlich aus dem 14. Jahrhundert stammen. Elettra führte uns zur Via Boccaccio, der Haupt-
straße der Oberstadt, zum Haus des Dichters. Giovanni
Boccaccio sei im Jahr 1375 in Certaldo gestorben. Sein
Meisterstück, das Decamerone, bedeute so viel wie Zehn-
Tage-Werk, es sei eine Sammlung von hundert Novellen
und Vorbild fast aller weiterer Novellensammlungen des
Abendlands. Franziska Maier, die sich als Kennerin des
Decamerone geoutet hatte, wurde um eine Inhaltsangabe
gebeten. Als Erzieherin fiel ihr das Erzählen natürlich
nicht schwer. Die Rahmenhandlung, wusste Frau Maier,
spiele 1348 in einem außerhalb von Florenz gelegenen
Landhaus, in das sich sieben Frauen und drei Männer
wegen der Pest geflüchtet hätten. Während des zehntägi-
gen Aufenthalts habe man sich die Zeit mit Geschichten
vertrieben, die alle reihum hätten erfinden müssen. Täglich eine Geschichte pro Person macht insgesamt hundert
Novellen. Die Zuhörer spendeten Frau Maier Applaus
und der Oberstudienrat konnte sich nicht zurückhalten:
»Eins, setzen!« Das hätte er nicht sagen sollen, denn Franziska Maier verlor den Halt und plumpste auf das Pflaster.
Zum Glück blieb sie unverletzt.

Unsere Boccaccio-Tour war damit nicht zu Ende. Wir
mussten uns schließlich noch das Grab des Dichters
anschauen. Das steht in der ehemaligen Kirche Jacopo

e Filippo, die vermutlich im 12. Jahrhundert errichtet wurde. Auch das Grabmal der Heiligen Julia von Cerdaldo kann man hier besuchen. Ich erwartete jetzt einen Vortrag von Pfarrer Moosacher über die heilige Julia, aber da kam nichts. Auch ein bayerischer Prälat kennt nicht alle Heiligen.

Weiter ging die Fahrt in Richtung Pisa, unseres heutigen Tagesziels. Elettra bereitete uns mit einem kleinen Geschichtsabriss auf die Besichtigung dieser berühmten Stadt vor. Pisa sei ursprünglich eine blühende Etruskersiedlung am Meer gewesen. Der römische Kaiser Augustus habe einen Hafen anlegen lassen, als Hafenstadt habe Pisa zunehmend an Bedeutung gewonnen. Die Stadt habe nach ihrem Aufstieg zur Seerepublik Teile des heutigen Italien erobert und Kolonien im Orient gegründet. Ende des 13. Jahrhunderts habe sie mit ihrer Rivalin Genua Krieg geführt. Dabei habe sie den Kürzeren gezogen und in der Folge ihre reichen Kolonien eingebüßt. Später sei sie unter die Herrschaft der Florentiner gelangt. Im 18. Jahrhundert, vervollständigte der Historiker Wagenhoff den Überblick, hätten die Lothringer das Zepter übernommen. Elettra führte weiter aus, Pisa sei auch Universitätsstadt und etwa jeder Dritte der rund hunderttausend Eiinwohner sei Student. Eigentlich müsste man sie »Studierende« nennen, dachte ich. Es heißt ja auch Studierendenwerk und nicht mehr Studentenwerk. Das erinnerte mich wieder an die Auszubildenden.

Wir fuhren nicht direkt nach Pisa, sondern erst zu einem kleinen Ort namens Calci. Nicht dieser selbst war das

Zwischenziel, sondern die Certosa di Pisa, die Kartause von Pisa. Die Anlage, ein ehemaliges Kloster, ist, wie wir erfuhren, die zweitgrößte Kartause in Italien und zugleich das größte Kloster der Toskana. Das schlossähnliche Gebilde ist in der Tat beeindruckend. Elettra berichtete, das Kloster sei im 14. Jahrhundert gegründet und im 17./18.

Jahrhundert im barocken Stil umgebaut worden. Die Bemalungen im Innenraum und in der Kirchenkuppel erschienen mir allemal sehenswert. Es war auch höchste Zeit für eine Freskentour.

Das meinte jedenfalls Franziska Maier, die sich von unserer Reiseleiterin die einzelnen Malereien erläutern ließ. Da hatte sie am Abend einiges ins Tagebuch zu schreiben.

Gegen Mittag kamen wir in dem benachbarten Vicopisano an. Es war Zeit für den Lunch, der nach dem kärglichen Frühstück nottat. Die Reisegruppe zerstreute sich in alle Richtungen des Städtchens auf der Suche nach einer geeigneten Futterstelle. Ein Teil der Gruppe, darunter Cordula, Karola und ich, fielen in die Trattoria Miracoli ein. Selbst die Schwaben waren heute bereit, ihre Schatulle für ein Restaurantessen zu öffnen. Freskengucken schweißt zusammen und so nahmen wir gemeinsam an einem langen Tisch Platz. Der war mit einem rot-weiß karierten Tuch gedeckt und einem Korb Grissini dekoriert. Grissini sind dünne, mürbe Brotstangen aus Hefeteig, die der Wirt in Italien gern auf den Tisch stellt, um das *coperto* zu rechtfertigen, obwohl dafür schon Messer und Gabel reichen würden. Man muss die Grissini selbst dann als *coperto* mitbezahlen, wenn man sich nicht an ihnen vergriffen hat. Immerhin hat man ja Besteck bekommen. Und als Zugabe eine Papierserviette, aus Stoff kostet extra. Karola und ich hatten dieselben Gelüste und bestellten Pollo Cacciatora, als Vorspeise gönnten wir uns eine Tomatensuppe. Cordula wählte Pappardelle mit Gemüse. Es war köstlich. Die Grundlage der Suppe waren unzweifelhaft frische, saftige Tomaten, das Huhn zerging auf der Zunge und hinterließ einen ausgeprägten Wohlgeschmack. Der Espresso zum Schluss war kräftig, aber nicht zu bitter. Und zum Glück kein Ristretto, den mag ich schon deshalb nicht, weil er allenfalls die Zunge benetzt, er gehört nicht zur Gattung der Flüssigkeiten.

Eine Mahlzeit im Lokal muss man auch bezahlen. Der Italiener ruft in solchen Fällen üblicherweise »Il conto, per favore!«, jedenfalls habe ich das öfter gehört. Als der Kellner, auf Italienisch *il cameriere*, den Gästen die Rechnungen präsentierte, wurde es lustig. Die Schwaben verwickelten den Kellner in eine Diskussion über das *coperto*. Dass der Wirt eine Gebühr verlangte, wussten sie von der Speisekarte. Aber man kann ja mal verhandeln, schließlich machte der Zuschlag drei Euro pro Person aus.

Kurz gesagt, die Eheleute Weckerle versuchten den Preis mit dem Argument zu mindern, sie hätten die Grissini nicht angerührt. Das war Karola peinlich, sie verlangte ironisch eine Kürzung, weil sie ihre Serviette nicht benutzt habe. »Und ich habe weder Messer noch Gabel gebraucht«, schloss sich Wendelin Wagenhoff an, der nur eine Suppe verzehrt hatte, »ich zahle allein für den Löffel.«

Nach einem auskömmlichen Mahl ist ein kleiner Spaziergang das Richtige. Die Reisegruppe schlenderte unter der kundigen Führung von Elettra durch die Straßen von Vicopisano. Das ist ein Städtchen mit historischem Ambiente. Es verfügt über eine Stadtmauer und, das ist das Besondere, über eine Reihe mittelalterlicher Türme, die, wie unsere Reiseleiterin erwähnte, dort seit dem 12. und 13. Jahrhundert stünden. Ein Teil der Türme sei zum Wohnen, der andere zur Wache genutzt worden. Erhöhte Aufmerksamkeit verdienten die Zwillingsgeschlechtertürme, Torre Gemella Nord e Sud. Wie in San Gimigano, nur eben weniger.

Neben Karola und mir gingen die Schwaben. Heidi Weckerle nahm die historischen Gebäude zum Anlass, uns ihren Sohn vorzustellen. Der sei Architekt und habe einige Preise gewonnen. Aha, dachte ich, der räumt bei der Tombola des Böblinger Sparvereins ab. Ich wurde eines Besseren belehrt. Der Stararchitekt namens Leonhard hatte den Zuschlag für das Feuerwehrhaus in Albershausen und die Trinkhalle in Bad Ditzenbach erhalten. Ich zeigte mich schwer beeindruckt. Die meisten Eltern sind auf ihre Sprösslinge mächtig stolz und bringen das gern zum Ausdruck, speziell gegenüber Mitreisenden. Ich hatte Sorge, Heidi werde mir noch Fotos von ihren wunderhübschen Enkeln zeigen. Und so kam es: Sie wühlte in ihrer Handtasche und zog eine Reihe Bilder hervor, auf denen man ein pausbäckiges, rotgesichtiges Kleinkind mit abstehenden Ohren erkannte. Das sei ihr Enkelsohn Hubertus, ein wahrer Wonneproppen, der lerne schon die Prozentrechnung. Ich zeigte

mich entzückt, solch schöne Ohren habe sonst niemand.
Außer vielleicht Prinz Charles.

16

Von Vicopisano bis Pisa war es nicht mehr weit. Alle waren schon ganz gespannt auf den schiefen Turm, doch den sollten wir erst am nächsten Tag zu Gesicht kriegen, den morgigen Hochgenuss mussten wir uns heute mit einem Stadtrundgang verdienen. Ronny ließ uns am Rand der Altstadt, in der Nähe der Piazza di Gondole, aussteigen. Unsere Reiseleiterin schritt hurtig voran und führte uns zunächst zur Chiesa San Michele in Borgo, der Hauptkirche der Altstadt. Sie erklärte, die Kirche sei zusammen mit dem Kloster im späten 10. und frühen 11. Jahrhundert über einem alten Tempel errichtet worden. Die Fassade aus dem 14. Jahrhundert ist sehenswert. Sie hat drei Portale und im oberen Bereich drei gotische Loggien, die für Pisa typisch sind. Der Innenraum ist mit zahlreichen Gemälden geschmückt. Ich überlegte im Stillen, welches der Bilder Katja Werthekoven wohl für ihre Galerie gebrauchen könnte. Aber wahrscheinlich waren die Gemälde unverkäuflich. In Deutschland wäre ich mir da nicht so sicher, bei uns werden schließlich ständig Gotteshäuser entweiht und verscherbelt. Eine ehemalige Kirche würde ich nur mit Inventar kaufen, vor allem mit dem Opferstock. Der nächste Besichtigungsort war die Piazza dei Cavalieri, der Platz der Ritter. Die Piazza sei, führte Elettra aus, bereits im Mittelalter das westliche Zentrum der Stadt gewesen. Am Platz der Ritter stehen zwei markante Gebäude, die Chiesa Santo Stefano dei Cavalieri und der Palazzo dei Cavalieri. Die Kirche, eine dreischiffige Basilika aus dem 16. Jahrhundert, hat eine bemerkenswerte Innenausstattung, allem voran eine Holzdecke mit Schnitzereien, Vergoldungen und Gemälden. Skurril fand ich die Dekoration mit Fahnen, Schiffswimpeln und -laternen.

Wir erfuhren, dass es sich um Beutestücke handele, die der Malteserorden aus den Kämpfen gegen die sarazenischen Piraten herangeschleppt habe. Piraterie sei auch heute noch strafbar, lehrte uns Oberstaatsanwalt Schönfeld.

Eindrucksvoll ist ferner der barocke Hochaltar, der, erläuterte unsere Reiseleiterin, eine Apotheose des Bischofs von Rom Stephan I. zeige. Beim Stichwort Apotheose fiel Arnulf Werthekoven ein: »Ich muss mir nachher Hühneraugenpflaster besorgen.« Karola klärte ihn darüber auf, dass die Apotheke in Italien *farmacia* heißt.

Die Piazza dei Cavalieri ist umgeben von imposanten Palazzi. Besonders gut gefiel mir die Fassade des Palazzo dei Cavalieri, auch Palazzo della Carovana genannt. Sie ist gebogen, mit Wappen verziert und vollständig mit Sgraffiti bedeckt, die unter anderem Tierkreiszeichen und allegorische Darstellungen zeigen. Elettra wies uns darauf hin, dass ein Sgraffito nicht mit dem aus der Sprühflasche stammenden Graffito in der U-Bahn-Unterführung gleichzusetzen sei, es handele sich um eine spezielle Dekorationstechnik zur Bearbeitung von Wandflächen. Das Wort Sgraffito ist abgeleitet aus dem italienischen Verb sgraffiare, zu Deutsch kratzen. Theodora Wagenhoff tippte ihren Mann auf die Schulter: »Wir müssten mal den Putz unterm Küchenfenster ausbessern lassen.«

Und am besten mit Sgraffiti verzieren, dachte ich, vielleicht mit Motiven aus der Metzgerei.

Einen weiteren Stopp legten wir am Palazzo dell'Orologio ein. In seinem Inneren, erfuhren wir von Elettra, befänden sich Überreste des sogenannten Hungerturms. Der verdanke seinen Namen einem Grafen, den man Ende des 13. Jahrhunderts des Verrats angeklagt und mit seinem Sohn sowie zwei Enkeln dort eingesperrt habe, bis alle vier verhungert seien. Ob die Sippenhaft in Italien mittlerweile abgeschafft sei, fragte der Oberstaatsanwalt unsere Reiseleiterin und erntete einen vernichtenden Blick.

Es folgte ein Spaziergang entlang der Uferpromenade am Arno. Von dort erblickten wir auf der gegenüberliegenden Seite eine kleine Kirche, am Ufer erhob sich ein weißes Kirchlein mit Türmchen und hübscher Fassade. Das sei die Chiesa Santa Maria della Spina, klärte Elettra uns auf. Der Name leite sich aus dem italienischen Wort für Dorn, *spina*, her. Ursprünglich habe das Kirchlein eine Reliquie in Gestalt eines Dorns beherbergt, der angeblich aus der Dornenkrone Christi stamme. Es ist schon beeindruckend, was sich so alles an kultisch verehrten Überresten, das sind die Reliquien, in katholischen Kirchen befindet. Meine Frau hat als Protestantin kein Verständnis für diesen Kult. Nun ja, ihre Glaubensrichtung gibt es auch erst seit dem 16. Jahrhundert, als Katholik kann ich darüber nur lächeln. Zugegeben, an der Echtheit vieler Reliquien habe auch ich meine Zweifel, meistens existiert nicht einmal ein Zertifikat. Das räumte selbst Pfarrer Moosacher ein: »In so viele Holzsplitter wie in den Reliquienschreinen zusammen konnte man das Kreuz sicher nicht zerlegen.« Das ist aber letztlich nicht schlimm, entscheidend ist doch der Glaube. Mit dem kann man bekanntlich Berge versetzen. Ich habe das mal mit dem Matterhorn versucht, am Glauben an meine Fähigkeiten muss ich noch arbeiten. In früheren Zeiten waren Reliquien auch ein Wirtschaftsfaktor. Pilgerreisen zu den kultischen Überresten wurden an den heiligen Stätten gern gesehen, gaben die Gläubigen doch einiges Geld für Unterkunft und Verpflegung aus. Da konnte man schon mal auf den Gedanken kommen, sich etwas Passendes als Reliquie zu besorgen, die Frage nach der Echtheit durfte man nicht so eng sehen.

Nachdem wir uns die Füße platt gelaufen hatten, bestiegen wir den Bus von Ronny, der uns an einem Hotel außerhalb des Stadtzentrums ablieferte. Grundsätzlich bevorzuge ich zentral gelegene Unterkünfte, da kann man sich nach dem Abendessen die Beine auf belebtem Grund vertreten, eventuell noch einen Absacker nehmen oder ein Eis schlecken. Das ist in Außenbereichen zuweilen schwierig, dort findet man oft wenig Lokale. Manche Reiseveranstalter locken mit günstigen Preisen, karren ihre Kunden jedoch, weil das in der Regel billiger ist, zu Hotels im Irgendwo. Dort hockt man dann abends gelangweilt herum und kann sich nur noch vollaufen lassen. Es sei denn, man hat einen Fernseher auf dem Zimmer, allerdings ist das heute fast schon Standard. Was machen Sie aber, wenn die Mattscheibe ausschließlich Programme in einer fremden Sprache bietet, die Sie nicht verstehen? Bilder allein sind mir zu wenig, da kann ich mir gleich einen Stummfilm anschauen. Unsere Unterkunft mit dem Namen Hotel Paradiso lag unweit des Flughafens, Aeroporto Galileo Galilei. Da konnten wir die hübschen silbernen Vögel beim Starten und Landen beobachten. Zum Glück zeigte unser Fenster zur Rollbahn hin, es schloss auch nicht richtig, dadurch hatten wir frische Luft. Wir waren vom Tagesprogramm ermattet und fielen müde ins Bett. Das Dröhnen der Düsen begleitete unseren tiefen Schlaf.

17

Der Wecker riss mich aus meinem Traum. Ich saß gerade im Flugzeug auf dem Weg von Pisa nach München. Karola neben mir korrigierte den »Faust«, Franziska Maier malte mit Textmarkern ein Fresko auf die Bordwand und Heidi Weckerle kehrte die Heiligenbildchen zusammen, die Georg Moosacher im Mittelgang verloren hatte. Jäh wurde ich in die Wirklichkeit zurückgerufen. Mir kam zu Bewusstsein, dass heute die berühmte Piazza dei Miracoli auf uns wartete. Vorher war noch ein Gang zum Frühstücksbüffet zu erledigen. Im Speiseraum trudelten die Mitreisenden sukzessive ein. Ronny, unser Frühaufsteher, war offenbar als Erster erschienen und mit seiner Mahlzeit fast fertig. Nur unsere Reiseleiterin ließ sich nicht blicken. Vielleicht verzichte sie heute auf das Frühstück, mutmaßte Karola, es sei ohnehin nicht der Rede wert. Als wir zum Zimmer eilten, kam Elettra uns entgegen. »Buon giorno«, rief sie fröhlich, »ich habe einen Mordshunger.« Eine halbe Stunde nach der geplanten Abfahrtszeit saßen wir vollzählig im Bus. »Die 30 Minuten machen nichts«, beruhigte Elettra uns, »der Turm ist auch nachher noch schief.« Woher will sie das wissen?, fragte ich mich.

Ronny setzte uns nahe beim Domplatz ab. Die Piazza del Duomo ist weltweit bekannt als Piazza dei Miracoli, Platz der Wunder. Den Namen erfunden haben soll der Schriftsteller Gabriele d'Annunzio, ihm werden wir noch begegnen. Unsere Gesellschaft war nicht die einzige, auf dem Platz tummelten sich Reisegruppen aus aller Herren Länder mit und ohne Selfie-Stangen. Auf der weiträumigen Rasenfläche verteilten sich die Massen jedoch besser als auf dem Markusplatz und der Piazza della Signoria. Vor den Gebäuden hatten sich freilich Schlangen gebildet. Es ist schon ein Kreuz mit den Touristen! Wo man auch hinkommt: Andere sind schon da. Elettra hieß uns erst mal im Kreis aufzustellen, um ihren Vortrag loszuwerden. »Sie sehen hier«, begann sie, »das berühmte Ensemble aus Dom, Baptisterium, Friedhof und Glockenturm. Die Gebäude zählen zu den Meisterwerken der mittelalterlichen Architektur und gehören seit 1987 zum UNESCO-Welterbe.« Dass diese Bauwerke in die Liste aufgenommen wurden, konnte ich gut verstehen, ihren Anblick kann man schwer beschreiben, man muss das einfach selbst gesehen haben, es ist eine Symphonie aus weißem Marmor.

Einige Reisegefährten standen mit offenem Mund da und vereinzelt hörte man »aah« und »ooh«. Nur Franziska Maier schaute nicht auf die Wunderwerke, sondern auf die Lippen unserer Reiseleiterin und kritzelte in ihr Notizbuch.

Elettra führte uns zunächst zum Friedhof, dem Camposanto Monumentale. Der solle Erde aus dem Heiligen Land enthalten, die Kreuzfahrer Anfang des 13. Jahrhunderts mitgebracht hätten. Um Irrtümern vorzubeugen: Die damaligen Kreuzfahrer kann man mit den heutigen nicht gleichsetzen. Im 13. Jahrhundert hatten die Schiffe noch keine Balkonkabinen, auch war das Unterhaltungsprogramm eher langweilig, außer Gottesdiensten gab es nicht viel, vielleicht mal eine blutige Schlacht mit Piraten. Zum Ausgleich konnten die alten Kreuzfahrer, soweit sie lebend davongekommen waren, einiges an geraubten Wertsachen mit nach Hause bringen. Auf den Kreuzfahrten heutzutage muss man die Preziosen im Souvenirladen oder beim fliegenden Händler kaufen. Dafür kehren die meisten Reisenden aber wohlbehalten zurück. Nur die Seekrankheit macht manchen Kreuzfahrern zu schaffen.

Der Camposanto, lehrte unsere Reiseleiterin, sei im 13. Jahrhundert begonnen und erst Ende des 15. Jahrhunderts fertiggestellt worden. Pisas Adel sei hier zur Ruhe gebettet worden, teilweise in antiken Sarkophagen. Das Gebäude hat die Form eines lang gestreckten Kreuzgangs mit Rundbogenarkaden und ist reich bestückt mit Wandmalereien.

Im Innenhof wachsen auf grünem Rasen Zypressen, insgesamt wirkt der Friedhof beschaulich. »Da würde ich auch gerne liegen«, schwärmte Melanie Lehmann-Blumberg. Ihr Mann meinte, ein paar Jahre könne sie noch warten, sie müssten erst ihre Kreuzberger Eigentumswohnung abbezahlen. Franziska Maier betrachtete versonnen die Grabsteine. Sie gehe gern auf Friedhöfe, erklärte sie, von den Steinen lasse sie sich für ihre eigene Grabstätte inspirieren. Karola schlug ihr Marmor mit Mosaiken und Fresken vor. »Die können Sie dann immer bewundern.«

Das Battisterium, erfuhren wir von Elettra, gelte als die größte Taufkirche der Christenheit. An der Außenseite auffällig sind die Arkadengliederung im untersten Geschoss und die gotischen Blendarkaden darüber. Das Battistero ist im wahrsten Sinne des Wortes »eine runde Sache«. Sein Innenraum ist auch nicht schlecht, ein Kreuz aus acht Säulen stützt einen Umlauf unter Emporen. Das Sahnestück ist die Kanzel, ihr Becken steht auf sieben Säulen und hat eine Brüstung mit Reliefs von Szenen aus dem Leben Jesu. Die hochberühmte Kanzel, ließ Elettra uns wissen, stamme aus dem 13. Jahrhundert und sei ein Markstein der italienischen Bildhauerei. Am eindrucksvollsten fand ich aber die Taufkapelle von außen, sie ist schon ein echtes Glanzstück. In seinem nächsten Leben werde er sich hier taufen lassen, nahm sich Georg Moosacher vor.

Herzstück der Piazza ist der Dom, der Duomo Santa Maria Assunta. Das Bauwerk sei, erzählte Elettra, die Kathedrale des Erzbistums Pisa. Man schätze die Gesamtbauzeit, deren Beginn auf das 11. Jahrhundert datiere, auf etwa zweihundert Jahre. Das konnte der Kölner Dom besser. Die aus Carrara- Marmor bestehende Fassade ist ein Gedicht, Blendarkaden mit Bogenfeldern, darüber Loggiengeschosse und eine Kuppel mit gotischer Zwerchgalerie verwöhnen das Auge. Von außen sieht man auch die kreuzförmige Grundfläche, sie war damals eine Neuerung in Italien. Innen zeigen sich ein fünfschiffiges Langhaus und ein dreischiffiges Querhaus. Auffällig ist vor allem die vergoldete Kassettendecke im Mittelschiff. Ein echter Leckerbissen ist die mit Statuen verzierte Kanzel, sie ruht auf acht Säulen und hat eine Brüstung mit feinen Reliefs von Szenen aus dem Neuen

Testament. Ein weiteres Schmankerl ist die Apsis, sie ist vollständig mit Fresken bemalt und glänzt in ihrer Kalotte durch ein überdimensionales Mosaik, das Christus als thronenden Weltenherrscher zeigt. Der gesamte Dom mutet ausgesprochen harmonisch an, hier waren fraglos Meister am Werk. Überhaupt hat Norditalien und insbesondere die Toskana auf dem Gebiet der Architektur wie der Kunst Großartiges zu bieten. Ich war schlicht beeindruckt. Nur fehlten mir die erfrischenden Windböen ostfriesischer Inseln. Im Urlaub habe ich selten so geschwitzt wie auf dieser Studienreise, aber was tut man nicht alles für seine Frau. Karola schuldet mir eine Gegenleistung, etwa zwei Wochen Spitzbergen. Da ist es angenehm kühl und es soll sogar Eisbären geben.

Jetzt standen wir vor dem Highlight aller Toskanareisen: dem sogenannten Schiefen Turm von Pisa. Der Campanile ist wirklich ein Unikum. Als Glockenturm des Doms errichtet, leuchtet er dem Betrachter marmorweiß entgegen. Schon durch seine runde Form unterscheidet er sich von den in Mittelitalien üblichen quadratischen Türmen. Meisterhaft sind die Stockwerke mit Säulengalerien aus jeweils 30 Säulen. Der Campanile ist laut Elettra imposante 55 Meter hoch und misst 12 Meter im Durchschnitt. Markus Blumberg zeigte sich unbeeindruckt: »Der persische Grabturm Gonbad-e Qabus ist genauso hoch. Und er ist gerade.« Melanie Lehmann-Blumberg fragte, ob man den Turm absichtlich schräg gebaut habe, um Touristen anzulocken. Elettra schaute entgeistert. Der Campanile sei vom 12. bis 14. Jahrhundert gebaut worden, wandte sie zaghaft ein. Wendelin

Wagenhoff sprang ihr zur Seite und erklärte Melanie, die Ausflüge damals seien in der Regel entweder Handelsreisen oder Kriegszüge gewesen, nur selten Urlaubsfahrten. Die Ingenieurin Schönfeld beteuerte, sie hätte den Turm so nicht abgenommen, worauf sich wieder der Oberstudienrat einschaltete: »Den Polier haben sie aufgeknüpft.« Unsere Reiseleiterin stellte klar, die Neigung des Campanile sei erst nachträglich eingetreten, weil der lehmige und sandige Untergrund sich unter dem Gewicht des Turms verformt habe. Da wurde unser Geologieprofessor Werthekoven munter: »Man hätte vorher ein Bodengutachten einholen müssen oder gleich auf Fels bauen sollen, so wie den Leuchtturm Bell Rock vor der schottischen Küste.« »Der stünde aber weit vom Dom«, warf Melanie Lehmann-Blumberg ein. Ihr Mann stöhnte: »Aber ihre Globuli sind Klasse.«

Ein faszinierendes Schauspiel ist die Körperhaltung der menschlichen Fotoobjekte mit dem Turm als Hintergrund. Viele Touristen finden es wohl originell, sich im Vordergrund mit ausgestreckten Armen so hinzustellen, als ob sie den *campanile* stützen wollten. Noch lustiger war die Aktion einer Ostasiatin, die sich aus Versehen genau falsch herum postierte und den Turm von sich weg schob. Hoffentlich fällt der jetzt nicht um, bangte ich, und brachte mich in Sicherheit.

Elvira Schönfeld sah das und lachte. Die Asiatin müsse da schon fester drücken, beruhigte sie mich. Der Campanile sei wirklich ein Schmuckstück und die Toskana überhaupt eine Reise wert. Ihr Mann und sie seien zum ersten Mal in Italien. Das überraschte mich, auf früheren Gruppenreisen waren wir etlichen Landsleuten aus dem Osten begegnet, die sich als Globetrotter geoutet hatten, manche kannten alle fünf Erdteile. Vielleicht hing das mit einem gewissen Nachholbedarf der ehemaligen DDR-Bürger zusammen, deren Bewegungsfreiheit bekanntlich begrenzt war. Zu den weit gereisten Ostdeutschen zählten die Schönfelds offenbar nicht, vermutlich waren sie über den Plattensee und das Schwarze Meer nicht hinausgekommen. Elvira Schönfeld riss mich aus meinen Gedanken. »Wir haben in den letzten Jahrzehnten Afrika kreuz und quer durchstreift und Südamerika von Kolumbien bis Feuerland erkundet, jetzt knöpfen wir uns Südeuropa vor.« So kann man sich täuschen.

Das Beste an der Piazza dei Miracoli sind die vielen schönen Souvenirstände. Wer Freude an hübschen Andenken hat, kann hier aus dem Vollen schöpfen. Das Angebot ist riesig und enthält Kostbarkeiten für fast jeden Geschmack.

Eindeutiger Favorit ist der Campanile, der in mannigfachen Ausführungen feilgeboten wird. Sie können ihn zum Beispiel als Tischlampe oder Salzstreuer haben, so etwas passt in jeden Haushalt. Ich hatte erwartet, dass unsere Souvenirjägerin sich ein feines Accessoire aus Südostasien aussuchen würde, schätzte das aber falsch ein. Cordula war inzwischen sensibilisiert und achtete streng auf die Herkunft der Produkte. »Made in China habe ich schon genug«, meinte sie. Manche Mitreisenden konnten der Versuchung nicht widerstehen. Die Eheleute Schönfeld leisteten sich Kaffeebecher in der Form des

Glockenturms, Sybille Bieber erwarb ein entsprechendes Trinkglas »für meinen Apfelwein«, wie sie betonte. Ich sprang über meinen Schatten, zog die Spendierhosen an und schenkte Karola einen Schlüsselanhänger mit schiefem Türmchen. »Damit du deine Schlüssel nicht wieder verlierst«, begründete ich meine Großzügigkeit, »auf den kostbaren Anhänger wirst du bestimmt achten.« Meine Frau schenkte mir ein sonderbares Lächeln. Wahrscheinlich war sie gerührt.

Auf dem Domplatz hatten wir uns lange aufgehalten. Es wäre auch zu schade gewesen, die Schönheiten des Ensembles im Sauseschritt aufzunehmen, schließlich handelte es sich um einen der Höhepunkte unserer Reise. Diesmal war ich mit der Engelsgeduld unserer Reiseleiterin einverstanden, das übliche Frage- und Antwortspiel zwischen ihr und Franziska Maier störte nicht, zumal wir nicht hungern mussten. Auf Empfehlung von Elettra hatten wir uns rechtzeitig mit Backwaren eingedeckt. Die waren zwar keine Offenbarung, verhinderten aber Schwächeattacken. Winfried und Heidi Weckerle waren noch klüger und hatten vorausschauend am Frühstücksbüffet ein Lunchpaket geschnürt. Auf meinen kritischen Blick merkte die Schwäbin an: »Der Rescht vom Büffet landet doch sonscht im Müll.« Da berührte sie einen wunden Punkt. Ich finde es traurig, dass jeden Tag Tonnen von Lebensmitteln vernichtet werden. Allerdings hatte Frau Weckerle etwas übertrieben, nicht alles, was am Frühstücksbüffet übrig bleibt, verschwindet in der Mülltonne, manches kann weiterverwendet werden. Mir missfällt es deshalb, wenn Hotelgäste Büffetkost so unverschämt auf ihrem Teller türmen, dass ein Normal-verbraucher davon drei Tage lang zehren kann, und das meiste dann einfach liegen lassen. Nicht jeder ist ein Gewichtheber oder Vielfraß, der mit einer normalen Portion gar nicht erst anfängt.

18

Am frühen Nachmittag hieß es von Pisa Abschied nehmen. So sehr mich diese Stadt auch beeindruckt hatte, freute ich mich jetzt auf unser nächstes Etappenziel, das Meer. Die Mitreisenden wirkten wohlgelaunt und zufrieden. Das lag wohl auch an der Ausbeute an Souvenirs, viele hatten geschmackvolle Erinnerungsstücke in Glockenturmform ergattert und überlegten wohl, wem sie damit eine Freude machen könnten. Da gibt es viele Möglichkeiten. Man sollte sich nur davor hüten, den Kitsch für eine Tombola zu stiften. Wenn der Teufel es will, gewinnt man den Kram am Ende selbst. Ist alles schon vorgekommen. Am besten schenkt man die schiefen Türmchen einer Person, die man nicht besonders leiden kann, wie dem Chef oder der Schwiegermutter.

Ronny hatte sich inzwischen nützlich gemacht und das Quietschen der Scheibenwischer abgestellt. Seine Methode war so einfach wie genial: Er hatte die Wischer abmontiert. »Der Wetterdienst«, erklärte er, »verspricht für die nächsten Tage wolkenlosen Himmel.« Ganz ehrlich: Eine kleine Abkühlung, meinetwegen durch eine Regendusche, wäre mir nicht unlieb gewesen, das Thermometer hatte sich permanent noch oben bewegt. In den Steinwüsten der Städte war mir der Schweiß aus den Poren getropft. Karola focht die Hitze nicht an, sie fühlte sich pudelwohl. »Es ist doch gar nicht so warm«, behauptete sie. Und das bei mindestens 35 Grad im Schatten. Manchmal begreife ich Karola nicht. Aber wer versteht schon seine Frau? Umgekehrt soll es Frauen geben, die ihren Mann für ein ewiges Rätsel halten. Dass Frauen und Männer grundverschieden sind, kann man beim Einkaufsbummel gut beobachten. Sie glauben gar nicht, wie viele Herren der Schöpfung eine tiefe Abneigung gegen Konfektionsgeschäfte haben. Manche Läden stellen für die männlichen Begleiter Sessel hin, auf denen diese sich die Zeit, in der ihre Partnerinnen die Angebote studieren und die Umkleidekabinen bevölkern, durch Lektüre von Automobil- und Sportzeitschriften vertreiben können. Leider sind die Sessel meistens besetzt und ich muss Karola auf ihrem Zug durch die Kleiderständer folgen. Ein weiteres Beispiel für geschlechtstypische Divergenzen sind die Baumärkte. Wenn Sie als Mann sich im Baumarkt nicht zurechtfinden, müssen Sie geduldig auf einen Mitarbeiter warten, der ihnen schließlich erklärt, die Schraubenmuttern lägen im 7. Quergang. Dort können Sie dann in Ruhe nach dem passenden Material suchen. Stehen Sie als Frau vor einem Werkzeugregal, eilt sofort ein dienstbarer Geist herbei und berät Sie ungefragt über die Vorzüge der verschiedenen Zangen, obwohl Sie gerade nach einem Hammer greifen wollten. Das Personal geht nämlich davon aus, dass Männer per se erfahrene Heimwerker sind, Frauen dagegen einen Nagel nicht von einer Schraube unterscheiden können. Dabei gibt es weibliche Talente, die alles reparieren, was ihr Mann demoliert hat.

Hatten wir uns bislang in bewohnten Gegenden herumgetrieben, so war nun Zeit für einen Ausflug ins Grüne. Auf dem Weg zu unserem nächsten Etappenziel machten wir einen Schlenker zum Naturpark mit dem schönen Namen Parco Naturale San Rossore Migliarino Massaciuccoli. Versuchen Sie mal, das unfallfrei auszusprechen. Ronny stellte den Bus vor dem Parkeingang ab, mit dem Automobil darf man nicht hinein. Elettra versammelte die Gruppe im Halbkreis und berichtete, der 24 000 Hektar große Naturpark sei 1979 eröffnet worden und schütze die Natur im Randgebiet der Städte. Der Park werde durch unterschiedliche Landschaftsformen geprägt, ein Drittel bestehe aus Wäldern mit Steineichen, Kiefern und Pinien. Beliebt sei der Parco Naturale vor allem als Wandergebiet, uns werde jetzt eine Kostprobe zuteil. Bei diesem Stichwort stapfte Elettra forsch voraus und zog uns hinter sich her. In gelegentlichen Pausen machte sie uns mit Flora und Fauna des Waldgebiets vertraut. Man finde hier eine Vielfalt an Vögeln, aber auch Reptilien einschließlich der Viper. Daraufhin suchten alle besorgt den Erdboden nach Schlangen ab. »Die gibt es auf Langeoog nicht«, spielte ich einen Trumpf aus. »Außer vor den Fischbuden«, konterte Karola. Pfarrer Moosacher verwies auf das Alte Testament, die Schlange sei an allem schuld. Eigentlich ist das Eva, raunte ich zu Karola. Sybille Bieber schlug den geordneten Rückzug vor, sie trage für eine Wanderung nicht das passende Schuhwerk. Bei unserer Reiseleiterin stieß sie auf taube Ohren, sie setzte den Weg ungeniert mit ihren langen Schritten fort. Wir mobilisierten unsere Reserven, um Anschluss zu halten und nicht am Ende führerlos durch den Wald zu irren. Wendelin Wagenhoff schimpfte: »Wir haben eine Kulturreise gebucht, keine Wandertour.« Elettra konnte nicht verstehen, dass die Kräfte ihrer Schutzbefohlenen Grenzen hatten, ihre Reaktion bestand in der Aufzählung der im Park lebenden Säugetiere. »Seit einigen Jahren gibt es hier auch Wölfe.« Das gefiel Melanie Lehmann-Blumberg gar nicht, sie eilte, von ihrem Mann gefolgt, in Richtung Parkeingang davon. Ich verkniff mir die Bemerkung, auf den ostfriesischen Inseln habe man noch keinen Wolf gesichtet. Nun wurde es dem Oberstudienrat zu bunt: »Wir gehen jetzt sofort zum Bus, und zwar in Zweierreihen hintereinander. Und Sie«, herrschte er Elettra an, »kommen nach der Reise mit mir zum Schulleiter.« »Und ich benachrichtige Ihre Eltern«, drohte Karola.

Am frühen Abend gelangten wir endlich ans Meer. So recht genießen konnte ich den Anblick noch nicht, ich war hundemüde, vor allem fehlte mir mein nachmittäglicher Espresso, den benötige ich für meine Lebensgeister. Karola ging es genauso, das zeigte mir ihr herzhaftes Gähnen.

Sie hätte lieber ein Café aufgesucht als diesen dämlichen Wald mit Schlangen und Wölfen, moserte sie. Auch die Sachsen waren ungehalten, sie vermissten ihre übliche Dosis Koffein. »Ohne Gaffe gann ich mich nicht gonzentrieren«, schimpfte Elvira Schönfeld. Elettra ließ die Kritik an sich abprallen. Zu viel Koffein sei schädlich, hielt sie Frau Schönfeld entgegen, man sehe ja, was aus den Sachsen geworden sei. Der Oberstaatsanwalt lief rot an: »Das ist Volksverhetzung, darauf steht Freiheitsstrafe bis zu fünf Jahren.« So ging ein harmonischer Tag allmählich zu Ende.

Planmäßig machten wir Station in Viareggio. Meine Hoffnung auf ein Hotel an der Uferpromenade und ein

Zimmer mit Meerblick erfüllte sich nicht. Das Albergo Palazzo lag gegenüber dem Bahnhof. Ihrem hochtrabenden Namen legte die Unterkunft keine Ehre ein. Dass an den Außenwänden der Putz abbröckelte, war an sich kein Fehler, das macht, wie erwähnt, angeblich den Charme südländischer Gebäude aus, zumindest wenn sie farbig gestrichen sind und nicht so eintönig grau wie die Häuser in Northumberland, wie man sie aus der englischen Krimiserie »Vera« kennt. Der Empfang an der Rezeption war herzlich, die Signora am Tresen strahlte uns an, als wären wir lang ersehnte Gäste. Freundlichkeit kann Mängel ausgleichen, man ist ja auch nicht überkritisch und sieht, wenn man den guten Willen spürt, über vieles hinweg. Auf der anderen Seite war unser Zimmer kaum geräumiger als eine größere Besenkammer, freilich mit Nasszelle. Zum Ausgleich war der Blick aus dem Fenster superb, wir konnten die an- und abfahrenden Züge beobachten. Immerhin hatte der Besitzer sich schalldämmende Fenster geleistet, sodass nur die Trillerpfeife der Bahnsteigaufsicht zu hören war. Ich fürchtete zuerst einen Tinnitus, war aber erleichtert, als mir Karola dieselben Symptome schilderte.

19

Am Morgen wurde ich sanft vom Rauschen der Meereswellen geweckt. Dachte ich. Meine Frau nahm mir die Illusion: »Das Meer ist weit weg, nebenan duscht jemand.« Das war für uns das Signal zum Aufstehen, was mir heute leichtfiel, ich freute mich auf einen entspannenden Badetag am Mittelmeer. Das teilte ich Karola gut gelaunt mit, musste aber erfahren, dass der Vormittag der Kultur gehörte. Auf meine entgeisterte Frage, woher sie das wisse, blickte Karola mich verständnislos an. »Das hat Elettra doch gestern Abend in der Hotelhalle angekündigt. Du hast wieder nicht zugehört!« Dazu möchte ich Folgendes anmerken: Erstens war der winzige Vorraum an der Rezeption keine Halle und zweitens hatte Karola mit ihrem Vorwurf recht. Meine Frau legt mir des Öfteren mangelnde Aufmerksamkeit zur Last, sie schilt mich, ich würde nicht richtig zuhören: »Das habe ich dir doch eben gesagt!« Dieses Manko will ich gar nicht leugnen, weiß mich aber in guter Gesellschaft. Das Aufmerksamkeitsdefizit soll typisch männlich sein, jedenfalls behaupten das die Frauen. Mancher Mann verschließt seine Ohren vielleicht nur aus Notwehr. Das könnten böse Zungen behaupten, aber ich natürlich nicht. Was gibt es, akustisch gesehen, denn Schöneres als eine weibliche Stimme, die Liebesschwüre säuselt oder zum Essen ruft? Die raue Kehle eines Mannes kann damit nicht konkurrieren.

Vor dem Albergo Palazzo wartete ein fremder Bus. Elettra hieß uns dort einsteigen, Ronny habe heute frei. Das ist, aus gutem Grund, so vorgeschrieben, Busfahrer müssen in regelmäßigen Abständen Pausen und Ruhetage einlegen. Ein übermüdeter Fahrer stellt nämlich eine Gefahr für die Reisenden, für andere Verkehrsteilnehmer und für sich selbst dar. Es passieren leider immer wieder Unfälle, weil die Fahrer einnicken, etwa beim sogenannten Sekundenschlaf.

Geschieht das einem Lastwagenfahrer, wird sein Vieltonner dann zu einer tickenden Zeitbombe. Zu unserem Glück war Ronny verantwortungsbewusst, er hielt sich strikt an die Regeln.

Elettra hatte uns im Unklaren darüber gelassen, was sie heute mit uns vorhatte. Das war übrigens eine ihrer Marotten: Sie hüllte sich gern in Schweigen und gab die Geheimnisse des Tagesplans oft nur scheibchenweise preis. Nach dem üblichen »Buon giorno« erzählte sie uns erst etwas über Viareggio. Die Stadt mit inzwischen mehr als 60 000 Einwohnern existiere noch nicht so lange. Früher habe es hier nur ein Sumpfgebiet gegeben, in dem man den Hafen von Lucca angelegt habe. Erst nach der Trockenlegung der Sümpfe im 18. Jahrhundert sei der Landstrich besiedelt worden. Nach und nach habe man sodann Sommervillen und Badeanstalten errichtet. Im Lauf der Zeit habe Viareggio sich zu einem international bekannten Badeort entwickelt. Seine glänzende Vergangenheit könne man gut an den zahlreichen Jugendstilvillen erkennen. Auch heute noch sei Viareggio ein mondäner Badeort, in dem hauptsächlich Italiener ihre Ferien verbrächten. Am Nachmittag hätten wir Gelegenheit, uns davon selbst zu überzeugen. Das vernahm ich gern, Freizeit am Meer klang verführerisch. Auch wenn es nicht die Nordsee war. In Gedanken sah ich uns am Strand auf Liegestühlen unter Sonnenschirmen. Vor mir das blaue Meer mit gekräuselter Wasserfläche, neben mir meine Frau im Sonnentop und in Urlaubsstimmung. Das Leben kann so schön sein, auch ohne Ostfriesentee.

Nach wenigen Kilometern hielt der Bus an einem See. Bevor wir in die frische Luft entlassen wurden, informierte Elettra uns über den Zweck des Ausflugs. Das hier sei der Lago di Massaciuccoli, der größte See der Toskana. Er gehöre zum Nationalpark San Rossore-Migliarino-Massaciuccoli, den wir ja schon kennengelernt hätten. Da wo es Schlangen und Wölfe gibt, ergänzte ich im Geiste. Der angrenzende Ort Torre del Lago, der zu Viareggio gehöre, sei ein beliebtes Seebad, das sich in den Sommermonaten, vor allem an den Wochenenden, regen Zuspruchs erfreue. In Torre del Lago habe Giacomo Puccini gelebt, deshalb trage der Ort den Zusatz »Puccini«. An dieser Stelle bekam Katja Werthekoven vor Aufregung rote Flecken im Gesicht. Dem Komponisten, fuhr Elettra fort, würden wir uns noch später widmen. In dem kleinen Park vor uns befinde sich ein Freilufttheater, in dem zu Ehren Puccinis alljährlich ein Opernfestival stattfinde. Wir sollten durch den Park bummeln und uns nach einer halben Stunde wieder einfinden. Wir taten, wie uns geheißen, schlenderten am See entlang und bestaunten eine Bronzestatue Puccinis. »An diesem Ort ist gut komponieren«, stellte ich fest, »da fliegen einem die Noten nur so um die Ohren.« Georg Moosacher hatte das mitbekommen und gab sich als Tonsetzer zu erkennen. Er habe einen Choral für acht Messdiener geschrieben, erklärte er stolz, die Uraufführung stehe kurz bevor. Auf meine Frage, wo man dem Ereignis beiwohnen könne, nannte er die Krypta der Pfarrkirche von Hallbergmoos, da sei die Akustik hervorragend.

Nach einer Stunde gesellte sich unsere Reiseleiterin zur Gruppe. Von ihr erfuhren wir, dass die zweistöckige Jugendstilvilla, vor der wir Aufstellung nahmen, Puccinis Haus gewesen und heute ein Museum sei. Der Komponist habe hier dreißig Jahre lang gewohnt und einige seiner bedeutendsten Werke geschaffen, namentlich die Opern Tosca und Madame Butterfly. »Madame Butterfly im Parktheater Hennef war einmalig«, schwelgte Katja Werthekoven. Ein Besuch von Torre del Lago ist ohne Besichtigung der Villa nicht komplett, also durchstreiften wir das Museum. Zu sehen gab es Originalmöbelstücke des Meisters, Handschriften, Noten und Fotografien. Und in allen Räumen klangen seine Opern, leider nicht live, aber für ein Orchester wäre es ohnehin etwas eng gewesen, man hätte Konzertflügel und Kontrabässe weglassen müssen. Frau Werthekoven war ganz aus dem Häuschen: »Ich spüre den Atem der Kunst.« Dicht hinter ihr stand Franziska Maier.

Zurück in Viareggio, stiegen wir auf der Piazza Giuseppe Garibaldi aus. Der verfolgt einen in Italien aber überallhin. Elettra hatte uns, wie sie es fomulierte, den »heißen Tipp« gegeben, im Gran Caffè Margherita an der Promenade einzukehren, das sei ein sehenswertes Traditionslokal.

Elvira Schönfeld war sofort Feuer und Flamme: »Das dun wir, ohne Gaffe griege ich leicht Gopfweh.« Karola und ich eroberten die Promenade und lustwandelten an Pavillons mit Gaststätten und Geschäften entlang, gegenüber von klassischen Grandhotels und schmucken Villen. Zum großen Teil schränkten die Läden und Lokale die Sicht auf das Wasser ein. Einige Stellen jedoch gaben den Blick auf das Meer frei, dort genossen wir die Aussicht. Der Strand war zum Bersten voll, Liegestuhl an Liegestuhl mit Sonnenanbetern in Badekleidung reihte sich aneinander, am Wasserrand beobachteten wir eine Völkerwanderung. »Ist das Mittelmeer nicht herrlich«, jauchzte Karola. »Halb Italien ist hier, so viele Italiener können nicht irren«, bestätigte ich. »Sie sollten mal im August kommen, da sind noch mehr Italiener an der Küste«, belehrte uns ein deutscher Tourist, der sich den Sonnenhut zurechtrückte. Der Monat August sei in Italien absolute Hochsaison, wer es sich leisten könne, fahre ans Meer oder in die Berge. In den glutheißen Städten befänden sich dann mehrheitlich verrückte Touristen. Wie in Frankreich, dachte ich, am ersten Augustwochenende stürzen sich alle Franzosen wie die Lemminge ans Meer, da findet man dann keine freie Hundehütte. Karola und ich waren einmal Anfang August von Irland kommend auf dem Heimweg und wollten in Frankreich zwischenübernachten. In Meeresnähe waren sämtliche Unterkünfte ausgebucht und im Binnenland hatten die Hotels Betriebsferien. Die kleineren Orte waren so gut wie verwaist, sodass wir in einem dieser unpersönlichen Kettenhotels an der Autobahn schlafen mussten. So ähnlich scheint es wohl in Italien zu sein. »Versuch du mal, an der deutschen Küste in der Hauptsaison ein Zimmer ohne Vorbestellung zu bekommen«, merkte Karola an. Ich korrigierte sie, manchmal sei noch eine Luxussuite frei.

Meine Hoffnung auf einen Liegestuhl am Strand zerplatzte rasch wie die sprichwörtliche Seifenblase, weit und breit fanden wir keinen unbesetzten Fleck, geschweige denn ein freies Liegemöbel. Auf Langeoog könnten wir uns in die Dünen legen, seufzte ich. Es blieb nichts anderes übrig als den Meerblick von einer Plattform aus zu genießen, die nicht mit Pavillons zugestellt war. Hier trafen wir auf die Berliner. »Schönes Wetter heute«, sprach ich sie an. Markus Blumberg zog ein Gesicht: »Am Strand von Fort Lauderdale stehen mehr Palmen.« Ihm merkte man doch die Weltläufigkeit an.

Den empfohlenen Besuch des Gran Caffè Margherita wollten wir auf keinen Fall versäumen. Wir entdeckten das Lokal an der Promenade. Das Café hat einen orientalischen Anklang, markant sind die beiden seitlichen, mit Kuppeln bedeckten Türme. Vor der Tür empfing uns ein sitzender Puccini, der soll damals Gast im Gran Caffè gewesen sein. Vielleicht fallen mir beim Cappuccino ein paar nette Melodien ein, durchfuhr es mich. Leider wurde nichts daraus. Das lag gewiss am Geräuschpegel. Im Café saß Ronny bei einer *cioccolata*. Er winkte uns, Karola und ich setzten uns zu ihm. Das Heißgetränk sei schön dickflüssig und aus echter Schokolade gebraut. Wir folgten seiner Empfehlung und bereuten das nicht, die *cioccolata* schmeckte umwerfend. Ich hatte mich schon länger gefragt, was einen Thüringer wohl nach Bayern verschlägt, und äußerte meine Verwunderung. Ronny klärte uns auf: Es war schlicht die Liebe. Bis vor zehn Jahren hatte er in Schmalkalden einen Linienbus gefahren, immer dieselben Strecken, tagein, tagaus. Seine damalige Frau Mandy hatte ihn wegen eines anderen verlassen, der war ihr Yogalehrer. Als ob ich es geahnt hätte: Die Idee, einen Yogakurs zu besuchen, hatte ich meiner Frau ausgeredet. Das sei nichts für sie, hatte ich argumentiert, »du kannst nicht mal fünf Minuten stillhalten«. Außer wenn sie einen spannenden Krimi liest, aber das passt nicht zu den Yogaübungen. Im Jahr nach der Trennung hat Ronny seinen Urlaub auf Ibiza verbracht und dort Miriam aus Schrobenhausen, das liegt nahe Pfaffenhofen, kennengelernt. Und so lebt er jetzt mit Miriam in Bayern. Ob er seine frühere Heimat vermisse, fragte Karola. Eigentlich nicht, war die Auskunft, »ausgenommen die Thüringer Bratwurst«. Da kommt die Bayerische Weißwurst wirklich nicht mit, außerdem soll man die nur vormittags essen.

Gegen Abend wehte eine leichte Meeresbrise, die das Leben angenehmer machte. Meine Frau und ich schlenderten über die Promenade und hielten Ausschau nach einem passenden Restaurant. Cordula hatte sich dazugesellt. Sie war in einem luftigen Sommerkleid erschienen, das habe sie im Schaufenster eines Modepavillons entdeckt. Karola erkundigte sich interessiert nach dem Namen der Boutique, ich sah ihren begehrlichen Blick. Ich hatte bemerkt, dass am Saum noch das Preisschild hing, las es verstohlen und musste schlucken.

»Schatz, von einem Kleid rate ich dir ab«, säuselte ich, »du hast doch die perfekte Jeansfigur.« Das hatten die Wagenhoffs mitbekommen, auf ihrem Weg zum Abendessen liefen sie gerade an uns vorbei. Der Oberstudienrat zeigte sich als Charmebolzen. »Das mit der Jeansfigur stimmt. Davon abgesehen« – er zwinkerte mir zu – »gibt es ein altes Sprichwort: Kein Kleid steht einer Frau besser denn Schweigen.« Theodora Wagenhoff knuffte ihren Mann in die Seite und Karola schwieg.

Wir hatten uns zeitig auf Lokalsuche begeben und ergatterten einen Tisch im Ristorante Picobello, mit Promenadensicht. Von früheren Italienreisen wussten wir, dass die Italiener, für unsere Verhältnisse, spät zu dinieren pflegen. Wer nachmittags eine ausgedehnte *siesta* eingelegt hat, setzt sich nicht schon um sieben Uhr zu Tisch, vor acht Uhr abends speist der Italiener eher selten. Noch toller treiben es die Spanier. Vor neun Uhr betreten sie kein Restaurant, nur dort, wo sich ausländische Touristen tummeln, läuft die Küche früher warm. Vielleicht muss der Spanier ja am frühen Abend erst noch zum Stierkampf.

Cordula bestellte ein vegetarisches Nudelgericht, Karola und ich hatten Appetit auf Fisch. Meine Frau entschied sich für *tonno* und ich nahm Dorade. Am Meer wählen wir oft Fischgerichte, weil die Flossentiere dort meist frisch sind. Glauben wir jedenfalls. Mit einem Seitenblick auf Karola murmelte ich, Frischfisch gebe es auf Langeoog jeden Tag, was meine Frau geflissentlich überging. Die Fische im Picobello waren gut zubereitet und fanden im Hauswein, *vino della casa*, einen passenden Begleiter. Gerade als ich die dritte Gräte fand, betrat das Ehepaar aus Böblingen unser Lokal und nahm am Nachbartisch Platz. Die Weckerles bestellten lediglich eine Suppe und dazu Mineralwasser. Ich machte mir Gedanken über ihr Wohlbefinden und befürchtete eine Mageninfektion, hoffentlich ist die nicht ansteckend, bangte ich. Meine Sorge erwies sich als unbegründet. Die Schwaben fielen über die Grissini her und leerten tapfer den Korb mit den Teigwaren. »Die müssen wir sowieso bezahlen«, raunte Winfried Weckerle uns zu.

Durch die Glasscheibe konnten wir den Boulevard überblicken. Meine Frau und ich finden es unterhaltsam, Passanten zu beobachten. In vielen Ländern ist das langweilig, weil die meisten Leute uninteressant sind, auch in Deutschland. Es sei denn, man sitzt in einem oberbayrischen Biergarten und ist von Mannsbildern mit Gamsbarthüten umgeben. In Italien liegen die Dinge anders. Unseren südeuropäischen Freundinnen und Freunden ist es wichtig, eine *bella figura* abzugeben, man will einen guten Eindruck machen. Das mag man belächeln, vielleicht wirkt es auch manchmal übertrieben, im Grunde aber ist gegen ein gepflegtes Äußeres nichts einzuwenden. Wenn man sich die zeitgenössische Kleiderordnung auf unseren Straßen anschaut, könnte man sich fast etwas mehr italienischen Chic wünschen. Nun ja, die Zeiten ändern sich eben und mit ihnen der Modegeschmack. Wer möchte denn auch heute noch im Reifrock oder mit dem Zylinder auf dem Kopf herumspazieren? Schauen Sie sich mal Fernsehaufnahmen von

Fußballstadien bis etwa Mitte der sechziger Jahre an. Auf der Tribüne stehen – natürlich fast nur männliche – Zuschauer im Anzug mit Hut!

Heutzutage tritt man deutlich legerer auf und als Accessoire führt man Pyrotechnik mit sich, das gibt immer ein schönes Feuerwerk. Da mussten Sie früher bis Silvester warten.

20

Am nächsten Tag stand ein Ausflug nach Lucca auf dem Programm. Auf dem Weg dorthin verlor Elettra einige Worte über diesen Ort, der, als Hauptstadt der gleichnamigen Provinz, im Tal des Flusses Serchio liegt. Im 13. und 14. Jahrhundert habe Lucca eine wichtige Rolle gespielt, vor allem wegen seiner Textilindustrie, die hier verarbeitete Seide habe durch ihre einzigartige Farbenpracht geglänzt. Den früheren Reichtum der Stadt erkenne man heute noch an den großen Plätzen und romanischen Kirchen, ihre Bedeutung an den Befestigungsanlagen und Türmen. Vor der Stadtmauer verließen wir den Bus. Die Mauer, erfuhren wir, sei rund vier Kilometer lang und umschließe die Altstadt. Im 19. Jahrhundert habe Maria Louise von Bourbon-Spanien, Herzogin von Lucca, auf der Mauer eine Promenade anlegen lassen, auf der man heute noch wandeln könne. Elettra lotste uns durch eines der noch erhaltenen Stadttore in das alte Zentrum. Ich erkannte alsbald, dass die Altstadt von Lucca mittelalterlich anmutet und ein in sich geschlossenes Gebilde darstellt, das man gesehen haben sollte. Manche behaupten, es sei die schönste Stadt der Toskana. Reizvoll ist schon die begehbare Stadtmauer. Vieles ist ja bekanntlich reine Geschmackssache, aber unansehnlich oder auch nur belanglos wird Lucca sicher niemand finden, der keine Tomaten auf den Augen hat. Außer Markus Blumberg. Der rümpfte die Nase: »Die Altstadtmauer von Pingyao ist länger. Und sie hat mehr Wachtürme.«

Unseren Rundgang begannen wir am Dom, dem Duomo San Martino. Er sei, erklärte unsere Reiseleiterin, die Kathedrale des Erzbistums Lucca und stamme in seiner heutigen Form aus dem ausgehenden 12. Jahrhundert. Wie schon der Name sagt, ist die Kirche dem heiligen Martin geweiht. Pfarrer Moosacher hub an, die Geschichte des Heiligen zu erzählen, wurde aber von Wendelin Wagenhoff ausgebremst: »Die Sache mit dem Mantel kennen wir.« Sehenswert ist die Fassade des Doms, sie hat eine gestufte Arkadenreihe und die steht als Dekoration vor der eigentlichen Fassadenwand. Wer genauer hinschaut, sieht, dass die Säulen verschieden gestaltet und mit vielfältigen Ornamenten verziert sind. Elettra wies uns darauf hin, dass die Fassade unfertig sei, es sei noch eine vierte Säulenreihe geplant gewesen. Denen ist wohl das Geld ausgegangen, vermutete ich. Markus Blumberg meinte, das könne auch bei uns passieren, die Kirchensteuer reiche nicht aus, auch wegen der Austrittswelle. In der Tat laufen die Gläubigen der Kirche, besonders der katholischen, in Scharen davon. Da wird sich der Vatikan mal was überlegen müssen. Beeindruckend ist auch die Vorhalle des Doms mit ihren Reliefs, die unsere Reiseleiterin insgesamt und im Einzelnen begeistert erläuterte. Franziska Maier schrieb eifrig mit und glich sodann die Ausführungen von Elettra mit ihren Kopien ab. »Sie haben«, monierte die Erzieherin, »die Enthauptung des heiligen Regulus vergessen.« Als der Prälat ausholte, uns diesen Heiligen vorzustellen, entwischten wir in den Innenraum. Elettra zog uns zu einem Grabmal, das eines der ersten der Frührenaissance sei, es handele sich um das berühmte Grabmal der Ilaria del Caretto, der zweiten Frau eines Adligen. Es ist aus feinem Carraramarmor und sehr plastisch gearbeitet. Der Dom ist auch im Übrigen reich ausgestattet, so beherbergt die Sakristei nicht weniger als ein Altarbild von Tintoretto. Die Kirchenbauer alter Zeiten haben es wirklich an nichts fehlen lassen. Dagegen sei die Europäische Zentralbank karg dekoriert, entfuhr es mir. »Aber die ist fertischgestellt und hat rischtisch viel Geld«, betonte Sybille Bieber.

Bei unserem Rundgang kamen wir an diversen Prachtbauten vorbei, zum Beispiel am Palazzo della Provincia, in dem, berichtete Elettra, Napoleons Schwester Elisa Baciocci residiert habe, und am Palazzo Pretorio, dem ehemaligen Sitz der Ratsversammlung. Lucca hat viele formidable alte Gebäude, teils aus dem 12. und 13. Jahrhundert, zu bieten. Es ist schon faszinierend, wie die Leute früher gewohnt haben, die waren offenbar alle luxuriös untergebracht. Abgesehen vielleicht von den paar Menschen, die zu den Geringverdienern gehörten und sich eine teure Wohnung nicht leisten konnten. Aber das ist in manchen Gegenden noch heute so. Auch bei uns. Als ich meine sozialkritischen Bedenken laut aussprach, belehrte mich Markus Blumberg, letztlich komme es nur aufs Steuersparen an, da kenne er die Schliche. Aha, dachte ich, die Mitbürger mit bescheidenen Einkünften machen da wohl einiges falsch.

Die Kirche San Michele in Foro, Sankt Michael auf dem Fo- rum, also auf dem alten römischen Marktplatz, hat ähnlich wie der Duomo, eine prächtige Fassade. Ebenso wie der Dom enthält sie eine reiche Dekoration, ihre vierstöckige Loggia ist durch Säulen geschmückt, die in unterschiedlicher Weise verziert sind. Gekrönt wird die Kirche von einem riesigen Erzengel, einem Anziehungspunkt für das Auge. Wir erfuhren, dass die Chiesa San Michele in Foro im 12. Jahrhundert errichtet worden und eines der besterhaltenen romanischen Gotteshäuser der Toskana sei. Sie ist sicherlich eines der schönsten.

Die Piazza San Michele war wie geschaffen für eine Espressopause. Cordula, Karola und ich ließen uns auf einer Caféterrasse mit Blick auf den Erzengel nieder. Der Espresso war kräftig, aromatisch und nicht zu bitter. Vom Kaffeebrühen, das kann man wirklich sagen, verstehen die Italiener eine Menge. Die Bedienung einer professionellen Siebträgermaschine will gelernt sein und so mancher *barrista* ist ein echter Künstler, nicht einfach nur ein Kaffeekocher. Darauf ist man in Italien zu Recht stolz. Auch in Deutschland hat sich das braune Heißgetränk in den zurückliegenden Jahrzehnten enorm entwickelt. Kannte man früher bei uns eigentlich nur ein paar Sorten Filterkaffee, so können wir heute auf eine wahre Vielfalt zugreifen. In deutschen Cafés längst eingebürgert haben sich Cappuccini und Espressi. Das hat nicht nur geschmackliche Vorzüge, sondern auch Vorteile für den Terrassengast. Wo es »draußen nur Kännchen« heißt, man aber keine Lust auf eine doppelte Portion Koffeingetränk hat, bestellt man stattdessen einen Espresso oder Cappuccino, die gibt es nicht kannenweise.

Beim Bier hat man da leider keine Chance. Es soll Wirte geben, die im Biergarten ausschließlich große Gläser servieren, für Autofahrer ist das ideal. Da muss man dann notfalls auf Portwein ausweichen, den kriegt man in kleineren Dosen. An unserem Nebentisch saßen die Eheleute Schönfeld und schlürften genießerisch ihren Cappuccino.

»Dieser Gaffe ist begömmlich«, attestierte Frau Elvira. Gatte Hermann pflichtete ihr bei: »Das gann man wirglich gonsdadieren.«

Die Kaffeepause hatte uns für die nächste Besichtigung gestärkt. An dem kleinen Platz Corte San Lorenzo fanden wir die Casa Natale di Giacomo Puccini, das Geburtshaus des Komponisten. Auf dem Plätzchen weist ein Denkmal für den Meister auf seine Heimatstadt hin. Ein Rundgang durch das Haus durfte natürlich nicht fehlen. In dem kleinen Museum bestaunten wir ehrfürchtig allerlei Erinnerungsstücke, darunter sein Klavier. Vor dem Ausgang konnte man Souvenirs erwerben, ich ließ mich da nicht lumpen und kaufte für Karola einen Kochlöffel mit eingraviertem Schriftzug des Komponisten. Katja Werthekoven griff tief in die Tasche und erwarb eine handtellergroße Büste aus Pseudomarmor sowie einen Waschlappen mit dem Konterfei Puccinis. Sie war ganz ergriffen und schwelgte in Erinnerungen: »Tosca in Unkel war himmlisch.«

Von Kirchen kann man angeblich nie genug kriegen. Deshalb machten wir uns auf den Weg zur Chiesa San Frediano. Das Besondere an diesem Gotteshaus ist das im byzantinischen Stil gestaltete Mosaik an der Fassade, das die Himmelfahrt Christi darstellt. Elettra erklärte, die Kirche sei im 12. Jahrhundert errichtet und dem heiligen Frediano gewidmet worden. Den kannte Pfarrer Moosacher nicht, was ihn sichtlich wurmte. Franziska Maier hatte aber ihre Hausaufgaben gemacht und dozierte, Frediano sei im 6. Jahrhundert Bischof von Lucca gewesen und habe angeblich zahlreiche Wunder gewirkt. Mit den Wundern ist das so eine Sache. In früheren Jahrhunderten hat es dem Anschein nach eine Fülle von Wundern gegeben. Leider hat sich das im Lauf der letzten hundert Jahre deutlich abgeschwächt. Mir ist nur das Wunder von Bern erinnerlich. Aber da soll ja auch ein Fußballgott, so wurde der Torwart Turek vom Reporter genannt, seine Hand im Spiel gehabt haben. Und es gibt noch das blaue Wunder über der Elbe, vielleicht hatte der Brückenheilige Nepomuk da mitgemischt.

In der Chiesa San Frediano sind mehrere Heilige begraben.

Unter dem Hochaltar hat der Kirchenpatron Frediano seine Grabstätte. In einem römischen Sarkophag liegen die Gebeine des 720 in Lucca verstorbenen angelsächsischen Königs Richard. Last noch least ist in einer Seitenkapelle der mumifizierte Körper der aus Lucca stammenden Heiligen Zita ausgestellt. Die wiederum war unserem Prälaten bekannt.

Zita, belehrte er uns, sei angeblich eine wohltätige Dienstmagd aus dem 13. Jahrhundert gewesen, die man 1696 heiliggesprochen habe. Daran zeigt sich, dass man in früheren Zeiten oft lange auf seine Heiligsprechung warten musste. Das erinnert mich an die vielen Nobelpreisträger, denen die Ehrung für einen Gedankenblitz aus jungen Jahren erst im Greisenalter zuteilwird. Der Nobelpreis hat aber gegenüber der Heiligsprechung den Vorteil, dass er erstens dem Preisträger zu dessen Lebzeiten verliehen wird und zweitens ordentlich dotiert ist. Was die Zita anbelangt, stellte ich befriedigt fest, dass auch mal jemand aus einfachen Verhältnissen Karriere machen konnte. Leider erst posthum.

Bei unserem anschließenden Bummel durch die Altstadtgassen erfreuten wir uns an alten Kaufmannshäusern und neuen Schuhgeschäften. Wer barfuß nach Lucca kommt, muss das nicht lange bleiben, er hat reichlich Gelegenheit zum Schuhkauf. Überhaupt scheinen Schuhe in Italien sehr gefragt zu sein, mir ist kein Land bekannt, in dem man so viele Schuhgeschäfte findet wie auf der Apenninenhalbinsel. Das gilt auch für andere Lederwaren wie Taschen, Gürtel und Jacken. Karola hatte es auf eine lederne Handtasche abgesehen, die ihr aus einem Schaufenster entgegenlachte.

Ich dachte an unser Reisebudget und versuchte sie zu vertrösten: »Morgen früh ist in Viareggio Wochenmarkt, da werden gewöhnlich tolle Taschen feilgeboten.« Eine geschlagene Stunde lang sprach meine Frau nicht mit mir. Das war ein schlechtes Zeichen.

Die ausgedehnte Mittagspause nutzten wir für die Fortsetzung des Schaufensterbummels und für einen kleinen Imbiss. Mit einer *foccacia* auf der Hand stillten wir unseren Hunger, ohne die Zeit im Restaurant verplempern zu müssen. Zum Ausgleich für unser bescheidenes Mahl leisteten wir uns als Dessert ein *gelato*. Meine Lieblingssorte ist Vanille, diejenige meiner Frau Schokolade, auf Italienisch *cioccolato*. Wenn Sie versehentlich *cioccolata* bestellen, bekommen sie eine Trinkschokolade, die ist meistens auch nicht schlecht, die Italiener bereiten sie gern mit Schokolade zu und nicht mit Kakaopulver. Dann noch ein Sahnehäubchen und Sie sind im siebten Himmel. Angeblich ist die heiße Schokolade ein Aphrodisiakum, das ist ein Geheimtipp. Aber halten Sie bitte Maß!

Wir entdeckten vor dem Kirchenportal Sybille Bieber und winkten ihr. Sie hockte sich neben uns auf ein Mäuerchen und zeigte uns einen Bildband von Lucca, den habe sie vorhin an einem Souvenirstand erworben. Von Lucca sei sie begeistert, ohnehin möge sie Städtetouren. Karola fragte verwundert, ob für Frau Bieber als Frankfurterin nicht vielleicht Landschaftsreisen besser seien, wegen der Abwechslung. Die Chefsekretärin verneinte. Jede Stadt sei anders und außerdem sei sie an die lebhafte Atmosphäre gewöhnt, anderenfalls schlafe sie schlecht. Davon abgesehen gebe es im Rhein-Main- Gebiet genug Landschaft. Da fiel mir das legendäre Frankfurter Waldstadion ein, das jetzt ein Park ist und den Namen eines Sponsors trägt. Dieses Schicksal teilen viele Plätze mit ihm, es heißt auch nicht mehr Dortmunder Westfalenstadion und Stuttgarter Neckarstadion. Da sage noch einer, im Profifußball gehe es um Geld. Man muss sich halt daran gewöhnen, dass es anstelle von Stadien jetzt Parks und Arenen gibt. In einem solchen Park darf übrigens der Rasen betreten werden, sogar mit Stollenschuhen.

Der letzte Besichtigungspunkt in Lucca war die Piazza dell'Anfiteatro, ein ebenso berühmter wie außergewöhnlicher Platz. Die Piazza befindet sich an der Stelle eines antiken Amphitheaters, was man aufgrund seiner elliptischen Form erahnen kann. Der Platz ist vollständig mit Häusern umbaut, die eine ähnliche Höhe und gleichmäßig angeordnete Rundbögen haben, die Außenwände sind alle in hellen Tönen gestrichen und bieten so ein harmonisches, stimmiges Bild. Zugänglich ist die Piazza durch die vier größten Rundbögen. Unsere Gruppe hatte sich in der Platzmitte versammelt, um den Rundumblick zu genießen. Elettra klärte uns darüber auf, dass hier ursprünglich ein im späten 1. oder frühen 2. Jahrhundert von den Römern errichtetes Amphitheater gestanden habe. Das Theater habe rund 10 000 Zuschauern Platz geboten und sei der Austragungsort für Pferderennen und Gladiatorenkämpfe gewesen. Zum Abschluss testete Elettra unsere Allgemeinbildung und wollte wissen, welche berühmten Amphitheater wir aufzählen könnten. Der Oberstudienrat nannte das Kolosseum in Rom sowie die Arenen von Verona, Arles und Nîmes. Es geht doch nichts über eine klassische Bildung, dachte ich mir. Oder über Urlaubsreisen nach Italien und Frankreich. Da wollte Arnulf Werthekoven nicht zurückstehen und erwähnte das Amphitheater Xanten. »Das dortige Römerfest 2018 hatte sogar 26 000 Besucher«, betonte der sichtlich enttäuschte Markus Blumberg. Sybille Bieber verriet einmal mehr ihren südhessischen Patriotismus: »Das Amphitheater Hanau liegt herrlich in einem Park, da sind nischt so viele Steine.« Der Oberstudienrat war entsetzt: »Quos deus perdere vult, dementat prius.« Zum

Glück verstand das anscheinend niemand, außer mir natürlich. Die Aussage, Gott schlage diejenigen, die er verderben wolle, zuvor mit Wahnsinn, war auch grenzwertig.

21

Vor der Stadtmauer wartete unser Bus. Ich sah gleich, dass die Scheibenwischer wieder anmontiert waren, erschrak und fragte Ronny, ob Regen angekündigt sei. Ronny beruhigte mich, er habe vorhin etwas Interessantes festgestellt: »Wenn die Scheibenwischer fehlen, geht die Hupe nicht.« Fahren ohne Tonsignal ist überall verboten und in Italien erst recht. Allerdings scheinen die Italiener von ihrer bisherigen Huperitis kuriert zu sein, früher tönte es an jeder Kurve, das ist inzwischen Vergangenheit. Heute hört man am Quietschen der Reifen, dass ein Auto um die Ecke kommt. Vor der Rückkehr nach Viareggio legte Elettra ein paar Informationen über die Stadt nach. Viareggio sei der größte und bekannteste Badeort an der toskanischen Küste und wohl einer der bedeutendsten an der gesamten Westküste Italiens. Die Gegend gehöre zu den beliebtesten Baderegionen der Appenninenhalbinsel, die Preise der hiesigen Badeanstalten, der *bagni*, seien vergleichsweise hoch.

Vielleicht ist es gar nicht so schlecht, wenn wir keinen freien Liegestuhl finden, überlegte ich. In Viareggio lud uns Ronny an der Promenade aus. Nach all der Kultur im heißen Lucca hatten wir das dringende Bedürfnis nach frischer Meeresluft. Am Meer war tatsächlich Luft und über den Grad der Frische konnte man streiten. Anfang Juli ist eine Abkühlung am Mittelmeer auch eher abends zu erwarten. Wer die Hitze nicht mag, sollte seinen Sommerurlaub in nördlicheren Gefilden verbringen, da fiele mir Langeoog ein ...

Auf der Piazza Giuseppe Garibaldi verließ eine andere Gruppe einen Autobus mit Münchener Kennzeichen. Bei näherem Hinsehen las ich: »Prellmayer – günstig reisen«. So viele Touristen können nicht irren, dachte ich mir, Prellmayer scheint angesagt zu sein, die Firma hat eine große Fangemeinde. Vielleicht liegt das aber auch am Preis. Und wenn schon, nicht jeder kann sich Fünfsternehotels leisten. Neugierig fragte ich eine mittelalte Dame in geblümter Bluse, ob sie mit der Reise zufrieden sei. »Und ob«, antwortete sie, »unsere Hotels liegen verkehrsgünstig an der Autobahn und warmes Wasser braucht man im Sommer nicht.« Aha, Kaltduschen soll ja den Kreislauf anregen und die meisten sind heutzutage verweichlicht. Meine Wissbegier war noch nicht erschöpft, ich erkundigte mich nach dem Bus. Oh, der sei eigentlich in Ordnung, nur die Sitze seien etwas locker, man habe ständig die Rückenlehne vom Vordersitz im Gesicht. Zlatko, ihr Fahrer, sei eine Seele von Mensch, ihm täten die Hämatome wirklich leid. Er sei zugleich der Reiseleiter und schon ein Mal in Italien gewesen, meistens habe er die Etappenziele gefunden. »Leider spricht er kein Wort Deutsch, wir verständigen uns per Handzeichen.« Da haben wir das große Los gezogen, war mein Eindruck.

Zumindest die gefühlte Temperatur war in Viareggio niedriger als in der Altstadt von Lucca. Auf der Promenade zog Karola ihre Windjacke an. Auf meine Frage, ob sie hier irgendwo Wind gesehen habe, belehrte sie mich, am Meer sei es immer windig. Ich setzte sie an einem geschützten Platz ab und suchte einen freien Durchgang zum Strand, um mich am Wasser zu erfrischen. Mit nackten Füßen stapfte ich durch das kühlende Nass, im Slalomstil um die menschlichen Stangen herum, die Idee zum Wasserwaten hatten offenbar auch andere. Mein Alleinstellungsmerkmal war die vollständige Bekleidung, alle übrigen trugen Badehose und Bikini. Manchen Leuten steht der knappe Stranddress nicht schlecht, einigen gar vorzüglich, bei anderen wiederum wirkt er unappetitlich, nicht jeder hat schließlich eine Baywatch-Figur. Wie gut, dass ich Hemd und Hose angelassen hatte, dachte ich selbstkritisch. Jedes Jahr aufs Neue nimmt man sich am Silvesterabend vor, künftig weniger Kohlehydrate und gezuckerte Genussmittel zu konsumieren, um endlich abzuspecken. Das hält man vielleicht eine Woche durch, danach gelangt man zu der Erkenntnis, dass Askese zu schlechter Laune führt, und gönnt sich wieder seinen Schweinebauch mit Bratkartoffeln und anschließendem Sahnepudding. Dieses Dilemma hatte ich beim Frühstück angesprochen, als die Eheleute Weckerle sich den Rucksack mit Vollfettkäse vom Büffet vollstopften. »Der Geist ist willig, aber das Fleisch ist schwach«, lästerte Wendelin Wagenhoff. »Matthäus 26 Vers 41«, wusste der Prälat.

Mein Spaziergang am Meeresufer war auch aus anderen Gründen kurzweilig. Am Strand konnte man viele schöne Dinge kaufen, die fliegenden Händler hatten ein attraktives Angebot. Wobei ich nicht weiß, warum man sie fliegend nennt, in der Regel bleiben sie doch am Boden. Es gab zum Beispiel schicke Sonnenbrillen für wenig Geld, die waren von den teuren Nobelmarken kaum zu unterscheiden, nur die Augen würden leiden. Fremde Töne drangen an meine Ohren, aus verschiedenen Richtungen hörte ich den Ruf »massaggio, massagio!«. Bei näherem Hinsehen entdeckte ich ostasiatisch aussehende Menschen mit kleinen Köfferchen, die neben lang ausgestreckten Leibern knieten und Fleischberge durchwalkten. Zu meinem Erstaunen machten etliche Sonnenanbeter von dem Angebot Gebrauch, sich coram publico kneten zu lassen. Das erinnerte mich an den Besuch einer Frankfurter Apfelweinkneipe, dort massierten kräftige Hände gegen Entgelt die Schultern von Bembelstemmern. Keine schlechte Idee, fand ich, man kann zwei Fliegen mit einer Klappe schlagen. Beim nächsten Mal werde ich meinen Physiotherapeuten bitten, mir vor der Behandlung Cocktails zu mixen.

Meine Frau fand ich nicht mehr am selben Platz, sie schien das Weite gesucht zu haben. Mir lief es kalt den Rücken runter, sie wird doch nicht mit einem heißblütigen Italiener durchgebrannt sein. Da klingelte mein Mobiltelefon. Die Italiener nennen diese Störenfriede *telefonino*, das Wort Handy ist eine deutsche Erfindung.

Freilich stirbt das Handy allmählich aus, heute benutzt man ein Smartphone. Nützlich sind diese Dinger schon, man kann mit ihnen auch telefonieren. Karola beruhigte mich, sie habe mich nicht vergessen, so einen wie mich würde man sich merken. Ich überlegte, wie das gemeint war, kam aber zu keinem eindeutigen Schluss. Das Mobiltelefon ist jedenfalls nicht mehr wegzudenken. Wie haben sich die Menschen früher, als es noch keine Handys gab, unterwegs verabredet?

Vermutlich mussten sie zusammenbleiben oder sie sahen sich nie wieder. Was nicht immer schlimm war.

Eingedenk unserer Erfahrung vom gestrigen Tag machten wir uns wieder frühzeitig auf den Weg zum Abendessen und fanden im Ristorante Picobello einen freien Tisch. Cordula hatte sich ausgeklinkt und eine Verabredung mit den Damen Bieber und Maier getroffen, die drei allein reisenden Mädels wollten heute Abend unter sich sein. Frauen können sich ohne die störende Anwesenheit von Männern ungezwungener unterhalten. Welchen Mann interessieren auch schon Modetrends, Backrezepte sowie Klatsch und Tratsch. Echte Kerle haben wichtigere Gesprächsthemen wie zum Beispiel Basteln, Bundesliga und Bierpreise. Am nächsten Morgen würden wir ohnehin von den Gesprächsthemen der drei Damen erfahren. Und wirklich, Cordula berichtete uns beim Frühstück, man habe sich intensiv über die Architekturstile von Gotik und Renaissance ausgetauscht und sei dann zu den Börsenkursen übergegangen. So was will doch kein Mann hören.

Nach dem Dinner schlenderten Karola und ich Arm in Arm über die Fußgängerpromenade. Dabei passten wir unsere Geschwindigkeit dem gemächlichen Tempo der anderen Flaneure an. Beim Spaziergang pflegen italienische Paare gewöhnlich nicht zu hetzen, sie schreiten vielmehr mit einer Mischung aus Eleganz und Selbstbewusstsein daher. Uns fiel wieder einmal der ausgeprägte Hang vieler Südländer zur *bella figura* auf, Karola und ich hätten uns gern ein Scheibchen davon abgeschnitten. Die passende Haltung muss man aber entweder in den Genen haben oder im frühen Kindesalter erlernen. Im Urlaub machen wir uns oft einen Spaß daraus, das Paar des Tages zu küren. Auf italienischen Promenaden hat man da die Qual der Wahl. In Ostfriesland ist das schwieriger, dort muss man länger suchen. Jedenfalls sollte, wer ein unterentwickeltes Selbstwertgefühl hat, Promenadengänge an italienischen Küsten zu belebten Zeiten meiden, am besten verlegt man seine Wanderungen auf die Nachtstunden. Daher kürzten wir den Verdauungsspaziergang ab und begaben uns zum Hotel Palazzo.

Wer früh zu Bett geht, hat mehr Zeit zum Schlafen oder für andere Dinge. Wie beispielsweise für die Lektüre von Reiseführern oder Kriminalromanen. Karola ist begeisterte Leserin von Krimis, sie ist manchmal so in die spannende Handlung vertieft, dass sie meine Abwesenheit nicht bemerken würde, ich könnte mich heimlich in die Hotelbar schleichen. Das habe ich noch nicht versucht, ich kam nur bis zur Minibar. Die Erfindung der Minibar ist übrigens nobelpreiswürdig, deren Inhalt rettet den Gast vorm Verdursten. Natürlich nur, wenn die Bar gefüllt ist, das Glück hat man nicht immer. Während Karola beim dritten Mord angelangt war, der Täter war vermutlich ein Serienmörder, spürte ich eine Veränderung in den Füßen. Im Meerwasser hatten sich diese kühl angefühlt, jetzt stellte sich ein Brennen ein, das immer heftiger wurde. Auf mein Jammern diagnostizierte Karola einen Sonnenbrand. Das mache die Kombination von Wasser und Sonne, ich hätte die Füße einkremen müssen. Warum hat sie mir das nicht vorher gesagt? In dieser Nacht war mein Schlaf wenig erholsam. Beim nächsten Strandspaziergang, nahm ich mir vor, ziehe ich dicke Socken an.

22

Der Wecker klingelte vergebens, heute benötigten wir seine Dienste nicht. Karola ist ohnehin keine Langschläferin und mich hatten meine brennenden Füße früh geweckt. Dabei konnten wir uns Zeit lassen, das Tagesprogramm war überschaubar. Für den Vormittag war ein Ausflug nach Carrara vorgesehen, der Hort des berühmten Marmors. Nach einem gemütlichen Frühstück, in dessen Verlauf uns Cordula über ihre Erlebnisse vom Vorabend unterrichtete, bestiegen wir den Bus in Richtung Norden. Elettra bereitete uns auf den Besuch der Marmorstadt vor. Schon die Römer hätten Marmor aus den Bergen herausbrechen lassen und für ihre Häuser und Denkmäler verwendet. Das Material sei zwar hübsch anzusehen, aber eben nur Kalkstein, unterbrach Professor Werthekoven den Vortrag. Unsere Reiseleiterin hielt dem entgegen, der weiße Marmor sei bei namhaften Baumeistern und Bildhauern sehr beliebt gewesen. Michelangelo habe besonders reine Blöcke ausgewählt und aus ihnen seine Skulpturen geschaffen. Wir würden uns doch sicher an den David in Florenz erinnern. Die größten Marmorbrüche befänden sich auf 532 Metern Höhe und rund acht Kilometer von Carrara entfernt. Die Stadt selbst habe etwa 70 000 Einwohner und lebe vorwiegend von Handel und Industrie.

Plötzlich winkte uns eine Kelle an den rechten Fahrbahnrand. Ronny stoppte den Bus, als zwei Carabinieri aus einem Polizeiwagen ausstiegen und auf das Führerhaus zugingen. Ich verstand nicht, was die Uniformierten sprachen, und fürchtete, sie würden das Fahrzeug stilllegen und wir müssten nach Carrara wandern. Und das mit meinen lädierten Füßen, barmte ich. Elettra übersetzte: »Sie sagen, die Bremslichter funktionieren nicht.« Ronny hatte seinen heiteren Tag, er versprach den Beamten, heute nicht mehr zu bremsen. Wohlweislich übersetzte Elettra das nicht ins Italienische. Sie dankte den Carabinieri überschwänglich, woraufhin diese sich freundlich verabschiedeten. Elettra berichtete, sie habe den Polizisten zugesichert, wir würden die nächste Werkstatt aufsuchen, und bewundernde Blicke auf ihre schmucken Uniformen geworfen. Vor witzigen Äußerungen gegenüber Carabinieri könne sie nur warnen, die verstünden da keinen Spaß. Der Oberstaatsanwalt fragte, ob Beamtenbeleidigung in Italien strafrechtlich verfolgt werde. Grundsätzlich ja, war die Antwort, es sei denn, der Täter gehört zur Mafia. Nun schaltete sich Markus Blumberg ein, es sei schlimm, was sich unsere Polizisten heutzutage alles anhören müssten, auch Begriffe aus dem gesamten Tierreich, da sei Bulle noch die harmloseste Bezeichnung. Recht hat er, dachte ich, die Umgangsformen gewisser Kreise beim Zusammentreffen mit den Ordnungskräften sind heutzutage nicht die besten. Wenn die Verbalinjurien, neben den körperlichen Übergriffen, sämtlich den Staatsanwälten gemeldet würden, müssten diese Sonderschichten einlegen. Das monierte auch Elvira Schönfeld: »Gürzlich in Dresden haben linksexdreme Demonsdranden die Bolizisden als Gabidalistengnechde beschimpfd.« Melanie Lehmann-Blumberg konnte darin keine Beleidigung erkennen, ihr

Urgroßonkel sei bei einem Großbauern Knecht gewesen, das sei doch ein ehrenwerter Beruf. Der habe sich gewiss mit der Magd vergnügt, scherzte Wendelin Wagenhoff. »Nein, mit der Bäurin«, berichtigte Melanie, »mit der Magd, das war der Bauer.«

Die Instandsetzung der Bremslichter verschob Ronny auf den späten Nachmittag, für den Besuch einer Werkstatt sei jetzt keine Zeit. Außerdem sei es die Pflicht der nachfolgenden Verkehrsteilnehmer, genügend Abstand zu halten, dann könne nichts passieren. Mit dem Abstandhalten ist das so eine Sache, zweifelte ich. Als Autofahrer kennen Sie sicher die Gewohnheit der netten Mitmenschen, derart auf Tuch- bzw. Blechfühlung zu gehen, dass die Schnauze ihres Kraftwagens quasi in Ihrem Kofferraum hängt. Das mag dickhäutige Leute nicht stören, ich selbst fühle mich dann bedrängt. Wenn man plötzlich bremsen muss, werden nicht nur die Stoßstangen demoliert. Oft ist das Anschleichen als Aufforderung gemeint, einen Gang zuzulegen, besonders dann, wenn der Vorausfahrende sich an die Geschwindigkeitsregeln hält, er behindert damit den Verkehrsfluss. Umgekehrt können notorische Langsamfahrer einem den Nerv töten, etwa indem sie mit neunzig Sachen die Überholspur der Autobahn blockieren. Es gibt ohnehin nur einen einzigen vernünftigen Autofahrer, und der bin ich. Oder Sie. In den Gattungsbegriff Autofahrer ist natürlich die weibliche Seite einbezogen. Das gilt für alle vergleichbaren Begriffe. Bitte sehen Sie mir nach, dass ich mich nicht der Gendersprache bediene. Das beruht nicht auf irgendwelchen Ressentiments, mir fällt nur das Attentat auf die deutsche Sprache schwer. Goethe und Schiller würden sich vermutlich im Grabe rumdrehen, wenn sie manche Texte heute lesen würden. Nun argumentieren kluge Leute, Sprache verändere sich eben, sie lebe. Das trifft durchaus zu, niemand redet mehr so wie vor zweihundert Jahren. Die Sprache lebt aber nicht mehr, wenn man sie totschlägt.

Unterwegs kam Elettra noch einmal auf den Marmor zu sprechen. Die Steinbrüche um Carrara befänden sich in den Apuanischen Alpen und enthielten nicht ausschließlich weißen, sondern mitunter auch grauen, gelblichen und rötlichen Marmor. Das Gestein sei aus zusammengepressten Calcitablagerungen entstanden, ergänzte der Geologieprofessor, der heute putzmunter war. Carrara-Marmor, fuhr unsere Reiseleiterin fort, sei von alters her als Baumaterial beliebt gewesen, wir hätten ihn bereits am Dom von Florenz, am Campanile von Pisa und im Dom von Siena gesehen, selbst in den Casinos von Las Vegas habe man ihn verbaut. »Und im Badezimmer von Doktor Kiesbecker, der ist Röntgenarzt«, warf Theodora Wagenhoff ein. Wir erfuhren weiter, dass der Carrara-Marmor heute nicht nur für Bildhauerwerke und Denkmäler verwendet werde, sondern vor allem für Bodenbeläge, Treppen und Wandfliesen. Im vergangenen Jahrhundert habe der Abbau stark zugenommen, man rechne inzwischen mit circa fünf Millionen Tonnen jährlich, das habe Umweltaktivisten auf den Plan gerufen. Wenn alle Radiologen weltweit, überlegte ich, ihre Bäder mit dem Marmor auskleiden, sind die Steinbrüche bald leergeräumt.

Die weißen Marmorberge in der Gegend von Carrara sehen von Weitem aus wie schneebedeckte Felsmassive. Es bedarf keiner besonderen Phantasie, um sich vorzustellen, wie Michelangelo sich den passenden Marmorblock ausgesucht hat. Oder der Produzent von Doktor Kiesbeckers Badezimmerfliesen.

Uns entgegen kamen Lastwagen mit gewaltigen Rohblöcken, die aus den Steinbrüchen herausgebrochen worden waren. Manche dieser Klötze seien mehr als zwanzig Tonnen schwer, wusste Elettra. Auf den steilen Zufahrten war der Transport eine echte Herausforderung. Über eine kurvenreiche Straße erreichten wir ein kleines Dorf namens Colonnata. Der Ort, wurde uns mitgeteilt, sei die Heimstatt von Steinbrucharbeitern und berge einen Friedhof für die bei ihrer Arbeit Verunglückten. Bevor wir ausschwärmten, hatte unsere Reiseleiterin noch einen Tipp bereit: Wir sollten uns von einem der kleinen Läden den Lardo aus Colonnata mitnehmen, die Spezialität des Ortes, das sei ein in Marmorbecken gereifter fetter Speck. Auf unserem Rundgang konnten wir die Nähe des Dorfes zu den Steinbrüchen leicht erkennen, viele Gebäude, Plätze und Denkmäler waren aus Marmor errichtet, es war beeindruckend. Vielleicht sollten wir den Teppichboden im Wohnzimmer gegen Marmor austauschen, überlegte Karola. »Darauf passt auch das Eisbärfell am Kamin besser«, bestätigte ich. Vor der Rückfahrt kauften wir, Elettras Rat folgend, als Mitbringsel ein ordentliches Stück Lardo. Der war für Karolas Cousine Mareike bestimmt, die gerade eine Schlankheitskur machte und die wir beide nicht besonders leiden können.

Wer sich für Marmorkunst interessiert, sei in Pietrasanta richtig, erfuhren wir von unserer Reiseleiterin. Die Stadt gelte als internationales Zentrum der künstlerischen Marmorverarbeitung, hier träfen sich zuweilen Bildhauer aus aller Welt. Man könne in der Altstadt an Kunstgalerien, Boutiquen und Restaurants entlangflanieren und hübsche Kunstgegenstände aus Carrara-Marmor erwerben. Damit machte uns Elettra den bevorstehenden Aufenthalt in Pietrasanta schmackhaft. Was sie nicht bedacht hatte, war die Tageszeit. Wir langten gegen halb zwei in der Marmorstadt an und machten uns auf den Weg zu den eleganten Galerien und Boutiquen. Es war nichts zu sehen, die Schaufenster waren mit Rollgittern verbarrikadiert, die Stadt wirkte wie ausgestorben. Diese Idylle kannten wir von anderen italienischen Gemeinden, in denen noch die traditionelle *siesta* gepflegt wird, das heißt, von Mittag an ist für drei Stunden Pause. Immerhin gab es was zu essen, der Bauch will ja auch versorgt werden, die Kunst kann notfalls warten.

Unter diesen Umständen sparten wir wenigstens die Ausgaben für einen Faun aus Marmor. Den hätten wir ohnehin nicht gebrauchen können, weil wir keinen Kaminsims haben, nur dort kommt eine Nippesfigur richtig zur Geltung. Als Geschenk für Karolas Schwager wäre aber ein Marmorzwerg durchaus infrage gekommen. Anstatt in ein Kunstobjekt investierten wir unser Bargeld in einen Imbiss. Da die Reisegruppe keine Lust hatte, weitere zwei Stunden in einer Geisterstadt totzuschlagen, kehrten wir zum Bus zurück und warteten dort auf Ronny. Der erschien nach einer Viertelstunde und teilte mit, er habe am Dom einen deutschen Busfahrerkollegen getroffen. Den Duomo San Martino hatten wir uns angeschaut, er hat eine elegante Fassade aus Marmor und einen Glockenturm aus Backstein. Der Kollege, erzählte Ronny, stamme aus Rottweil und chauffiere einen Kirchenchor durch die Toskana. Ich überlegte laut, ob das nicht zu riskant sei. Wieso denn ein Kirchenchor Gefahren berge, fragte Pfarrer Moosacher, falsche Töne seien doch nicht ungewöhnlich und meistens auch unschädlich, man könne sich ja die Ohren zuhalten. Ich ließ mir nicht die Chance entgehen, den schalen Witz loszulassen, der Fahrer habe aber im Bus lauter Rottweiler. Karola sah mich verzweifelt an und ging auf Abstand.

Durch die Abkürzung unseres Aufenthalts in Pietrasanta hatten wir Zeit für erholsame Stunden am Meer gewonnen, bereits am frühen Nachmittag trafen wir in Viareggio ein. Karola und ich machten uns im Hotelzimmer frisch und spazierten anschließend zur Fußgängerpromenade, über den zentralen Platz der Altstadt, die Piazza Cavour. Da war er wieder, der legendäre Graf. Wenn Sie irgendwo in Italien das Ortszentrum suchen, geben Sie einfach Piazza, Via oder Corso Cavour in Ihr Navigationsgerät ein, Sie gelangen todsicher ins *centro*. Wenn alle Stricke reißen, dann versuchen Sie es mit Garibaldi, das funktioniert immer. Auf der Piazza Cavour in Viaréggio kamen wir an zahlreichen Verkaufsständen vorbei, die alles Mögliche, sogar Haushaltswaren, anboten.

Wir erstanden eine Spaghettizange zum Sonderpreis. Für deren Verwendung hatte ich eine Idee: »Die schenken wir deiner Schwester zu Weihnachten.«

Den Rest des Nachmittags verbrachten wir auf der Promenade mit Schlendern, Beobachten und gelegentlichen Pausen auf öffentlichen Bänken und auf Caféterrassen. Die Muße gab uns Gelegenheit, die Erlebnisse der letzten Tage Revue passieren zu lassen und Eindrücke zu verarbeiten. Wir hatten ein strammes Programm absolviert und eine Flut von Bildern nicht nur in den Kameras, sondern auch in unseren Köpfen gespeichert. Als ich von Überfütterung sprach, belehrte mich Karola, das sei eine Studienfahrt, wir seien schließlich nicht zum Vergnügen hier. Ich hatte ganz vergessen, dass eine Urlaubsreise keinen Spaß machen soll. Aber ehrlich gesagt: Vieles von dem, was uns gezeigt worden war, hatte mich doch beeindruckt, die italienische Küche war ihrem guten Ruf gerecht geworden und die Weinprobe war ein Erlebnis gewesen. Insofern hätte Ostfriesland kaum mithalten können. Das verriet ich Karola lieber nicht.

Zum Dinner wollte sich Cordula wieder mit der Chefsekretärin und der Erzieherin treffen. Bei Gruppenfahrten tun sich Alleinreisende gern zusammen, nach meiner Erfahrung oft Frauen. Das liegt zum einen an der weiblichen Sozialkompetenz und zum anderen daran, dass Frauen, aus gutem Grund, in manche Länder nicht allein reisen wollen und sich deshalb häufiger einer Gruppe anschließen als alleinstehende Männer. Die können auch besser ohne Begleitung nach Thailand fliegen. Aber das ist natürlich ein Vorurteil. Karola und ich sehen in der Gruppenreise in erster Linie den Vorzug, dass man sich nicht aufs Autofahren konzentrieren muss und, bei fähiger Reiseleitung, manches zu sehen bekommt, was dem

Individualtouristen verborgen bliebe. So wie Pietrasanta zur Mittagszeit.

Wir hatten uns für das Abendessen mit den Eheleuten Wagenhoff verabredet. Die Anregung kam von Theodora, offenbar fürchtete sie nicht, sich mit uns zu langweilen. Meine Frau ist tatsächlich kommunikativ und ich rede grundsätzlich nicht dazwischen. Es sei denn, jemand äußert sich abfällig über Moselwein, da kenne ich keine Hemmungen. Vorsorglich hatten wir uns einen Vierertisch im Ristorante da Giacomo reservieren lassen. Zur vereinbarten Stunde fanden wir vier uns im Lokal ein und ließen uns an einem Fenstertisch nieder. Karola und ich sitzen gern am Fenster, wenn uns der Gesprächsstoff ausgeht, können wir die Passanten beobachten und haben dann ein neues Thema. Wohlgemerkt: Wir lästern nicht über andere, das schickt sich nicht, über uns sollte sich auch niemand lustig machen.

Beurteilen darf man aber doch wenigstens den Aufzug der Mitmenschen, wenn beispielsweise jemand mit einer lilafarbenen Bluse zum rot-grün gestreiften Rock oder mit einem blau-weiß karierten Sakko zur hellroten Hose daherkommt. Über den Modegeschmack hatten wir uns am Vortag mit den Böblinger Schwaben unterhalten, als Inhaber eines Bekleidungsgeschäfts Experten auf diesem Gebiet. Heidi Weckerle klagte uns ihr Leid, die jungen Leute legten heutzutage keinen Wert mehr auf ein dezentes Äußeres, sie liefen zu leger herum. Das war in meiner Jugendzeit anders, bestätigte ich, wir trugen Bluejeans, die passten gut zu unseren langen Haaren. Außerdem, ereiferte sich Winfried Weckerle, kauften die Grünschnäbel Billigware, die sie nach einmaligem Tragen entsorgen. Damit schnitt er ein heikles Thema an. Der Vertrieb von Wegwerfware in der Modebranche zählt wahrlich nicht zu den positiven Seiten der Globalisierung. Kein Wunder, dass die Abfalltonnen überquellen und die Müllberge wachsen. Manche Zeitgenossen lösen das Problem auf elegante Weise, indem sie mit ihren Altlasten den Wald oder die Autobahnauffahrt schmücken. Oder sie werfen die Lumpen in den Altkleidercontainer, damit diese auf einer Müllkippe in Afrika landen.

Bei *saltimbocca* und *pinot grigio* gerät man leicht ins Plaudern. Erst recht, wenn die Tischgenossen Lehrer sind, die sind das Reden schließlich gewohnt. So waren denn Wendelin Wagenhoff und Karola um Worte nicht verlegen, sie fanden schnell ein unerschöpfliches Thema: die Schule.

Früher, stellte Wendelin fest, war das Leben des Pädagogen leichter, es gab weniger Bürokratie und mehr Freiraum. In seiner eigenen Volksschulzeit – die Grundschule hieß damals Volksschule – durften die Pauker nach Belieben Ohrfeigen verteilen und die Störer gelegentlich mit dem Rohrstock erziehen, freilich waren darunter auch Sadisten. Heutzutage drohen die Eltern schon dann mit dem Rechtsanwalt, wenn ihr Sprössling nicht die verdiente Eins kriegt, das ist die Kehrseite der Medaille. Natürlich hat kein Pädagoge das Recht zur körperlichen Züchtigung. Das sollen besser die Eltern besorgen. Der Hinweis auf den Anwalt war für mich das Stichwort. Die Deutschen seien ein Volk von Prozesshanseln, behauptete ich. Das ist sicher sehr verallgemeinert, im Kern jedoch nicht ganz falsch. Nicht wenige Zeitgenossen laufen wegen Kleinigkeiten zu den Gerichten, obwohl diese wahrlich genug zu tun haben, ich weiß das aus eigener Erfahrung.

Schlimm ist die Entwicklung bei den Verwaltungsgerichten, die allzu oft mit Lappalien behelligt werden. So mancher Kläger scheint da seine querulatorischen Neigungen auszuleben. Ein Bekannter meinte neulich, die Politiker gäben der Bevölkerung ein schlechtes Beispiel. Immer wenn die jeweilige Parlamentsmehrheit ein neues Gesetz durchbrächte, falle der Opposition nichts Besseres ein als der Gang nach Karlsruhe. Sollten doch die Richter des Verfassungsgerichts die Gesetze gleich selbst machen, dann könne man die Abgeordneten entlassen und Diäten sparen. Das ist gewiss illusorisch, hätte allerdings den Vorteil, dass man nicht ständig mit neuen Rechtsvorschriften traktiert würde, denn der Tag der Verfassungsrichter hat nur vierundzwanzig Stunden. Das scheint nicht jeder zu wissen.

Nach dem dritten Glas ging Theodora Wagenhoff aus sich heraus. Der Grauburgunder schmecke nach mehr, sie würde am liebsten darin baden. Das mache man besser mit Champagner, belehrte Karola sie, das würde prickeln. Ich überlegte, woher meine Frau das weiß, sie hatte doch nicht etwa, während ich auf Tagung war ...? Meine Gedanken wurden von Theodora unterbrochen. Alkohol sei zwar im Übermaß schädlich, in moderaten Dosen dagegen nicht zu verachten. Frau Wagenhoff verriet uns, dass sie vor ihrer Verrentung jahrzehntelang am Katasteramt gearbeitet habe. In ihren Anfangsjahren sei man noch nicht so puritanisch gewesen wie heute, zur Erwärmung des Betriebsklimas habe ein gutes Tröpfchen zur rechten Zeit verholfen. Im Regal ihres Abteilungsleiters habe ein Aktenordner gestanden, der anstatt langweiliger Dokumente eine Cognacflasche geborgen habe. Die Arbeit sei dann nicht so trocken gewesen und die Interaktion zwischen Damen und Herren habe davon profitiert. Wendelin Wagenhoff gab seinem Bedauern Ausdruck, dass an seinem Gymnasium Alkohol unerwünscht gewesen sei, nur der Schulleiter habe sich, während die Kollegen unterrichtet hätten, einen hinter die Binde gegossen. »Der war dann erträglich«, lobte er, »und ab 20 Grad gab's hitzefrei.«

Beim Stichwort hitzefrei hakte Theodora Wagenhoff ein.

Freizeit, klagte sie, stehe heute bei jungen Leuten hoch im Kurs, viele machten ihre Berufswahl vom Anteil des Privatlebens abhängig, nicht wenige betrachteten die Arbeit als Nebensache. Ihr Mann stimmte dem zu, ein typisches Beispiel sei ihr Enkel Konstantin, der rede immer von der Work-Life-Balance. »Er hat letztes Jahr Abitur gemacht und hängt jetzt rum, will erst mal für ein Jahr ins Ausland und dann vielleicht Eventmanager werden.« »Raten Sie ihm doch zum Lehrerstudium, dann hätte er später genug Freizeit«, scherzte ich und erntete finstere Blicke, besonders von Karola. Ich weiß ja, dass die goldenen Zeiten für Lehrkräfte lange vorbei sind, die Pädagogen müssen heute echt arbeiten. Außer in den Ferien, aber die sind ja nicht lang.

Am Nebentisch entwickelte sich eine lebhafte Diskussion, die zunehmend hitziger wurde. Zwei gut gekleidete

Männer, die mit ihren Partnerinnen bei der *pannacotta* saßen, debattierten auf Italienisch und bekräftigten ihre Argumente mit heftigen Handbewegungen. Ich verstand kein Wort, fürchtete aber das Schlimmste, gleich werde es eine Rauferei geben. Theodora Wagenhoff grinste. Hatte sie keine Angst vor einer Schlägerei? Nun überraschte sie mich, sie beherrschte die italienische Sprache! Die habe sie in der Volkshochschule gelernt, acht Semester lang, mit einem Zertifikat. »Da haben Sie was Eigenes«, scherzte ich mit einer Anleihe an den großen Loriot und sein Jodeldiplom.

Theodora beruhigte uns. Wir müssten uns keine Sorgen machen, die beiden Herren würden nur ihre Standpunkte austauschen, sie hätten halt das Temperament der Südländer. Das kam mir bekannt vor, auch viele Franzosen reden mit Händen und Füßen. Da sind die Engländer anders, selbst im heftigsten Disput bewegen sie ihre Gliedmaßen nicht. Zum tätlichen Angriff gehen sie dann unvermittelt über. Die Ausnahme bildet das britische Unterhaus, das habe ich oft im Fernsehen beobachtet. Das gibt immer ein Spektakel, man wartet förmlich darauf, dass die Abgeordneten über die Bänke springen. Aber eine Prügelei habe ich da noch nie gesehen, in manchen osteuropäischen Parlamenten geht das lustiger zu.

Theodora Wagenhoff klärte uns über das Gesprächsthema am Nachbartisch auf. Die zwei Diskutanten seien Chirurgen, die über den korrekten Schnitt in die Bauchdecke stritten, der eine setze lieber links, der andere rechts an. Die Meinungsverschiedenheit gipfelte

in der Frage, welche Technik den geringsten Blutver-
lust erzeuge. Fürwahr eine appetitliche Begleitung zum
Dessert. Der Mangel an Fremdsprachenkenntnissen hat
auch sein Gutes.

23

Uns stand die vorletzte Etappe der Studienreise bevor. Nach dem Frühstück hieß es Abschied nehmen vom Mittelmeer und volle Kraft voraus Richtung Heimat mit einem Zwischenstopp am Gardasee. Vor der Auffahrt auf die *autostrada* präsentierte Elettra uns noch ein kleines Schmankerl: den Besuch eines italienischen Wochenmarkts. Der fand heute in Forte dei Marmi statt, wenige Kilometer von Viareggio entfernt. Südländische Märkte üben auf mich eine gewisse Anziehungskraft aus, Karola dagegen kann auf sie gut verzichten. Elettra bereitete uns vor: Forte dei Marmi sei ein besonders elegantes Seebad, Industrielle besäßen hier Sommervillen. »Wie auf Sylt«, merkte Markus Blumberg an, »die Leistungsträger legen dort ihr sauer verdientes Geld an und investieren ihre ersparten Steuern.« Meine Arbeit war wohl nicht sauer genug, dachte ich. Andererseits: Was sollte ich mit einer Villa auf einer Insel, mir würde ein Weingut im Burgund genügen. Franziska Maier erzählte stolz, ihr ehemaliger Landesvater Edmund Stoiber sei Ehrenbürger von Forte dei Marmi. Und Sybille Bieber berichtete, dass Paola, die Königin von Belgien, hier geboren sei. Ich war über ihre Allgemeinbildung erstaunt und fragte sie nach der Quelle ihres Wissens. Das habe sie beim Friseur gelesen, da studiere sie die bunten Blätter. Künftig würde ich mir die Haare öfter schneiden lassen, nahm ich mir vor, ich hatte einfach zu viele Bildungslücken.

In Forte dei Marmi herrschte ein munteres Markttreiben.

Die Verkaufsstände boten uns die letzte Gelegenheit, toskanische Erinnerungsstücke zu erwerben. Die Mitreisenden machten davon tüchtig Gebrauch. Professor Werthekoven leistete sich ein paar grüne Hosenträger, Winfried Weckerle einen schwarzen Ledergürtel »Made in Italy« für zehn Euro, Franziska Maier ein Notizbuch im Kamelledereinband und Melanie Lehmann-Blumberg einen Keramikteller mit der Aufschrift »Roma«. »Dann muss ich nicht auch noch dahin«, begründete sie ihren Entschluss. Mit meiner Frage, ob sie vielleicht einen Teller von Brindisi gesehen habe, wusste sie nichts anzufangen. Cordula erwarb einen knallroten Seidenschal »Made in India« und Karola einen Sonnenhut, den wird sie bei unserem Urlaub im übernächsten Jahr brauchen, da wollen wir nach Schottland. Ich selbst war wieder mal genügsam und beschränkte mich auf das imitierte Rasierwasser einer Nobelmarke, für fünf Euro kann man da nichts falsch machen. Winfried Weckerle kam beseelt von einem Stand mit alten Tonträgern, er zeigte uns stolz eine Langspielplatte. »Mandolinenstücke für drei Euro«, jubelte er, »mit Kratzern, das macht die Musik authentisch.«

Mir war bereits auf dem Weg nach Forte dei Marmi aufgefallen, dass Ronny und Elettra von Zeit zu Zeit abwechselnd den Arm aus dem Fenster streckten. Vor der Weiterfahrt fragte ich unseren Busfahrer nach dem Grund der Übungen. Er habe inzwischen das Bremslicht repariert, klärte er mich auf, seitdem gehe der Blinker nicht. »Dann fahr doch einfach geradeaus«, lautete mein Ratschlag. Auf der Autobahn ist das kein Problem, solange man die Spur nicht wechseln will. Und so nahmen wir Kurs nach Norden.

Auf der *autostrada* ging es zügig voran. Am Vortag hatte sich der Bus durch die Badeorte gequält, es herrschte Stop- and-go-Verkehr. Wenn Sie im Sommer an der toskanischen Küste entlangfahren, müssen sie Geduld aufbringen, aber das kennen Sie sicher von anderen Urlaubsgebieten. Autofahren an der Côte d'Azur ist in der Saison auch nicht erholsam und der Verkehr auf den Straßen von Rügen und Usedom gilt als lebhaft. Suchen Sie sich für Ihre nächste Reise besser eine andere Jahreszeit und eine andere Gegend aus. Der November im Hunsrück soll gar nicht so übel sein, da sind auch die Preise moderat. Sie glauben gar nicht, welchen Spaß eine Waldwanderung im Nebel macht.

Wir befuhren die Autobahn in Richtung Piacenza mit dem nächsten Ziel, Salò am Gardasee. Bald würden wir die Toskana verlassen, die uns viele nachhaltige Eindrücke beschert hatte. Zum Abschluss bot Elettra uns noch einige ergänzende Informationen über diese Region. Von den circa dreieinhalb Millionen Einwohnern seien nur rund drei Prozent in der Landwirtschaft beschäftigt, in der Industrie etwa ein Drittel, während mehr als die Hälfte im Dienstleistungsbereich ihre Brötchen verdienten. Für solche Brötchen, dachte ich, lohnt sich das Arbeiten eigentlich nicht. Die Toskana, fuhr Elettra fort, warte auch mit exklusiven Kurorten auf wie zum Beispiel Montecatini Terme. Dieses renommierte Kurbad diene der Heilung von Stoffwechselkrankheiten sowie von

Haut- und rheumatischen Erkrankungen. Sehenswert seien seine palastartigen Thermalanlagen. Da hätten sie es nach Baden-Baden näher, warfen die Schwaben ein, und dort gebe es köstliche Schwarzwälder Kirschtorten. Dem kann ich zustimmen, ich habe sie selbst probiert. Bei diesem Gebäck kommt es entscheidend auf die Dosis Kirschwasser an, der Konditor darf damit nicht knausern.

Nachdem wir die Toskana verlassen und einige Zeit später die Abzweigung in Richtung Cremona genommen hatten, erzählte Elettra uns von dieser Stadt, die am linken Flussufer des Arno inmitten der Po-Ebene liegt. Cremona sei berühmt vor allem durch den Geigenbau. »Wie Mittenwald«, entfuhr es dem Bayern Moosacher. Die bekanntesten Geigenbauerfamilien hießen Amati, Guarneri und Stradivari. »Nicht zu vergessen Bergonzi«, fügte unsere Musikenthusiastin Werthekoven hinzu. Im Jahr 2012 wurde die traditionelle Geigenbaukunst in Cremona von der UNESCO zum immateriellen Kulturerbe bestimmt. Das habe auch Mittenwald verdient, forderte Georg Moosacher. Wendelin Wagenhoff verriet, er habe im jugendlichen Alter Geigenstunden erhalten. Nachdem er mehrmals die Saiten durchgesägt habe, sei er aufs Schlagzeug umgestiegen, das habe wiederum zur Entfremdung von den Nachbarn geführt. Sybille Bieber gab ihm den Rat, es mit der Mundorgel zu versuchen. Die könne sie überallhin mitnehmen, sie stecke in ihrer Handtasche. »Mein Sousaphon habe ich zu Hause gelassen«, ließ Arnulf Werthekoven, der soeben erwacht war, uns wissen. Das überrascht mich jetzt, murmelte ich. Für Pfarrer Moosacher war die Sache eindeutig, die Königin der Musikinstrumente sei natürlich die Orgel. Dem stimmte Karola zu: »Na klar, die hat die meisten Pfeifen.«

Kurz vor Cremona legten wir an einer Raststätte die Mittagspause ein. Da uns noch ein gedrängtes Programm bevorstand, wurde der Aufenthalt kurz gehalten, es reichte für ein Stück Pizza »to go«, einen Espresso und einen Toilettengang. Der dauerte am längsten, zumindest bei unseren weiblichen Mitreisenden, die sich in eine Schlange einreihen mussten. Bei Bedürfnisanstalten wird die Benachteiligung der Frauen offenbar. Die müssen zuweilen lange warten, während ihre Männer fröhlich an ihnen vorbeiziehen. Die anatomischen Unterschiede sind eben ungerecht. Wenngleich nicht ohne Reiz. Karola und mich störte die Kürze der Rast keineswegs, langes Verweilen an der Autobahn betrachten wir nicht als Vergnügen. Das sahen unsere Mitreisenden wohl auch so. Die Weckerles zum Beispiel waren sofort zu den Toiletten gestürzt und gleich nach Erledigung des Geschäfts zum Bus zurückgekehrt. Als wir zustiegen, kauten sie mit vollen Backen. Auf unsere fragenden Blicke klagte der Schwabe, die Brötchen vom Frühstücksbüffet seien noch trockener als üblich und nur mit dem beigelegten Schinken genießbar. »Aber am Orangensaft hat das Hotel nicht gespart«, lobte seine Frau und zeigte auf ihre Thermoskanne.

Vor der Anfahrt zum Gardasee bereitete Elettra uns auf Salò vor. Der Ort, wusste sie, sei mit zehneinhalbtausend

Einwohnern die größte Stadt am Westufer und besitze die längste Uferpromenade des Gardasees, gesäumt von einer Reihe Palästen und Arkaden. Dahinter erstrecke sich die Altstadt mit einer schmalen Fußgängerzone und zahlreichen kleinen Läden. In Salò befinde sich die größte und bedeutendste Kirche am Gardasee, der Duomo Santa Maria Annunziata. Der Bau sei am Ende des 15. Jahrhunderts im Stil der Spätgotik begonnen und mit Gemälden und Fresken reich ausgestattet worden. An dieser Stelle zückte Franziska Maier ihren Stift. Sie wird wohl inzwischen Entzugserscheinungen haben, vermutete ich, denn Wandbemalungen waren schon länger kein Thema mehr gewesen. Hier endete der Vortrag unserer Reiseleiterin.

Ich überlegte: War da nicht noch was? Mir kam unser Historiker Wagenhoff zu Hilfe. »Erzählen Sie doch von Mussolini«, bat er Elettra. Die wand sich zuerst, ließ aber dann doch die Katze aus dem Sack. Der Diktator sei nach seiner Entmachtung in Rom 1943 von den deutschen Nazis als Führer des Marionettenregimes einer »Italienischen Sozialrepublik« eingesetzt worden und habe den Zweiten Weltkrieg bis zum Ende auf der Seite Großdeutschlands fortgeführt. Was uns Elettra nicht offenbarte, verriet der Oberstudienrat: Der Duce ist bis heute Ehrenbürger von Salò. Man stelle sich vor, unser größter Führer aller Zeiten besäße weiterhin die Ehrenbürgerschaft einer deutschen Stadt. Das hätten manche Unbelehrbare wohl gern. Es genügt doch, dass viele Straßen immer noch den Namen des alten Reichspräsidenten tragen, der den Obernazi zum Reichskanzler ernannt hat.

Wer von Süden kommt, befährt eine zum Teil kurvenreiche Straße oberhalb des Sees und erspäht dann plötzlich die Bucht von Salò. An einer passenden Stelle sollte man anhalten und den eindrucksvollen Blick über den gesamten Ort mit seiner Uferpromenade genießen. Die Lage von Salò gewinnt an Reiz auch durch den unmittelbar hinter dem Ort aufsteigenden Monte San Bartolomeo. Als Elettra uns auf den Berg hinwies, schaltete sich Pfarrer Moosacher ein.

Bartholomäus sei einer der zwölf Apostel und werde in der katholischen und orthodoxen Kirche als Heiliger und Märtyrer verehrt. Reliquien dieses Heiligen befänden sich im Kloster Andechs, betonte der bayerische Prälat stolz. Das konnte die Chefsekretärin übertrumpfen: »Seine Schädeldecke wird im Frankfurter Dom aufbewahrt.« Das fand ich plausibel, trägt doch der Kaiserdom der Mainmetropole den Namen des Bartholomäus.

Die hübsche Uferpromenade von Salò kann für die Ehrenbürgerschaft nichts. Wir flanierten an prächtigen Gebäuden vorbei, allen voran dem Palazzo del Podestà, dessen Arkadengang die Fassade prägt und der heute als Rathaus dient. Natürlich durfte ein Besuch im Dom nicht fehlen. Ich habe die Kirchen, die wir auf unserer Rundreise besichtigt haben, nicht gezählt, es müssen viele gewesen sein. Das erinnert mich an eine Studienreise im Baltikum, wir hatten allein in Vilnius von den insgesamt fünfzig Gotteshäusern zehn von innen gesehen. Auf einer Skandinavienreise hatte ich gar fünfundzwanzig besichtigte Kirchen errechnet. Und da wollte eine Mitreisende im Greisenalter unserer Gruppe doch den Besuch des Kopenhagener Rathauses mit der Behauptung ausreden, Kirchen seien interessanter. Damit kein Missverständnis aufkommt: Ein kulturhistorisch oder architektonisch bedeutsames Gotteshaus ist immer einen Besuch wert. Die eine oder andere Dorfkapelle kann man aber auch auslassen. Obwohl manches Dorfkirchlein mehr Atmosphäre hat als eine überladene Kathedrale. Die Besichtigung des Duomo Santa Maria Annunziata bereute ich jedenfalls nicht, die Kirche ist schon wegen ihrer Größe imposant und birgt neben gefälligen Malereien einen originellen Mosaikfußboden mit dreidimensionaler Wirkung.

24

Wenige Kilometer von Salò entfernt liegt der Urlaubsort Gardone, in dem wir unsere letzte Nacht auf der Reise verbringen sollten. Wir hörten von unserer Reiseleiterin, dass Gardone ursprünglich ein kleines Fischerdorf gewesen sei. Ende des 19. Jahrhunderts wären deutsche Ärzte auf die Idee verfallen, den Ort zum Kurort zu erklären, und hätten damit den Tourismus erweckt. Grund sei das milde Klima, dem man eine gesundheitsfördernde Wirkung zuschreibe. Die Küste von Gardone solle das angenehmste Klima von Oberitalien haben, von den Bergen gegen die kalten Winde geschützt, gedeihe hier eine farbenfrohe Mittelmeerflora. Als ein deutsches Ehepaar sodann für eine zahlungskräftige Klientel aus den Großstädten das pompöse Grand Hotel Gardone Riviera habe errichten lassen, sei kein Halten mehr gewesen, es sei eine luxuriöse Villa nach der anderen entstanden.

Vor der Besichtigung des Städtchens chauffierte Ronny uns zu einem Gartenparadies, dem Giardino Botanico Arthur Hruska. Wir erfuhren von Elettra, dass der Garten von dem Zahnarzt und Botaniker Arthur Hruska seit 1910 angelegt worden sei, über zweitausend verschiedene Pflanzenarten aus aller Welt enthalte und eine Fläche von zehntausend Quadratmetern umfasse. Der weitläufige Giardino war aufgrund der Vielfalt an Gewächsen und auch wegen seiner Anlage mit künstlich angelegten Bergen, Bächen und Seen den Besuch wert. Auch für die Kunstliebhaber der Gruppe bot er mit seinen Skulpturen und Installationen bekannter Künstler interessantes Anschauungsmaterial. Unsere Botanikerin Cordula war begeistert, sie lernte eine Vielzahl neuer Pflanzen kennen. Ob sie die lateinischen Namen der Orchideenarten wisse, neckte ich sie. Da hatte ich mich verkalkuliert, Cordula entpuppte sich als Orchideenexpertin. Nicht bei allen Mitreisenden war die Begeisterung zu spüren. Theodora Wagenhoff vermisste einen Baumwipfelpfad, den habe es bei der Landesgartenschau 2018 in Bad Iburg gegeben. Auch bei Markus Blumberg fehlte der nötige Enthusiasmus: »In den Gärten der Kaiserstadt Kyoto stehen mehr Teepavillons.«

Wir hatten uns eine ganze Weile im Giardino Botanico Arthur Hruska aufgehalten, der Nachmittag war bereits fortgeschritten. Unsere Reiseleiterin hatte vergessen, einen Zeitpunkt für die Weiterfahrt bekanntzugeben, deshalb trödelten einige Teilnehmer in der Gartenanlage herum, die hatten wohl gedacht, wir würden zwischen den Pflanzen übernachten. Elettra musste sie mühsam einsammeln, wir halfen ihr dabei. Im Bus eröffnete sie uns, eigentlich hätten wir noch das Vittoriale degli Italiani besichtigen sollen, aber dafür sei es jetzt zu spät, wir müssten im Hotel einchecken und wollten uns danach ein wenig in Gardone umschauen. Das Vittoriale degli Italiani könnten wir ja auf unserer nächsten Italienreise besuchen, es sei eine ausgedehnte Gartenanlage mit dem Wohnhaus des Dichters Gabriele d'Annunzio. Die Villa beherberge eine Sammlung von Erinnerungsstücken aus dem Leben d'Annunzios sowie Kunstwerke der unterschiedlichsten Art. In der Anlage befänden sich ferner ein Kriegsmuseum, ein Theater und die monumentale Grabstätte des Dichters, ein überdimensionales Mausoleum. D'Annunzio habe hier von 1921 bis zu seinem Tod 1938 gelebt und das Museum dem italienischen Staat vermacht. Über den Dichter selbst erfuhren wir von unserer Reiseleiterin recht wenig, vielleicht war er ihr peinlich.

Sie verwies nur allgemein auf das umfangreiche Werk aus Gedichten, Erzählungen, Romanen und Dramen. Die Aufklärung über die Person des Schreibers übernahm stattdessen Karola, zu deren Spezialitäten die Literatur gehört. D'Annunzio sei ein Selbstdarsteller mit dem Hang zum Größenwahn und eine in politischer Hinsicht fragwürdige Figur gewesen, zwar kein bekennender Faschist, jedoch eine Art Ideengeber für Mussolini und Konsorten. Zudem habe er seinen aufwendigen Lebensstil von der faschistischen Regierung finanzieren las- sen. Dann lasse sich der Verzicht auf die Anlage womöglich verschmerzen, raunte ich Karola zu. Und in das Kriegsmuseum wollte sie ohnehin nicht. Markus Blumberg sah das positiv: »Da sparen wir die Vergnügungssteuer.«

Das Albergo Millefiori stand in zweiter Reihe hinter der Uferpromenade und war ein älterer Bau mit Charme und dunkelgrünen Fensterläden, wie man sie in Italien häufig sieht. Solche Gebäude wirken anheimelnd, man spürt den Atem der Geschichte. Ein Altbau mit knarrenden Dielen und ächzenden Türen ist freilich nicht jedermanns Sache. Moderne Hotels bieten oft mehr Komfort, sie haben eine Sauna im Keller und einen elektrischen

Schuhputzautomaten auf dem Flur. Das Albergo Millefiori hatte zweifellos Charakter, soweit man das von einem Hotel überhaupt sagen kann, aber man spricht ja auch von charaktervollem Wein. Behaglich war unser Zimmer im dritten Stock, das wir über die Treppe erreichen konnten, Treppensteigen regt den Kreislauf an und ist gesund fürs Herz. Die schummrige Beleuchtung machte unsere Kemenate gemütlich, die Vorlesestunde würde heute Abend ausfallen. Die Matratzen waren jahrelang erprobt, das Bett entsprechend kuschelig. Später sollten wir feststellen, dass es bei der geringsten Bewegung quietschte. Im Zimmer über uns war das deutlich zu hören, aber nach fünf Minuten wurde es leiser.

Nach einer Erholungspause traf sich unsere Gruppe vor dem Hotel zu einem kleinen Rundgang. Als Städtchen mit nicht einmal dreitausend Einwohnern ist Gardone überschaubar, das Wesentliche hat man bald abgehakt. Hübsch ist die kurze Flaniermeile am See mit ihren Villen, Cafés und Geschäften und natürlich dem Grand Hotel Gardone Riviera. Weniger schön war der Auftrieb von Touristen, es war ein ziemliches Gedränge. Aber das kannten wir von Venedig, Siena und Viareggio. Es wäre egoistisch, anderen Urlaubern ihre Anwesenheit zu verargen, man ist schließlich selbst Tourist. Natürlich kein normaler.

Nach einer halben Stunde ließ Elettra uns von der Leine und gab uns bis zum Abend frei. Wir durften selbstständig durch die Gässchen bummeln und sollten uns spätestens um zehn vor acht in der Hotellobby einfinden, heute stehe das gemeinsame Abschiedsessen auf dem Programm. In der Reisebeschreibung stand, zum Ausklang gebe es in einer Trattoria ein Menü mit angepassten Weinen. Winfried Weckerle hatte schon beim Frühstück erzählt, er freue sich auf die Gratismahlzeit und werde den Tag über fasten, um seinen Magen für den Abend zu schonen. Mein Hinweis, das Essen sei keineswegs kostenlos, er habe es mit dem Reisepreis bezahlt, dämpfte seine Euphorie. Karola und ich waren gespannt, wohin Elettra uns führen und was Küche und Keller des Lokals aufbieten würden. Bis zum Abmarschtermin lustwandelten wir eine Weile, nachdem uns ein Espresso aufgebaut hatte.

25

Vom Hotel aus folgten wir Elettra im Gänsemarsch zur Trattoria Benaco, in einem Nebenraum war für uns eine lange Tafel gedeckt. Wir wurden aufgefordert, die Plätze frei zu wählen, eine Tischordnung gebe es nicht, allein Elettra saß am Kopfende, von dort hatte sie einen Blick auf die Gruppe. Karola und ich setzten uns den Schönfelds gegenüber, mir zur Linken nahm Georg Moosacher Platz. Nach dem Begrüßungstrunk, einem Prosecco, wurde die Vorspeise aufgetischt, Tomate mit Mozzarella, das ist ein gummiartiger Büffelkäse. Pfarrer Moosacher scherzte, den Mozzarella könne man als Puffer unter die Stuhlbeine kleben, er bevorzuge den Allgäuer Bergkäse. Als zweiten Gang gab es *pasta con le melanzane*, Nudeln mit Auberginen, auch für Vegetarier geeignet. Die Hauptspeise bestand in einem Schweineschnitzel in Zitronensoße, *scaloppina al limone*, mit Gemüse. Alles war gut zubereitet und schmackhaft. Cordula, unserer Vegetarierin, wurde eine Sonderbehandlung zuteil, sie bekam das Gemüse ohne Schnitzel. Während der Mahlzeit wurde reichlich Wein ausgeschenkt, der Lugana vom Südufer des Gardasees als weißer und Bardolino als roter. Über die Qualität der Tropfen konnte man nicht meckern. Es sei denn, man hieße Markus Blumberg, der meinte, das Zeug sei nicht schlecht, aber in Südafrika habe er bessere Weine verkostet. Das wollte ich auf den italienischen Gewächsen nicht sitzen lassen: »Lugana und Bardolino haben einen guten Ruf. Aber probieren Sie doch mal den köstlichen Landwein aus dem Tetrapack, den gibt es beim Discounter für eins fünfzig.« Die Ironie schien er nicht bemerkt zu haben.

Im Lauf des Abends wurden die Tischgenossen gesprächiger, daran war vermutlich der Alkohol schuld, bei mir ganz bestimmt, ich wies die Kellnerin mit der Weinflasche nie ab, man will ja höflich sein. Mit Georg Moosacher führte ich ein intellektuelles Gespräch über Gott und die Welt, der Pfarrer kannte die Bibel fast auswendig, ihm rollten die Zitate nur so von der Zunge. Ich fragte ihn, wo im Neuen Testament das Zölibat erwähnt sei und wie er persönlich die Ehelosigkeit bewerte. Moosacher sprach ganz offen, vom Zölibat stehe nichts in der Bibel und er selbst hätte schon gern geheiratet, das aber leider nicht gedurft. In dieser Hinsicht beneide er seine evangelischen Kollegen. Aber nicht jeden, er kenne da einige Pfarrfrauen, da sei ihm seine Haushälterin lieber, lachte er. Man müsse auch berücksichtigen, dass der Ehestand keineswegs das Paradies sei, dafür kenne er zu viele Scheidungen in seiner früheren Gemeinde. Da sprach er ein heikles Thema an, in Deutschland wird mindestens jede dritte Ehe geschieden. Viele Paare umgehen elegant die Scheidung, indem sie erst gar nicht heiraten, das spart Kosten. Andererseits wollen die Scheidungsanwälte auch leben.

Karola plauderte angeregt mit der zu ihrer Rechten sitzenden Sybille Bieber. Sie ist von Geburt Hessin, dafür kann sie nichts, aber das verbindet nun mal und so schwärmten die beiden von der feinen hessische Küche, Rippchen mit Kraut und Handkäs mit Musik, und von der Frankfurter Eintracht, die schon wieder einen neuen Trainer hatte. Wenn es im Fußball mal nicht gut läuft, wird der Trainer gefeuert, weil man nicht die ganze Mannschaft entlassen kann. Obwohl das manchmal sicher besser wäre.

Meine wissbegierige Frau erkundigte sich, bei welcher Bank die Chefsekretärin ihr Geld verdiene, die wollte ihren Arbeitgeber aber nicht verraten, viele Bankhäuser hätten derzeit keinen guten Leumund und ihre Bank zähle auch dazu. Für seinen Dienstherrn müsse man sich doch nicht schämen, hielt Karola ihr entgegen. Da mischte ich mich ein: »Na ja, wenn ich so an manches Ministerium denke, kann ich die Scham der Belegschaft verstehen.« Sybille Biebers Frage, welche Minister damit gemeint sind, ließ ich lieber unbeantwortet, ich kannte ja ihre politische Ausrichtung nicht. Mit dem Politisieren sollte man ohnehin vorsichtig sein, das kann zur Verstimmung führen. Die Ratgeber in Stilfragen, auch Benimmbücher genannt, warnen davor, im gesellschaftlichen Kreis über Politik, Religion oder Krankheiten zu reden.

Empfohlen werden unverfängliche Themen wie Literatur, Kunst, Musik und Theater sowie Klatsch über abwesende Personen.

Aber nicht über solche, mit denen einer der Anwesenden freundschaftlich verbunden ist, Verwandtschaft wäre dagegen kein Hinderungsgrund.

Zwischen Mozzarella und Pasta kamen Karola und ich ins Gespräch mit unseren Sachsen. Elvira Schönfeld meinte, wir seien gewissermaßen ihre Antipoden, hier der äußerste Westen, dort der äußerste Osten der Republik. Ob wir schon mal im Freistaat Sachsen gewesen seien, viele Wessis trieben sich in der Weltgeschichte herum und reisten eher nach Borneo als nach Bautzen. Da konnten wir glänzen, ich lobte den Bautzner Senf, den berüchtigten Knast erwähnte ich lieber nicht, man ist ja feinfühlig. Auch zu Dresden konnten wir uns aus eigener Anschauung äußern, meine Bemerkung, am besten gefallen habe mir der Dresdner Stollen, schien die Schönfelds zu irritieren. Karola lenkte vorsorglich mit dem Hinweis auf Radebeul, den Wohnort unserer Sachsen, auf ein anderes Gleis. Die Villa Shatterhand sei höchst interessant, schmeichelte sie, und sie sei begeisterte Karl-May-Leserin. Das trifft zu, meine Frau verschlingt Mays Romane seit ihrer Kindheit. Ihre erste große Liebe, ließ sie die Schönfelds wissen, sei der edle Apatsche Winnetou gewesen. »Winnedou heißd unser Zwergganinchen«, verkündete Elvira Schönfeld. Das war der Auftakt zu einem Gedankenaustausch zwischen zwei Karl-May-Expertinnen.

Hermann Schönfeld konnte ebenso wenig wie ich Substanzielles dazu beitragen. Wir hatten zwar in unserer Jugendzeit den Schatz im Silbersee gelesen, das lag aber länger zurück. Die Kunst der Konversation besteht darin herauszufinden, für welche Themen sich der Gesprächspartner interessiert. Es bringt wenig ein, sein Wissen über das englische Königshaus mit jemandem zu teilen, der sich als Antimonarchist ausgibt, es sei denn, man beschränkt sich auf die Skandale der Royals. Einem Tischnachbarn, der über seine zwei linken Hände klagt, muss man nicht die Vorzüge der Pendelhubstichsäge schildern. Schönfeld und ich kamen alsbald auf einen gemeinsamen Nenner: die Justiz. Der Oberstaatsanwalt hatte seine Dienste in Dresden geleistet und war unlängst in den Ruhestand getreten. Verbrechen, dozierte er, zahle sich nicht aus. Falls der Täter gefasst und verurteilt werde. Dem mochte ich nicht widersprechen, es entbehrte nicht einer gewissen Logik. Ich fragte Schönfeld, ob er seinen Beruf vermisse, der habe ihn doch sicher ausgefüllt. »Ach, wissen Sie«, war die Antwort, »die Tätigkeit des Staatsanwalts ist letztendlich Sisyphusarbeit, kaum hat man einen Straftäter hinter Gitter gebracht, da taucht schon der nächste Verbrecher auf.« Ich war anderer Meinung: »Wenn es keine Straftaten gäbe, wäre der Staatsanwalt arbeitslos.« Schönfeld sah mich nachdenklich an und gestand, von dieser Seite habe er das noch nie betrachtet.

Unser Gespräch wurde durch das Dessert unterbrochen. Das Tiramisu war köstlich, die Mascarpone-Crème mit subtilem Kaffeegeschmack zerlief auf der Zunge. Zur Vollendung eines italienischen Menüs gehört ein Espresso, das sahen auch die Sachsen so. »Der Garl May had jedzd Bause, nun gommt ersd der Gaffe«, bestimmte Elvira Schönfeld. Nach dem Genuss des Heißgetränks fuhren sie und Karola mit den Betrachtungen zum Radebeuler Literaten fort. Ihr sei schleierhaft, wie May sein riesiges Werk geschaffen habe, das sei eigentlich Aufgabe für zwei Leben, wunderte sich meine Frau. Der sei eben fleißig gewesen, beschied Frau Schönfeld sie mit einem tückischen Seitenblick auf ihren Mann. Dem gefiel die

Anspielung nicht: »Karl May hat im Gefängnis gesessen, da hatte er Zeit zum Schreiben.«

Die freundliche Kellnerin schenkte nach. Mit jedem Glas schmeckte der Wein besser, selbst Markus Blumberg hatte nichts mehr auszusetzen und seine Frau schwärmte sogar: »Der ist so lecker wie der liebliche Landwein aus unserem Superdiscount.« Da war sie aber bei Elvira Schönfeld an die Richtige geraten. Die Sächsin hatte sich schon bei unserer Weinprobe als Kennerin präsentiert und hielt nun einen Vortrag über die Gütemerkmale: »Die Qualidäd ergennd man ofd am Breis.« Melanies skeptischem Blick begegnete sie mit dem Hinweis, ihr Cousin betreibe in Radebeul Weinbau, da habe sie viel gelernt. Die Heilpraktikerin kam aus dem Staunen nicht heraus. Seit wann es denn in Sachsen Weinberge gebe, dort habe man doch bisher nur Kaffee angebaut. Markus Blumberg zuckte mit den Schultern: »Aber vom Wohlfühltee versteht sie was.«

Schönfeld und ich überließen unsere Frauen wieder den edelmütigen Indianern und wandten uns profaneren Themen zu. Das Verbrechen, erklärte Schönfeld, sei so alt wie die Menschheit, nur die Methoden hätten sich geändert. Dem widersprach ich, es sei doch kein Unterschied, ob der Schädel mit der Keule oder dem Baseballschläger zertrümmert werde. Der Oberstaatsanwalt ließ das nicht gelten.

Straftätern werde es durch das Internet heute leichter gemacht, in früheren Zeiten habe man meist persönlichen Kontakt zum Opfer aufnehmen müssen. »Das ist beim Raubüberfall auch noch so«, wandte ich ein, »schauen Sie mal bei Aktenzeichen XY rein.«

Fernsehen bildet bekanntlich. Wer die Lebensverhältnisse und Gewohnheiten von Kriminalisten und Justizangehörigen kennenlernen möchte, sehe sich die allgegenwärtigen Krimiserien an. Kriminalbeamte trinken pausenlos Kaffee, ernähren sich vom Pizzaservice und haben ein verkorkstes Privatleben. Die Frau Hauptkommissarin ist entweder solo oder Alleinerziehende, ihr männlicher Kollege hat eine gescheiterte Ehe hinter sich und verliebt sich in die Tatverdächtige. Auf die Besoldung von Richtern und Staatsanwälten wird man neidisch, die wohnen in Villen am Stadtrand und fahren dicke Autos. In meinem Bundesland läuft da was schief, hier reicht es manchmal nur zu Reihenhaus und Mittelklassewagen. Ich sinnierte laut darüber und fragte Hermann Schönfeld scherzhaft, wie viele Badezimmer seine Villa hat und ob der Bentley in der Garage steht. Er lachte, auch in Sachsen seien die Bezüge gedeckelt, reich seien die Staatsanwälte nur in München und Wiesbaden, man solle sich sein Bundesland eben sorgsamer aussuchen. Übrigens hätten die Gerichtsverhandlungen in den Fernsehserien mit der Realität wenig zu tun. In Wirklichkeit gehe es im Gerichtssaal nüchterner zu, Spektakel wie im Film seien da eher selten. Auch werde der Einfluss des Strafverteidigers im Fernsehen überzeichnet. Wenn ein Anwalt bei der Kripo auftauche, frage er nach Beweisen gegen seinen Mandanten, die es natürlich nicht gebe, und nehme den Verdächtigen sofort mit sich. So einfach sei das in der Realität nicht. Meine Frage, ob die Vorgesetzten der Ermittler tatsächlich so beschränkt seien wie in den Filmen dargestellt, ließ der Oberstaatsanwalt unbeantwortet, zu den Kriminalräten äußere er sich nicht.

Beschwingt begaben wir uns zum Hotel. Vorzügliches Essen und ein ordentliches Quantum Wein hatten unserem Wohlbefinden nicht geschadet. Einige Mitreisende waren besonders guter Laune und stimmten frohe Gesänge an, Alkohol ist doch ein rechter Muntermacher. Nur die Auswahl der Musikstücke fand ich befremdlich. Das Lied »Warum ist es am Rhein so schön« passte ebenso wenig an den Gardasee wie die Hofbräuhaus-Hymne. Da hätte man besser die Capri-Fischer intoniert, Rudi Schurike zum Angedenken. Als Nachhut kamen die stark angesäuselten Eheleute Werthekoven mit unsicherer Gangart. Ich ahnte, was jetzt kommen würde. Karola packte ihren Faust aus: »Ihr naht euch wieder, schwankende Gestalten!« Fehlte nur noch der Hinweis, Goethe sei zwar Säufer, aber selten richtig betrunken gewesen. Routine zahlt sich eben aus. Unfallfrei langten wir am Albergo Millefiori an und fielen ins Bett. Das brach in nächtlicher Stunde zusammen.

26

Nach einem abendlichen Trinkgelage ohne Kater aufzu-
wachen, gelingt nicht jedem. Karola nahm eine Kopf-
schmerztablette, während ich mich pudelwohl fühlte,
ein Mann verträgt halt einiges. »Du hättest nicht so viel
Wasser zum Wein trinken sollen«, rügte ich meine Frau.
Die fand das nicht lustig, mit Kopfweh ist man nicht
zum Scherzen aufgelegt. Als fürsorglicher Ehemann
tröstete ich sie, ein starker Kaffee werde ihre Schmerzen
wegpusten und heute Abend gebe es keinen Wein. »Da
schlucken wir Bier im Münchner Wirtshaus.« Vorher
mussten wir die lange Heimfahrt antreten. Ich war gespannt darauf, ob Ronny inzwischen den Blinker repariert hatte.

Elettra bestieg den Bus wieder mal mit Verspätung. Sie
lächelte uns an: »Mein akademisches Viertel.« Das war
geschönt, sie pflegte das Viertel zu verdoppeln. Die Mitreisenden kommentierten das nicht, sie machten einen
müden Eindruck. »Das liegt am Tiramisu«, flüsterte ich
Karola zu, »vielleicht war darin zu wenig Kaffee.« Aus
Richtung Heck tönte ein sonores Schnarchen. »Der Professor ist auch da«, folgerte meine Frau. Ronny startete
den Bus, in Windeseile ging es am Westufer des Gardasees entlang nach Norden. Allerdings muss der Wind ein
laues Lüftchen gewesen sein, wegen der vielen Tunnels
und Kurven war das Tempo mäßig. Dafür konnte man
den Monte Baldo auf der anderen Seeseite in Ruhe betrachten. Der hatte ein Schneehäubchen.

Mittlerweile hatte Ronny den Blinker repariert, er war wirklich ein begabter Bastler. Die vorderen Seitenfenster konnten daher geschlossen bleiben, Fahrer und Reiseleiterin durften ihre Arme anderweitig einsetzen. Elettra tat das zur Schönheitspflege, mit Lippenstift und Puderquaste. Das schien ansteckend zu sein, Melanie Lehmann-Blumberg öffnete ihren Kosmetikkoffer und schöpfte aus dem Vollen. Sybille Bieber war neugierig, sie fragte nach dem Utensil für die Wimperntusche: »Ein solsch weisches Pinselschen habe isch noch nischt gesehen.« Cordula mischte sich in das Fachgespräch ein und erkundigte sich bei der Heilpraktikerin, ob die Kosmetikprodukte schadstofffrei seien. Natürlich, lautete die Antwort, alles sei selbstgemacht, mit Schierling und Eisenhut mische sie nachhaltige Cremes.

Hinter Bozen, italienisch Bolzano, war die Toiletten- und Kaffeepause fällig. Hier wurden wir ein letztes Mal auf Italienisch angesprochen. Weiter nördlich wird hauptsächlich Deutsch parliert, Südtirol hatte ja mal zu Österreich gehört. Viele behaupten, Italienisch sei melodischer als das Deutsche, die Zunge der Germanen sei schwerfällig und deren Sprache hölzern. Was das Sprechtempo angeht, wird diese Behauptung im modernen deutschen Fernsehfilm widerlegt, in dem die Schauspieler ihren Text so herunterrasseln, dass man mit dem Hören nicht nachkommt; wenigstens nuscheln sie dabei. Möglichst undeutlich zu reden lernen sie heutzutage auf der Schauspielschule, da erhalten sie ein Nuscheldiplom, das zeigen sie dann beim Casting vor. Dass die deutsche Sprache hölzerner sein soll als die Italienische, kann ich nicht uneingeschränkt bestätigen. Wo bitte gibt es solch wohl-klingende Wörter wie Müslifrühstück oder Lückenbüßer noch? Allenfalls im Türkischen. Deshalb wird in der Schweiz mehr Deutsch als Italienisch gesprochen. Auch wenn keiner, außer den Deutsch-Schweizern selbst, ihre Sprache versteht.

Vor rund zwanzig Jahren gab man auf der Heimreise seine letzten Lire an der Grenze zwischen Italien und Österreich aus. Seit der Einführung des Euro ist das Vergangenheit. Die neue Währung hatte zwar uner-wünschte Nebenwirkungen, das Jägerschnitzel kostete anstatt zwölf Deutsche Mark plötzlich ebenso viel in Euro. Aber wir haben uns an den Euro gewöhnt und wissen durchaus zu schätzen, dass wir für die Auslands-reisen nicht mehr immer Geld tauschen müssen. Auf den Euromünzen sind manche Symbole sogar hübsch, wie die griechische Eule und der spanische König. An der Raststätte nahe Bozen brauchten wir also nicht un-ser restliches Bargeld zu verschleudern. Das würden wir dann lieber zu Hause machen. Man soll die heimische Wirtschaft unterstützen, heißt es immer. Und damit sind nicht nur die Kneipen gemeint, auch Cafés nehmen gerne unser Geld. Und der Fiskus.

Dieses Mal passierten wir den Brenner ohne Stau. Vor der Grenze legte Elettra ein letztes italienisches Musik-stück auf, zum Abschied, *arrivederci*, wie sie sagte. Toto Cutugno sang »sono italiano« und mich ergriff Wehmut. Diesseits vom Brenner fing es prompt an zu tröpfeln. Dieser Berg ist nun mal eine Wetterscheide, das haben

Gebirge so an sich. Da wir zwei Wochen Sonne gehabt und jetzt auch intakte Scheibenwischer hatten, störte mich der Regen nicht. Bis die ersten Spritzer durch die Fensterritzen tröpfelten und mein Sakko sprenkelten. Karola nestelte den Taschenschirm aus der Handtasche und spannte ihn auf. Meine Frau war schon immer vorausschauend und hatte im Vorgriff auf den Brennerpass das Schirmchen eingesteckt. Ich hatte sie für ihren Pessimismus getadelt, jetzt schaute sie mich triumphierend an. »Ist ja gut«, knurrte ich.

Bei Innsbruck war es Zeit für die Mittagspause. In der Raststätte stärkten wir uns für die letzte Teiletappe unserer Rundreise. Cordula und Karola fielen über ihren Kaiserschmarren her, den mögen sie am liebsten mit Zwetschkenröster, das ist Pflaumenmus, ich hatte Heißhunger auf Wiener Würstchen. Sybille Bieber, die sich eine Wurstsemmel geholt hatte, trat heran. »Das sind eigentlisch Frankfurter Würstschen, ein Metzger aus Frankfurt hat die Würstschen in Wien eingeführt.« Auf einer Studienreise lernt man immer noch dazu. Meine Frage, ob das auch für das Wiener Schnitzel gilt, konnte die Chefsekretärin nicht beantworten.

Inzwischen hatte es zu regnen aufgehört, zögernd durchbrachen Sonnenstrahlen die Wolkenschicht. Auf der Inntalautobahn ging es zügig voran, Ronny gab seinem Bus die Sporen. Ich freute mich allmählich auf zu Hause und hoffte, dass Prellmayers Luxusgefährt uns nicht noch auf den letzten Drücker im Stich ließ, er hatte ja schon manche Laune an uns ausgelassen. Besorgt lauschte ich dem Brummen des Motors und dem Schaben der Bremsen, konnte aber nichts Verdächtiges feststellen, es gab offensichtlich keine Probleme. An der Autobahnabfahrt Kufstein-Süd stimmte Katja Werthekoven plötzlich das Kufsteinlied an und Franziska Maier fiel mit ihrem Falsett ein. Die Hymne an die schöne Stadt am Inn galt vor gar nicht langer Zeit als liebstes Volkslied der Deutschen. Das hat mich immer gewundert, liegt Kufstein doch in Österreich. Gut, von 1938 bis 1945 war das anders, aber an diese Zeit kann sich doch kaum jemand erinnern. Und es gibt so viele schöne Lieder über unsere deutsche Heimat, man denke nur an die Fischerin vom Bodensee, das Ännchen von Tharau oder Eviva Espana.

Bis auf eine Toilettenpause ging es nonstop nach München, dem Endpunkt unserer Reise. Der Bus hielt durch, da soll mal jemand was gegen Prellmayer sagen. Abgesehen davon, dass mir meine Wasserflasche auf den Schädel fiel, über mir hatte sich das Ablagefach gelockert. Außer einer Beule trug ich keine Schäden davon, die Flasche war aus Plastik, das ist leichter und elastischer als Glas und splittert auch nicht so schnell. In München war gerade Feierabendverkehr, die meisten Automobile strömten aber aus dem Stadtzentrum an die Peripherie, zum Teil auch ins Umland. Der Himmel über München war weiß-blau, ich vermisste nur den mediterranen Bewuchs, anstelle der Zypressen standen hier rote Ampeln.

Elettra hatte längere Zeit geschwiegen, sie war mit der Lackierung ihrer Fußnägel beschäftigt. Nach vollendeter Arbeit zog sie das Resümee: Die Reise geht zu Ende, zwei ereignisreiche Wochen liegen hinter uns, es gab viel zu sehen, sie hofft, dass wir schöne Eindrücke mitnehmen und gut nach Hause kommen, vielleicht besuchen wir Italien wieder mal, *arrivederci*. Applaus. Dann sprach Ronny.

Zunächst entschuldigte er sich für die Unannehmlichkeiten, die uns der Bus verschafft hatte, er fahre sonst nie Reisebusse von Prellmayer, bei denen sei wirklich Luft nach oben. Er bedankte sich herzlich dafür, dass wir alles mit Geduld und Verständnis ertragen hätten, und wünschte uns alles Gute, er würde sich freuen, wenn er Mitglieder unserer Gruppe künftig wieder mal chauffieren dürfte. Lang anhaltender Applaus, den hatte er sich redlich verdient.

Am Hauptbahnhof angekommen, packten wir unsere Sachen zusammen und verließen den Bus. Am Ausgang standen Fahrer und Reiseleiterin und schüttelten uns die Hände. Wie das üblich ist, wurden Trinkgelder überreicht. Markus Blumberg bedachte zuerst unseren Busfahrer und drückte dann Elettra einen Geldschein in die Hand mit der Bitte um eine Spendenquittung, »für die Steuer«. Cordula, Karola und ich verabschiedeten uns von den anderen mit besten Wünschen für die Heimreise. Nicht alle verließen München sofort, einige wollten erst noch die Landeshauptstadt genießen, so wie unsere Bonner. Katja Werthekoven hatte Karten für die Staatsoper besorgt. Morgen singe Jonas Kaufmann, sie habe Hörplätze ergattert. Sieh an, dachte ich, das Opernhaus hat Plätze, auf denen man die Sänger hören kann.

Wir hatten Zimmer im selben Hotel wie vor vierzehn Tagen gebucht und wollten, bevor wir am nächsten Morgen abreisen würden, noch einen netten Abend in der bayerischen Hauptstadt verbringen. Als wir gegen sieben das Hotel verließen, schüttete es wie aus Kübeln. Dazu gesellten sich Blitz und Donner, es tobte ein ausgewachsenes Gewitter. Also kehrten wir um und machten uns über die Schokoriegel aus der Minibar her, besser als gar nichts, wir hatten ja zwei Wochen lang überwiegend gut, zum Teil vorzüglich gegessen.

Und der Wein aus der Hotelbar rann unentwegt durch die Kehle. Das Bier im Augustiner würden wir uns beim nächsten Münchenbesuch schmecken lassen, dann aber die doppelte Menge. Natürlich nur vom Starkbier, sonst das Dreifache.

Wir waren von der Reise doch etwas erschöpft und schliefen wie die Murmeltiere. Bis eine Gruppe angeheiterter Briten über den Flur trampelte und fröhliche Gesänge anstimmte. Wie wir am Morgen von der Rezeptionistin erfuhren, waren die lustigen Gäste zum Wochenende mit dem Billigflieger nach München gekommen, um im Hofbräuhaus wacker zu zechen. Wie gut, dass es die Billigfliegerei gibt, da kann man Geld fürs Saufen sparen. Mit meinen bescheidenen Kenntnissen der englischen Sprache erahnte ich zwar die Melodien, verstand aber die Texte nicht. Karola meinte, das sei auch besser so, das Liedgut eigne sich weder für Jugendliche noch für gesittete Erwachsene. Immerhin hält mich meine Frau für gesittet, das ist mir die nächtliche Störung allemal wert. Bei Gelegenheit werde ich Karola daran erinnern.

Dass im Hofbräuhaus nur Touristen sitzen, ist übrigens ein verbreiteter Irrtum. Karola und ich haben dort stets waschechte Münchner vorgefunden. Beim letzten Mal saßen wir einem älteren Herrn aus der Bayernmetropole gegenüber, der genüsslich seinen Schweinsbraten verzehrte und sich an der Maß Bier gütlich tat. Manche Münchner haben sogar einen Stammtisch im Hofbräuhaus. Dafür nehmen sie die Blasmusik in Kauf. Ein Prosit der Gemütlichkeit!

Der ICE nach Köln startete pünktlich. Alles war bestens. Da sage einer etwas gegen die Deutsche Bahn. In Ulm fiel die Klimaanlage aus. Wie in Prellmayers Bus. Nur Ronny fehlte.

Zwischen Mannheim und Frankfurt war die Strecke gesperrt, wegen Bauarbeiten, erfuhren wir vom Zugbegleiter, das war früher der Schaffner. Alles kein Problem, hieß es, die Bahn hat Schienenersatzverkehr eingerichtet. Heißt das, der Zug fährt ohne Gleise weiter, vielleicht auf der Straße? Am Bahnhof warteten drei Omnibusse, die den gesperrten Streckenabschnitt überbrücken sollten. Wie verlädt man den Inhalt eines vollbesetzten ICE auf drei Busse? Indem man jeweils einen Teil der Passagiere transportiert und den Rest bis zur Rückkehr der Busse warten lässt. Bei schönem Wetter macht das nichts aus, wenn man Zeit hat. Allerdings: Wer hat heute noch Zeit? Erst fing es an zu nieseln, dann kam der Wolkenbruch.

Nächstes Jahr fahren wir mit dem Auto an die Nordsee, durch Baustellen und im Stau. Darauf freue ich mich schon jetzt.